Schwarz wie Ebenholz

Schwarz wie Ebenholz

Grausige Märchen und Sagen

Herausgegeben und mit einem Nachwort
versehen von Julian Auringer

Anaconda

MIX
Papier aus verantwortungsvollen Quellen
FSC® C014496

Penguin Random House Verlagsgruppe FSC® N001967

Die Deutsche Nationalbibliothek verzeichnet diese Publikation in der Deutschen Nationalbibliografie; detaillierte bibliografische Daten sind im Internet unter http://dnb.d-nb.de abrufbar.

Umschlagmotiv: Shutterstock / Olha_Kulbachna (Rabe),
Roberto Castillo (Ornamente);
Dingbats Font „Veneer Extra“ (Wolken); Katja Holst (Mond)
Umschlaggestaltung: www.katjaholst.de
Satz und Layout: InterMedia – Lemke e. K., Heiligenhaus
Druck und Bindung: GGP Media GmbH, Pößneck
ISBN 978-3-7306-1146-3
www.anacondaverlag.de

Gute Nacht! und noch ein Küsschen.
O! wie bist du doch so kalt!
Schlaf und träume noch ein bisschen,
Und erwache ja recht bald!

Die Kinder am Sarge der kleinen Schwester,
KAROLINE STAHL (1776–1837)

Inhalt

Die tote Mutter

Alexander Nikolajewitsch Afanassjew

In einem Dorfe lebten ein Mann und seine Frau glücklich, liebevoll und friedlich miteinander. Alle Nachbarn beneideten sie, denn ihr Anblick erfreute die ehrlichen Menschen. Die Frau gebar einen Sohn, starb aber nach der Geburt. Der arme Moujik[1] klagte und weinte, er war verzweifelt, denn er wusste nicht, wie er das Kind ernähren und ohne Mutter großziehen sollte. Er tat, was das Beste war und stellte eine alte Frau ein, die sich um das Kind kümmern sollte. Aber da geschah ein Wunder: Den ganzen Tag lang nahm das Kind keine Nahrung zu sich und weinte nur; es war nicht zu beruhigen. Aber in der Nacht konnte man meinen, es sei gar nicht da, so still und friedlich schlief es.

»Was hat das zu bedeuten?«, dachte die alte Frau, »Wenn ich die ganze Nacht wach bleibc, werde ich es vielleicht erfahren.«

Um Mitternacht hörte sie, wie jemand leise die Tür öffnete und zur Wiege hinaufging. Das Kind wurde ganz still, als ob es gerade gestillt würde.

In der folgenden Nacht und auch in der dritten Nacht geschah dasselbe. Dann erzählte sie dem Moujik davon. Er rief seine Verwandten zusammen und beriet sich mit ihnen. Sie beschlossen, eine Nacht wachzubleiben und herauszufinden, wer des Nachts das Kind stillte. Am Abend legten sie sich alle auf den Boden und stellten neben sich eine brennende Kerze in einen Topf.

[1] Niedriger sozialer Rang, vergleichbar mit einem Leibeigenen.

Um Mitternacht öffnete sich die Tür des Häuschens. Jemand trat an die Wiege heran und der Säugling verstummte plötzlich. In diesem Augenblick holte einer der Verwandten das Licht heraus. Sie sahen die tote Mutter in ihren Totenkleidern auf den Knien neben der Wiege, über die sie sich gebeugt hatte, während sie das Kind an ihrer toten Brust säugte.

In dem Augenblick, in dem das Licht in die Hütte schien, stand sie auf, blickte traurig auf ihr Kind und verließ dann lautlos den Raum, ohne ein einziges Wort zu sagen. Alle, die sie sahen, waren eine Zeit lang entsetzt und stellten dann den Tod des Kindes fest.

Das Kind vom Grabe

Johann Wilhelm Wolf

In der Türkei lebte ein Kaufmann, der war sehr reich und hatte alles, was er sich nur wünschte, nur hatte er keine Kinder und das war doch sein höchster Wunsch. Nach einigen Jahren starb seine Frau und da war er denn recht unglücklich; er fühlte sich so einsam und verlassen in der Welt, dass er des Lebens fast müde war und sein einziger Trost blieb, dass er jeden Abend an das Grab seiner Frau ging, wo er bis gegen Mitternacht blieb und betete.

Zu derselben Zeit regierte ein Sultan in der Türkei, der hatte von allen seinen Frauen nicht ein Kind bekommen. Als aber nach langem Harren die Sultanin eines Tages ihm verkündete, sie werde ihm bald ein Kindlein schenken, da wurde er krank und starb. Die Sultanin übernahm nun die Regierung und führte sie so gut, dass alle Leute im Lande glücklich und zufrieden waren. Sie hatte aber einen Minister, das war ein ehrgeiziger Mann und der hätte gern seinen Sohn auf den Thron gesetzt. Wenn die Sultanin keine Kinder bekommen hätte, dann wäre das nach ihrem Ableben schon zu machen gewesen, nun aber rückte der Augenblick immer näher heran, wo sie eines Kindes genesen sollte und war das ein Knäblein, dann musste der Minister all seine Hoffnungen aufgeben. Darum sann und grübelte er Tag und Nacht, was da wohl zu machen wäre. Da hörte er plötzlich eines Morgens, der Storch habe der Sultanin ein schönes Knäblein gebracht. Er eilte alsobald in das Schloss, gab der Hebamme und einem Kindermädchen viel, viel Geld und bekam also das Kind in seine Hände; dann ließ er es in ein seidenes Tuch gewickelt in ein Kästchen legen und befahl dem Mädchen, das Kästchen in die See zu tragen. Das Mädchen hatte aber Mitleid mit dem schönen Knäblein, trug es gegen Abend auf den Kirchhof und legte es auf das letzte frische Grab, worin die Frau des Kaufmannes lag. Der Sultanin wurde gesagt, das Kind sei tot auf die Welt gekommen und sofort begraben worden.

Es dauerte nicht lange, da kam der Kaufmann, um nach seiner Gewohnheit an dem Grabe zu beten. Als er das Kästchen sah, öffnete er es neugierig, da lachte ihm das Knäblein holdselig entgegen. Ach, sprach er, meine Frau schenkt mir im Grabe noch ein Kind, damit ich nicht allein sei und er küsste das Kind wie sein eignes und trug es voller Freude mit sich nach Haus. Dort nahm er dem Kinde eine Amme und als es größer wurde, ließ er es in allem Möglichen unterrichten. Also wurde das Kind zum Knaben und der Knabe zum Jüngling und der Kaufmann hatte ihn so lieb, dass er keinen Augenblick ohne ihn sein konnte.

Eines Tages wollte der Kaufmann eine große Reise machen, worauf ihn der Jüngling begleiten sollte. Er ließ ein Schiff ausrüsten und fuhr eines Morgens mit günstigem Wind ab. Es dauerte aber nicht lange, da erhob sich ein schrecklicher Sturm, sodass die Wellen haushoch gingen und das Schiff so lang herumwarfen, bis es an einen Felsen fuhr und zertrümmerte. Die ganze Mannschaft und all die kostbaren Güter, womit es beladen war, gingen zu Grunde. Der Kaufmann und der Jüngling retteten sich mit vieler Not und Mühe an einem Balken, welcher eine Zeitlang auf der See umhertrieb und dann an einer Insel ans Land geworfen wurde. Da standen sie nun arm und einsam auf der Insel und hatten nichts, als ihr Leben und ein paar Kräuter, welche da wuchsen. Sie hatten aber einen Schatz mit sich gerettet, der war sehr groß und das war ihr Vertrauen auf Gott, das hielt sie aufrecht, dass sie nicht verzagten. Sie bauten sich aus dürrem Holz eine Hütte, darin wohnten sie. Dann höhlten sie einen Baumstamm zum Kahne aus und machten sich ein Netz und jeden Tag fuhr der Jüngling auf das Meer hinaus und fing Fische, davon lebten sie.

Eines Tages hatte der Jüngling sich weiter als sonst in die See gewagt, da sah er von ferne ein schönes goldenes Schifflein herankommen, darin saßen drei Jungfrauen, welche spielten und sangen. Die eine trug eine Krone auf dem Haupt und war über die Maßen schön, die beiden andern waren ihre Dienerinnen. Der Fährmann kannte aber die See an der Stelle schlecht, denn da war ein verborgener Felsen. Das Schifflein fuhr mit vollen Segeln gegen den Stein an und brach, sodass alle ins Meer stürzten. Der Jüngling sprang sogleich aus seinem Boot und rettete zuerst die Königstochter, dann die beiden Dienerinnen, der Fährmann war unter den Wellen begraben worden. Die schöne Jungfrau war lauter Dank und wollte ihren Retter mit Gold überhäufen lassen, wenn er nur mit ihr in ihr Schloss ging, er nahm aber nichts an, als nur eine goldene Blume, welche sie in der Hand hielt. Da sprach sie: »Willst du weiter nichts, so gewähre mir noch eins und bringe uns jeden Tag Fische in das Schloss.« Das sagte sie aber, weil sie den schönen Jüngling gern öfter gesehen hätte. Er willigte sogleich in ihre Bitte, denn sie gefiel auch ihm gar zu gut und er hätte sie nicht gern zum letzten Mal gesehen. Als sie an das Land kamen und an dem Garten des Schlosses anlangten, erkannte der Jüngling, dass es das Schloss der Stadt war, wo er mit dem Kaufmann gewohnt hatte. Er sagte es seinem Pflegevater und frug ihn, ob er nicht nach Hause zurückkehren wolle, doch der sprach: »Da wir mit unserm Schiffe alles verloren haben, so sind wir zu Hause arm, hier aber auf unserer Insel reich; lass uns hierbleiben.« Dem Jüngling war das ganz recht, denn nun konnte er ungestört jeden Tag die schöne Königstochter sehen. Es verhielt sich aber also mit ihr. Als die Sultanin ihres Kindes so schmählich beraubt worden war, verlor sie alle Lust am Regieren und übergab das Land dem Bruder ihres Mannes, welcher eine schöne Tochter hatte. Diese erzog sie und lehrte sie alle schönen Künste, Tanz und Musik und Gesang; das war aber die Jungfrau, welche der Jüngling gerettet hatte.

Jeden Tag zog er nun auf den Fischfang aus und brachte die schönsten Fische in den Schlossgarten, wo die Dienerinnen der Prinzessin sie ihm abnahmen. Während sie dieselben ins Schloss trugen, saß er bei der Königstochter. Sie erzählten sich anfangs nur ihre Geschichte, bald aber erzählte ihr der Jüngling auch, wie er sie vom ersten Augenblick, wo er sie gesehen, in sein Herz geschlossen habe und so liebe, dass er ohne sie nicht leben könne. Da gestand sie ihm, dass auch sie ihn über alles liebe, und also waren sie ein Herz und eine Seele. Die Dienerinnen merkten wohl, was vorging, doch sie verrieten es nicht, weil sie die Prinzessin und den schönen Jüngling zu lieb hatten, als dass sie beide hätten unglücklich machen sollen. Da kam aber eines Morgens die Sultanin daher gegangen, um zu sehen, wo die Prinzessin sei und da die beiden so in ihr Gespräch vertieft waren, dass sie nichts hörten und sahen, so konnte sie ungestört alles abhorchen. Plötzlich stand sie vor ihnen, sodass der arme Jüngling nicht mehr entfliehen konnte. Sie hielt ihn fest, und winkte den Schildwachen, welche auf den Mauern standen; diese stürzten hinzu und führten ihn mit der Prinzessin in ein Gefängnis, jedes in seine eigne Zelle.

Am dritten Tage nachher war das Verhör. Zuerst wurde der Jüngling vor das Gericht geführt und die Sultanin saß selber dabei. Er solle vor allem sagen, wer er sei, da fing er an, seine Geschichte zu erzählen, wie er in einem schönen Kästchen auf dem Grabe der Frau des Kaufmannes gefunden worden sei. Das Tuch worein er gewickelt gewesen war trug er seit seiner ersten Jugend stets auf der Brust bei sich; das zog er nun heraus und sprach: »Dieses Tuch war meine Windel und das ist neben der goldenen Blume der Prinzessin mein kostbarstes Gut.« Als er aber in seiner Erzählung fortfahren wollte, schrie die Sultanin plötzlich: »Schweige und lass mich einmal das Tuch sehen.« Da gab er ihr dasselbe und kaum hatte sie es näher betrachtet, da erkannte sie ihrer eignen Hände Arbeit, stürzte auf den Jüngling zu und rief: »Ach mein liebster Sohn, du bist ja mein liebster Sohn!« Der Jüngling wusste nicht, was er dazu sagen sollte, da befahl sie den Richtern nach Hause zu gehen und nahm den Jüngling mit sich in ihren Palast. Sogleich musste die Hebamme herbei; als die Sultanin sie bedrohte, bekannte sie, dass sie das Kind dem Mädchen gegeben habe. Da wurde auch das Mädchen geholt und bedroht, und es bekannte, dass es das Kind ins

Wasser hätte werfen sollen, aber stattdessen es in ein feines Tuch gewickelt in ein Kästchen gelegt und auf ein frisches Grab gestellt hätte. Statt des Jünglings wurde nun der böse Minister in das Gefängnis geworfen, die Jungfrau aber aus demselben erlöst und noch am selben Morgen die Verlobung gehalten. Dann kehrte der Jüngling in einem großen und prächtigen Schiffe zu der Insel zurück und holte seinen Pflegevater ab, welcher sofort die Stelle des ersten Ministers erhielt, der alte Minister aber wurde enthauptet. Der Bruder des verstorbenen Sultans entsagte nun freiwillig der Regierung und statt seiner bestieg der Jüngling den Thron.

Der Teufel ist los oder das Märlein, wie der Teufel den Branntwein erfand

Ludwig Bechstein

mündlich aus Thüringen und nach des Herausgebers (Ludwig Bechsteins) Thüringischem Sagenschatz

Es hatten einmal zwei Landesherren einen Grenzstreit; da waren auf jeder Seite Zeugen, die das Recht behaupteten, und darunter waren zwei, die hatten vom Teufel die Schwarzkunst erlernt und ihm dafür ihre Seelen verschrieben.

Diese beiden haben einmal ein jeder in der Nacht wollen falsche Grenzsteine setzen, so, wie jeder von ihnen die Grenze behauptete, und haben die Steine mit schwarzer Kunst wollen machen, dass sie aussähen, als ob sie schon viele, viele Jahre dagestanden hätten. Da sind sie alle zwei, als feurige Männer, hinauf auf die Höhe gegangen. Und wie der eine hinaufkommt, da ist der andere schon da. Aber keiner hat etwas von dem andern gewusst, dass dieser denselben Gedanken hatte.

Da fragte der eine den andern: »Was machst du da?«

»Was hast du danach zu fragen? Sage mir zuvor, was du da machen willst?«

»Grenzsteine will ich setzen, und will den Grenzzug machen, wie dieser eigentlich sein muss.«

»Das habe ich selbst schon getan, und da stehen die Steine, und so geht der Grenzzug.«

»Das ist nicht richtig und *so* geht der Grenzzug. Mein Herr hat gesagt, ich hätte recht, und ich solle nicht nachgeben.«

»Wer ist denn dein Herr? Das wird auch ein schöner Monsieur sein!«

»Der Teufel ist mein Herr! Hast du nun Respekt?«

»Das ist nicht wahr, das ist *mein* Herr, und derselbe hat mir gesagt, ich habe recht und solle nicht nachgeben. Packe dich den Augenblick, oder es geht dir schlecht!«

Und so kamen die zwei hintereinander, und zuletzt da gab der eine feurige Mann dem andern eine Maulschelle, dass ihm der Kopf herabflog und kullerte den ganzen Berg hinab. Und der feurige Mann ohne Kopf rannte hinter seinem feurigen Kopfe her und wollte ihn haschen und ihn sich wieder aufsetzen. Aber er konnte ihn nicht einholen bis ganz drunten im Graben.

Wie nun der eine dem andern die Maulschelle gegeben hatte und jener hinter seinem Kopfe herlief, da kam auf einmal ein dritter feuriger Mann dazu, und fragte den, der oben blieb: »Was hast du da gemacht?«

»Was geht es dich an, und was hast du mir zu befehlen? Den Augenblick packe dich deiner Wege, oder ich mache es dir gerade so wie jenem.«

»Halunke! Hast du nicht mehr Respekt vor mir? Weißt du nicht, dass ich dein Herr, der Teufel, bin?«

»Und wenn du zehnmal der Teufel selbst bist, so liegt mir daran gar nichts; du kannst mich meinetwegen recht schön rein machen!«

»Diesen Gefallen will ich dir tun, du sollst aber dein Lebtag daran gedenken!«

Und da fing der Teufel an und machte ihn rein, dass die Feuerputzen auf dem ganzen Bergrücken herumflogen. Aber wie er ihn so rein machte, da ersah mein feuriger Mann den günstigen Augenblick, und griff hin und erwischte den Teufel im Nacken, hielt ihn fest und sagte ihm:

»Nun bist du in meiner Gewalt; nun sollst du sehen, dass du in der Menschen Händen bist! Du hast dein Leben lang genug armen Leuten den Hals herumgedreht, nun sollst du auch selbst einmal erfahren, wie es tut, wenn einem der Hals umgedreht wird!«

Und fing an, und wollte dem Teufel den Hals umdrehen. Wie der Teufel sah, dass der feurige Mann Ernst mit ihm machte, legte er sich aufs Bitten und gab ihm die himmelbesten Worte, er solle ihn doch gehen lassen und solle ihm den Hals nicht herumdrehen; er wolle ihm auch alles tun, was er nur von ihm verlangte. Da sagte ihm der: »Weil du also erbärmlich tust, so will ich dich nur gehen lassen; aber zuvor musst du mir meine Verschreibung wieder geben, in welcher ich dir meine Seele verschrieben habe, und musst mir auch versprechen, ja du musst mir das bei deiner Großmutter beschwören, dass du kein Teil mehr an mir haben willst, auch all dein Lebtage von keinem Menschen dir wieder die Seele verschreiben lassen.«

Wollte der Teufel wohl oder übel, einmal steckte er in der Klemme, und wenn er loskommen wollte und wollte nicht den Hals herumgedreht haben, so musste er in einen sauren Apfel beißen, und gab ihm seine Verschreibung wieder und versprach's ihm und verschwur sich bei seiner Großmutter, dass er keinen Teil mehr an ihm haben wolle, und wolle auch all sein Lebtag von keinem Menschen sich wieder lassen die Seele verschreiben. Wie er das alles getan hatte, ließ jener den Teufel los.

Wie aber der Teufel wieder ledig war, da tat er einen Sprung zurück, dass ihn jener nicht etwa unversehens noch einmal erwischen konnte, und stellte sich hin und sagte: »So, nun bin ich wieder ledig; wenn ich dir, du Schalksnarr, nun auch deine Verschreibung wieder gegeben habe und habe dir versprochen und beschworen, dass ich kein Teil mehr an dir haben wolle, so habe ich dir doch nicht versprochen, dass ich dir auch nicht den Hals umdrehen wolle, so ich wieder ledig wäre. Und auf dem Flecke drauf sollst du alleweil sterben, dafür, dass du mich gegurgelt hast, und hast mir wollen den Hals umdrehen!«

Und damit fuhr der Teufel auf ihn hinein, und wollte ihm den Garaus machen, der aber riss aus und lief zum Wald hinein. Und der Teufel immer hinter ihm her. Endlich ersah es jener, und kam an eine alte Buche, die war hohl und hatte unten ein Loch. Da kroch er geschwind hinein und wollte sich verstecken vor dem Teufel. Aber er war nicht weit genug hineingekrochen, und die Fußzehe guckte ihm noch heraus. Und weil er über und über feurig war, da leuchtete die Zehe durch die Nacht, und der Teufel wurde es gewahr, wo jener sich hin versteckt hatte, und kam und wollte ihn an der Fußzehe erwischen.

Aber der in seinem Baume hörte es, wie der Teufel getappt kam, wie er nach ihm greifen und ihn erwischen wollte; da zog er sich vollends hinein und machte sich weiter im Baume hinauf. Da kroch der Teufel auch hinein, und jener machte immer weiter im Baume hinauf und der Teufel immer hinter ihm her. Endlich da hatte der Baum oben in der Höhe ein weites Astloch, da kam jener dran und kroch heraus. Und wie er draußen war, da nahm er etwas und verkeilte das Astloch, wo er herausgekrochen war, und stieg geschwind herab und verkeilte auch das untere Loch, und machte es mit schwarzer Kunst so fest, dass es der Teufel selbst und seine Großmutter und die ganze Hölle nicht wieder aufbringen konnten. Danach ging er seiner Wege.

Und da steckte nun der Teufel in der alten Buche, und konnte nicht herauskommen, und half ihm alles nichts, er musste drin stecken bleiben. Und da hat er lange Zeit darin gesteckt und vielmal zu jener Zeit, wenn Leute des Wegs über jenen Berg gegangen sind, da haben sie ihn darin hören blöken und grunzen in seiner Buche. Endlich aber, wie der Holzschlag dort hinaufgekommen ist, da ist die Buche abgehauen worden. Da ist er endlich wieder herausgekommen und ist wieder frei geworden, der Teufel. Wie er nun wieder los war, da machte er sich auf und ging heim in die Hölle und wollte sehen, wie es aussähe? Aber da war alles leer darin, wie es in der Kirche in der Woche ist, und war keine Seele mehr zu hören noch zu sehen. Seit der Teufel damals fortgegangen und nicht wieder gekommen war und auch kein Mensch nicht gewusst hatte, wo er hingekommen war, da war nicht eine einzige Seele wieder in die Hölle gekommen. Und da war seine Großmutter aus Herzeleid gestorben und wie die tot war, da packten alle die armen Seelen, die dazumal in der Hölle waren, auf, und machten sich auf und davon und gingen alle miteinander in den Himmel. Und da stand er, maus-mutter-stern-allein in der Hölle und wusste seines Leides keinen Rat, wie er's wohl anfinge, dass er wieder arme Seelen bekäme, weil er es nicht mehr tun durfte und hatte es damals bei seiner Großmutter verschwören müssen, dass er von keinem Menschen sich wieder wollte die Seele verschreiben lassen und auf andere Weise bekam er damals keine Menschen in die Hölle. Und da stand er und wusste seines Herzeleids kein Ende und wollte sich die Hörner aus dem Kopfe raufen vor lauter Herzeleid und Jammer. – Da fiel ihm auf einmal etwas ein.

Wie er in der alten Buche gesteckt hatte und nicht herausgekonnt, da war ihm zuletzt die Zeit lang geworden, und da hatte er über allerlei nachsimuliert[1] und den Branntwein erdacht und erfunden. Das fiel ihm alleweil

[1] nachgedacht

mitten in seinem Herzeleide wieder ein und da dachte er sich, das müsse ein Mittelchen sein, wie er doch wieder arme Seelen in die Hölle bekommen könne.

Und da packte er auf der Stelle auf und ließ die Hölle Hölle sein, und ging nach Nordhausen und wurde ein Schnapsbrenner und machte Branntwein drein und drauf und schenkte ihn in die Welt hinein. Und er zeigte auch den Nordhäusern allen miteinander, wie der Schnaps gemacht wird und versprach ihnen viel Geld und Gut, wenn sie's lernten und Branntwein brennten. Und die Nordhäuser ließen sich's auch nicht zweimal sagen und wurden alle Schnapsbrenner und machten Branntwein und schenkten ihn in die Welt hinein. Seit dieser Zeit schreibt sich's her, dass bis auf den heutigen Tag so viel Branntwein in Nordhausen gebrennt wird, wie an keinem andern Orte in der ganzen Welt.

Aber wie sich's der Teufel gedacht hatte, also ging es auch. Wenn die Leute erst ein wenig Branntwein im Leibe hatten, da fingen sie an zu fluchen und zu schwören, und fluchten und schwuren ihre Seele zum Teufel, dass sie der Teufel bekam, wenn sie gestorben waren und brauchte ihnen darum nicht zu dienen, wie er sonst hatte tun müssen, wenn er eine arme Seele hatte haben wollen. Und wenn sie sich den Kopf erst richtig vollgesoffen hatten im Branntwein, da fingen sie auch an und zankten sich und prügelten sich und brachen sich selber die Hälse, dass sich der Teufel nicht erst brauchte die Mühe zu geben und brauchte sie ihnen herum zu drehen. Und wenn der Teufel sonst mit aller Mühe und Not hatte alle Wochen einmal eine arme Seele in die Hölle bekommen können, da kamen sie jetzt dutzend- und schockweise[2] alle Tage hinein und es dauerte kein Jahr, da war die Hölle zu klein

[2] haufenweise

geworden und konnte der Teufel die Seelen nicht mehr unterbringen und musste ein ganz neues Stück lassen anbauen an die Hölle.

Und kurz und gut, seit der Teufel aus der alten Buche jenes mal wieder losgekommen ist, seit der Zeit ist der Branntwein aufgekommen, und seit der Branntwein in der Welt ist, da kann man erst recht eigentlich sagen: »Der Teufel ist los!«

Der spukende Bürgermeister von Dömitz

Karl Bartsch

Vor vielen Jahren lebte in Dömitz ein Bürgermeister, dessen Name den älteren Bewohnern noch sehr wohl bekannt ist, weil mit demselben die Mütter ihre Kinder, wenn sie schrien, einschüchterten; er hieß Behler. Er hatte den Befehl gegeben, dass jeder Bürger, dessen Haus in Flammen aufginge, erhängt werden sollte. Nun geschah es, dass die einzige Tochter des Bürgermeisters an einem Palmsonntage konfirmiert wurde. Ein großer, schöner Braten stand in der Küche über dem Feuer. Plötzlich fasste dieser Feuer, das sich schnell über das ganze Haus verbreitete, es in Asche legte und dazu noch die halbe Elbstraße, in welcher der Bürgermeister wohnte. Der Bürgermeister war gerade in der Kirche, als ihm diese Hiobspost gebracht wurde. Vor Verzweiflung wurde er wahnsinnig und starb bald darauf.[1] Aber er fand im Grabe keine Ruhe, sondern ließ sich oftmals in seinem Hause, auf dem Rathause und in den Straßen, auf einem Schimmel reitend, sehen.

Vor allem aber war es der Nachtwächter, der am meisten von ihm zu leiden hatte. Sobald dieser in die Elbstraße kam, hatte er gleich seinen Begleiter, den Bürgermeister, bei sich; und wollte er die Stunden der Nacht mit dem Horne verkünden, dann stand der Spuk vor ihm, sodass er keinen Ton hervorbringen konnte.

[1] [Originalanmerkung] Nach K. begibt er sich auf die Flucht, von dem wütenden Pöbel verfolgt, und stirbt unterwegs durch einen Unfall.

Da beschlossen die Einwohner, den Geist fortzubringen. Allein, es getraute sich niemand, ihn zu bannen. Endlich erbot sich ein verwegener Soldat, ihn gegen eine Belohnung auf den Mittelwerder, der rings von Wasser umgeben ist, zu bringen.

Des Bürgermeisters Lieblingsspeise war seine Lebtage Pfannkuchen gewesen. Der Soldat nahm deshalb einen Pfannkuchen und einen großen Sack, in den er den Geist zu locken suchte. »Krup unner, krup unner«, sagte der Soldat; worauf der Spuk fragte »Wohin, wohin?« – »In die weite Welt«, war die Antwort, »in den Sack.« Als der Geist gefangen im Sacke war, wurde er auf einem Kahne nach dem Mittelwerder gefahren,[2] der südlich von der Stadt in der Elbe liegt. Hier angekommen, schüttete der Soldat den Spuk aus. Bei dieser Arbeit aber war er nicht vorsichtig genug zu Werke gegangen; denn es gelang dem Geiste, ihm beim Herausschütten einen Finger abzubeißen. Noch lange Zeit hindurch hat der Geist hier auf dem Mittelwerder sein Wesen gehabt.

[2] [Originalanmerkung] Nach K. sind es zwei Bürger, die ihn dahin bringen. Unterwegs stellt sich der Geist sehr ungeberdig, daher muss einer von ihnen mit einem Knüttel auf den Geist im Sack losschlagen, wobei jeder dritte Schlag auf den Schlagenden zurückprallt.

Hexe entdeckt

Bernhard Baader

Im badischen Oberlande lebte eine reiche, kinderlose Bauersfrau, welche eine Hexe war. Alle Mittwochs- und Freitagsnacht begab sie sich zum Hexentanz, der, fünfzig Stunden von ihrem Wohnort, in einem Felsenkeller gehalten wurde. Wenn sie dahin wollte, legte sie ein Gebund Stroh, dem sie durch Blendwerk ihre Gestalt gab, zu ihrem Mann ins Bett, ging dann in die Stube des Knechts, der ein starker Bursch war, legte dem Schlafenden einen Zaum[1] an, verwandelte ihn in ein Pferd und ritt auf ihm hinaus. Ebenso kehrte sie später wieder nach Hause, und der Knecht, welcher darüber sehr abmagerte, erwachte am Morgen in seinem Bett, ohne von dem Vorgang etwas zu wissen. Beiläufig ein halbes Jahr hatte die Frau so ihr Wesen getrieben, als es sich zutrug, dass abends ein wandernder Handwerksgesell auf dem Feld bei dem Felsenkeller, im Rausche, einschlief. Er erwachte, nüchtern geworden, tief in der Nacht, hörte nahes Tonspiel und kam, als er ihm nachging, zur Türe des Kellers. Da er sie verschlossen fand, schaute er durch das Schlüsselloch und sah, dass der Keller hell erleuchtet war und darin gezecht und getanzt wurde, auch an der Wand ein Pferd angebunden stand. Sogleich sagte eine Frau der Sippschaft zu einer andern: »Gehe, blase das Licht aus!«, worauf diese durch das Schlüsselloch dem Gesellen in das Auge blies, dass es augenblicklich erblindete. Hierüber entsetzt, schrie er dreimal nacheinander zum Schlüssel-

[1] Zaumzeug

loch hinein: »Um Gotteswillen, machet auf!« Da flog die Türe auf und Hexen und Teufel fuhren in wildem Getümmel heraus und nach allen Weltgegenden davon. Hierauf ging der Gesell in den Keller, worin nur noch ein Licht brannte und sah, dass er durch sein Rufen alles Blendwerk vertrieben hatte. Das Essen war Viehkot, der Wein Rosspisse, und das Pferd der Knecht geworden. Dieser erstaunte sehr, gezäumt im Keller sich zu befinden; als ihm aber der andere das Geschehene erzählte, ward ihm klar, wie er seither missbraucht worden sei. Um zu erfahren, wer es getan, ging er wieder in seinen Dienst und beobachtete die Frau genau, von der er schon manches Verdächtige gehört hatte. Nachdem er wahrgenommen, dass sie, wenn ihre Leute alle auf dem Felde zu tun hatten, gewöhnlich sehr spät und allein zum Kochen heimging; dennoch aber ihnen das Essen stets zur rechten Zeit hinausbrachte, schlich er sich bei einer solchen Gelegenheit auf den Speicher des Hauses und machte in den Schornstein ein kleines Loch, wodurch er hinunter in die Küche sehen konnte. In diese kam die Frau und rief, ohne den Knecht zu sehen, in den Schornstein hinauf: »Gib mir eine Schüssel Suppe; gib mir eine Schüssel Fleisch und Gemüse!« Im Augenblick standen diese Speisen in Schüsseln auf dem Herde und wurden dann von der Frau für ihre Leute mitgenommen. Als dieselbe aus dem Hause war, verließ der Knecht sein Versteck und, noch am nämlichen Tage, den Dienst der Hexe.

Vier Geistergeschichten

Carl und Theodor Colshorn

mündlich in Sievershausen bei Einbeck

In Sievershausen war früher ein großes altes Haus, jetzt ist es abgerissen und neu gebaut; darin ging ein Advokat oder so etwas um. Dieser hatte bei seinen Lebzeiten vieles verbrochen; deshalb war ihm nun im Grabe keine Ruhe vergönnt. Er erschien aber in jenem Hause als graues Männchen und lärmte und rumorte, dass sich niemand vor ihm bergen konnte; auch wollte es lange gar nicht gelingen, ihn zu bannen. Endlich ließ man einen »Genevitus«, d. h. einen katholischen Pfarrer, kommen; dieser beschwor ihn glücklich auf eine Kammer und den Schlüssel zu der Kammer legten sie mit den anderen in die Kommode. Einige Zeit nachher kam eine neue Köchin ins Haus, die von der Anwesenheit des Geistes, welche man möglichst zu verheimlichen suchte, noch nichts wusste; da sie die Schlüssel und die Zimmer noch nicht ordentlich kannte, nahm sie den gefährlichen Schlüssel und öffnete die Geisterkammer und es huschte etwas an ihr vorbei wie ein Schatten. Als sie hierauf wieder in die Küche ging, stand ein graues Männchen am Feuerherd und lachte und grinste. Entsetzt eilte sie zu ihrer Herrschaft und erzählte den Vorfall; da erfuhr sie denn alles. Der Geist aber durchwanderte das ganze Haus, Zimmer um Zimmer; zuletzt setzte er sich in die Butze unter der Treppe, und wenn jemand die Treppe hinauf ging, so klopfte er jedes Mal und rief »Hu, hu, bah!« Das gefiel den

Leuten nicht im allergeringsten und sie schickten nach einem Beschwörer. Bevor dieser kam, war er bei einem Schuster gewesen und hatte da etwas Pech ans Zeug bekommen; als er nun den Geist bannen wollte, sah derselbe aus der Butze, schnitt allerhand hässliche Grimassen, lachte und grinste und rief: »Pechdieb! Pechdieb!«, legte sich in seine Butze und klopfte und trommelte drauf los wie nichts Gutes. Auf die ferneren Bannsprüche achtete er nicht weiter; deshalb ließ man einen zweiten Beschwörer kommen. Dieser war durch ein Kornfeld gegangen, und da hatte sich ihm ein Roggenhalm in die eine Schuhschnalle gehängt; als er nun den Geist bannen wollte, sah derselbe aus der Butze, machte es gerade wie beim ersten Mal und rief: »Strohdieb! Strohdieb!«, und der Beschwörer konnte ihm nichts anhaben. Jetzt ließ man einen dritten kommen und weil der ohne allen Tadel war, so gelang es ihm, den Ruhestörer in eine große, große Flasche zu bannen; diese trug man auf einen Wagen und ließ vier Pferde vorspannen, um die Flasche samt dem Geiste in einen Holzteich zu bringen. Der Beschwörer hatte dem Fuhrmann noch gesagt, er solle sich ja nicht umsehen; als sie aber in die Nähe des Forsthauses kamen, wurde hinter ihm ein gefährlicher Lärm; da sah er sich um und plötzlich war der Geist aus der Flasche fort und saß in seiner Butze und trommelte seine besten Stückchen. Er wurde zum zweiten Mal in die Flasche gebannt und auch zum zweiten Mal wusste er's zu machen, dass der Fuhrmann sich umsah und ihn dadurch entwischen ließ; zum dritten Mal indes gelang es ihm nicht: er mochte poltern und lärmen, drohen und flehen, so viel er nur wollte, rasch gings am Forsthaus vorbei und dem Holzteiche zu; hier wurde die Flasche hineingewälzt und in jenem Teiche sitzt der Geist noch und rumort und hantiert zu Zeiten, dass das Wasser hoch aufschäumt.

Im Felde bei Sievershausen liegen dicht am Wege die Trümmer eines Schlosses oder einer Burg, und hier geht eine weiße Jungfrau um, die von mehreren gesehen worden ist. Vor etwa zehn Jahren zur Sommerzeit und um die Mittagsstunde geht ein Jude durch das Feld. Plötzlich erblickt er die weiße Jungfrau; sie trägt ein Körbchen und ein Bund Schlüssel, winkt ihm mit einem weißen Tuche und bittet recht wehmütig, er möge ihr die Hand reichen und ihr Guten Tag sagen, so sei sie erlöst. Der Jude aber kriegt es mit der Angst und läuft fort. Zuweilen sieht er sich um und alsdann winkt sie ihm und schreit hinter ihm her; jedoch je mehr sie ruft, desto schneller läuft er. Zuletzt noch hört er, wie sie jammert: »Nun wird erst in fünfundzwanzig Jahren wieder jemand geboren, der mich erlösen kann.« Der Jude erzählt es im Dorfe, und der Pfarrer hat geraten, es solle sich niemand vor ihr fürchten; wenn sie einem begegne, so möge er ihr Guten Tag sagen, doch statt der Hand den Zipfel des Taschentuches, des Rockes oder der Schürze reichen, da man Angst hat, sie könne durchgreifen. Der Jude lebt noch und auch sein Name ist mit genannt worden. Seitdem passt man ordentlich auf; sie hat sich indes noch nicht wieder sehen lassen.

Etwa zwei Stunden von Sievershausen ist das Kloster Fredelsloh; daselbst war früher eine Köchin, welche ausgekundschaftet hatte, dass sich in einem alten Gemache zwei Kisten mit leinenen Sachen befanden, die noch von den Nonnen herrührten. Als es ihr nun eben an Leinewand fehlte, so holte sie sich aus jenen Kisten und beredete die eine Magd auch dazu. Die Köchin schlief mit einer zweiten Magd zusammen in einem Bett; des Nachts aber kam ein Geist, stieg hinweg über das Mädchen und sagte zu der Köchin: »Du bringst morgen die Sachen wieder an ihre Stelle, oder es geht dir schlecht!« Die zweite Magd erzählte es den Morgen allen im Hause; da nahm die erste ihre Leinewand und legte sie vorsichtig wieder in die Kiste. Die Köchin jedoch wollte nichts davon wissen, ging vielmehr nach einiger Zeit zum zweiten Mal dabei und fragte auch diesmal nichts nach den Drohungen des Geistes. Bald darauf fehlte es ihr wieder an Leinewand, und sie holte zum dritten Mal. Des Nachts erscheint der Geist wieder, und es wird ein Lärm in der Kammer, dass alle Mägde erwachen und es ihnen vorkommt, als wenn jemand ersticken will. Sie wecken die Herrschaft und als sie hinaufgehen, finden sie die Köchin ganz zerschlagen und zertreten, der Kopf sitzt ihr auf einer Seite und um die Mittagszeit ist sie tot.

Ebendaselbst hat in früherer Zeit auch einmal ein Feldmesser gelebt, der hat sich bestechen lassen und falsch gemessen, dadurch aber manchen ehrlichen Mann mit Frau und Kind und Kindeskind in großes Elend gebracht. Wenn es nun Nacht ist, sieht man ihn »gleinig« (glühend) und mit einer »gleinigen« Stange in den Feldmarken von Sievershausen, Relliehausen und Dassel das Feld vermessen. Es haben ihn viele gesehen, und sie alle wissen nicht genug zu erzählen von seinen kläglichen Mienen und wie er von Zeit zu Zeit seufzet und stöhnt.

Blaubart

Alexander von Ungern-Sternberg

Ein armer Landedelmann hatte acht Töchter, die er gerne an den Mann bringen wollte. Es waren alle acht hübsche Mädchen. Der Vater, wenn er sie einem Fremden vorführte, pflegte zu sagen: »Hier ist meine älteste Tochter:

Suse,
etwas konfuse.«

Dann:

»Jette,
liegt zu lang im Bette;
Anne Sophie,
hat ein Fleckchen am Knie;
Lottchen,
ist ein kleines Teufelsbottchen[1]*;*
Katerlieschen,
hat ein kleines Füßchen;
Armengart,
die die Leute narrt;
Adelgunde,
mit der Brust so runde;«

und endlich:

»Annett',
mit dem Hintern fett.«

[1] ein durchtriebenes, wildes Kind

Nun wohnte ein ganz vollkommener Kavalier in der Gegend, der liebte schöne Frauen über die Maßen, der hörte von den acht hübschen Mädchen und erschien deshalb bei dem Edelmann. Er kam mit einer Kutsche und vier Pferden angefahren. Zwei Lakaien öffneten den Schlag des Wagens, und ein Strom von Rosen- und Veilchenduft verbreitete sich, als der vollkommene Kavalier ausstieg und dem Edelmanne seine Verbeugung machte, indem er sagte:

»Ich bin der vollkommenste Kavalier
Und erscheine hier an deiner Tür;
Du hast der Töchter zweimal vier,
Von denen schenke eine mir.«

Der alte Baron erwiderte:

»Ihr seid der vollkommenste Kavalier,
Der ganzen Nachbarschaft Lob und Zier;
Die Ehre ist über die Gebühr,
Nehmt Ihr eine von meinen zweimal vier.«

»Aber welche nehme ich?«, sagte der Freiersmann zu sich selbst, als er die acht Mädchen betrachtete: »Nehme ich:

Suse,
etwas konfuse?

Nehme ich:

Jette,
die zu lang liegt im Bette?

Oder:

Anne Sophie,
mit dem Fleckchen am Knie? –

Soll ich nicht lieber nehmen:

Lottchen,
das kleine Teufelsbottchen?

Oder:

Katerlieschen,
mit dem kleinen Füßchen? –

Gar so hübsch ist:

Armengart,
die die Leute narrt;

nicht minder hübsch:

Adelgunde,
mit der Brust so runde.

Doch will ich mit der jüngsten anfangen und nehme mir:

Annett',
mit dem Hintern fett.

Die soll meine Gemahlin werden; wir wollen ja sehen, vielleicht bekomme ich die andern auch noch. Es pflegt oft kurios zu gehen, mit den jungen Weibern, sie leben nicht allzu lange und man ist sie bald wieder los. Besonders diese, die ist schon jetzt so fett, dass sie gar nicht mehr gut Atem holen kann.«

So dachte der Freiersmann und nahm Annett', die mit ihm nun von dannen fuhr in das Schloss ihres Gemahls. Der alte Edelmann weinte einige Tränen beim Abschied. Es dauerte nicht lange, so kam eine Kutsche mit vier Pferden und den zwei Lakaien wieder vorgefahren und der vollkommenste Kavalier stieg aus, machte eine tiefe Verbeugung, zeigte auf den Trauerflor an seinem Arme und sagte:

»Ich bin der vollkommenste Kavalier
Und erscheine hier vor deiner Tür,
Der Tod hat geraubt deine Tochter mir,
Gib eine andere mir dafür.«

Der alte Baron erschrak zwar über die Nachricht; er fasste sich aber bald wieder und erwiderte ebenfalls mit einem tiefen Bückling:

»Ihr seid der vollkommenste Kavalier,
Der ganzen Gegend Lob und Zier;
Und starb die eine von den zweimal vier,
So gebe ich eine andre dafür!«

Diesmal nahm der Freiersmann Adelgunde, mit der Brust so runde, und führte sie als seine Gemahlin auf sein Schloss. Der Edelmann weinte wiederum einige Tränen.

Bald kam jedoch der Freiersmann nochmals und dann nochmals und endlich war er siebenmal dagewesen und kam zum achten Male, und da es nach der Reihe ging, von unten aufwärts, so freite er noch zu guter Letzt um Suse.

Der Edelmann rief: »Aber, wie ist mir, mein Lieber, Sie scheinen Talent für das Witwerfach zu haben. Sieben Frauen tot und nun geht's gar an die achte. Nehmen Sie's mir nicht übel, aber die Sache kommt mir etwas sonderbar vor.«

»Die zarte Natur, mein teurer Schwiegervater, die zarte Natur der lieben Kinder«, entgegnete der schöne Kavalier.

»Nun denn!«, entgegnete der Baron, »ich geb' Ihnen meine achte, doch mit dieser gehen Sie hübsch säuberlich um, hören Sie! – Ich bin schon etwas bei Jahren und kann, wenn ich mir auch noch so sehr Mühe gebe, keine neue Tochter in die Welt setzen.«

Suse stand hinter ihrem Vater, als er so sprach und sagte bei sich selbst: »Nun, verlass dich nur auf mich, Vater, ich bin nicht auf den Kopf gefallen, obgleich ihr mich immer nur die Suse – etwas konfuse – nennt. Ich will der Sache mit der ewigen Witwerschaft schon auf die Spur kommen.«

Und als sie in die Kutsche steigen wollte, um mit ihrem Gemahl auf dessen Schloss zu reisen, zog sie ihren Vater beiseite und sagte zu ihm: »Hier ist ein Glöckchen von Silber, liebster Vater; das hat mir meine Pate, die eine mächtige Fee ist, geschenkt. Stelle das Glöckchen auf deinen Schreibtisch. Sobald du es von selbst klingeln hörst, so mach dich geschwind auf und eile mir zu Hilfe, denn ich werde mich dann in gar böser Gefahr befinden.«

Der alte Baron versprach dies und nahm das Glöckchen. Dann umarmte er seine einzige Tochter zärtlichst und vergoss dabei so viel Tränen, wie bei allen andern sieben zusammengenommen.

Die junge Frau, als sie auf dem Wege nach dem Schloss ihres Eheherrn sich befand, sang still vor sich hin:

»Liebste Suse,
Nur diesmal nicht konfuse –
Blick scharf um dich, sieh alles an,
Vor allen deinen eignen Mann!« –

Und nun nahm sie den vollkommenen Kavalier recht genau in Augenschein; allein, so sehr sie sich Mühe gab, sie konnte nichts an ihm entdecken, was nicht vollkommen gewesen wäre. Die Augen, die Zähne, die Haare, der Wuchs, die wunderschöne Farbe, nur der Bart war etwas zu blauschwarz; allein auch das konnte für eine vollkommene Schönheit gelten. Wenigstens halten es viele Frauen dafür. Auch war er in Sitten und Manieren der besterzogenste junge Mann, den man finden konnte, sodass die arme Suse, mit aller Müh und aller List, nichts Tadelnswertes an ihre Gemahl entdecken konnte.

Nun fuhren sie ins Schloss. Dies war ein herrliches Gebäude und überall auf alle Wände geschrieben stand mit großen goldenen Lettern geschrieben: Hier wohnt der vollkommenste Kavalier.

In den Gemächern stand über jeder Tür:
Hier wohnt der vollkommenste Kavalier.

Auf Sofas und Stühlen gewirkt stand:
Hier wohnt der vollkommenste Kavalier.

Im Garten war zu lesen in Blumenzier:
Hier wohnt der vollkommenste Kavalier.

Am Stall selbst stand geschrieben, mit Wagenschmier':
Hier wohnt der vollkommenste Kavalier.

»Nun!«, rief Suse, »wenn die Leute es jetzt nicht wissen, dass ich so glücklich bin, den vollkommensten Mann zu haben, so weiß ich nicht, wie man es ihnen sonst beibringen soll.«

Sie schickte sich nun an, mit ihrem Manne ein sehr vergnügtes Leben zu führen. Einige Wochen hintereinander brachte sie auch in lauter Lustbarkeiten zu; es wurden herrliche Feste gegeben und die Nachbarschaft eingeladen. Dann kam eines Morgens der Blaubart zu ihr und sagte: »Mein Kind, ich muss auf einige Tage verreisen, hier nimm die Schlüssel zu dem ganzen Hause. Überallhin kannst du gehen, nur in ein Kabinett, muss ich dich bitten, nicht einzutreten, ich hab' darin meine Bücher und Papiere, zu denen ich nicht gern Weiberhände zulasse.«

»Wohlan denn, mein Lieber«, antwortete Suse, »ich werde nicht hineingehen.«

Und nun nahm er Abschied und entfernte sich.

Als Suse allein saß in dem großen Schlosse, empfand sie alsbald Langeweile. Aus einem Löchlein hinter der Tapete kam eine Maus herausgeschlüpft, die stellte sich aufrecht auf die Hinterfüßchen und sprach:

»Suse, Suse,
Auf ein Wort!
Ich bin die Maus Mabuse
Und wohn' hier am Ort.
Was sollt' wohl sein im Kabinett?
Ich wett'
Etwas Besonderes. Willst du nicht hineingehen?«

»Nein«, sagte Suse, »ich hab' es meinem Manne versprochen, nicht hineinzugehen. Es liegen seine Papiere und Bücher drin.« Die Maus lachte und rief:

»Papiere und Bücher! Er liest ja nie,
Und schreiben kann er auch nicht,
Der armselige Wicht,
Hat ja nichts gelernt, ma chère amie[2]*.«*

[2] meine liebe Freundin

Damit ging Frau Mabuse höhnend fort. Nicht lange währte es, so ließ sich ein Vogel am offenen Fenster nieder und sang:

»Suse, Suse,
Auf ein Wort!
Ich bin der Vogel Fladuse
Und wohn' hier am Ort.
Sag geschwind,
Liebes Kind,
Was sollte wohl sein im Kabinett?«

»Ich weiß es nicht«, entgegnete Suse, schon etwas verdrießlich; »ich sollte meinen, es sind Bücher und Schriften, die meinem Manne zugehören.« Der Vogel stieß ein lautes Gelächter aus und rief:

»Ei wie einfältig
Diese junge Frau ist!
Sie glaubt nicht an die List
Von uns jungen Herrn!
Und wir betrügen so gern.«

»Unverschämter Herr!«, rief Suse, »gehen Sie ihrer Wege und kümmern Sie sich nicht um Dinge, die Sie nichts angehen! Gelbschnabel, Sie!« Damit schlug sie das Fenster zu und der Vogel flog weg. Da ließ sich eine Spinne von der Decke herab:

»Suse, Suse,
Auf ein Wort:
Ich bin die Spinne Radeguse
Und wohn' hier am Ort.
Ich sag' Ihnen, mein Kind,

Ich bin eine alte Dame,
Ihr Mann ist infame,
Wie selten die Männer sind.
Er betrügt Sie recht malhonnête[3]*,*
Gehn Sie nur ins Kabinett.«

Die Spinne haspelte sich wieder hinauf, ohne eine Antwort zu erwarten. Suse jedoch rief ihr nach: »Madame, ich finde es sehr sonderbar, dass Sie sich unterfangen, hier Schlechtes von meinem Manne zu sprechen. Ich verbitte mir das fürs Künftige.«

Aber alle diese Reden hatten einen Stachel in dem Herzen Susens zurückgelassen. Es kam ihr dazu wieder in den Sinn, dass sie ihrem Vater versprochen hatte, über das Schicksal ihrer verschwundenen Schwestern Nachforschungen anzustellen. Plötzlich fiel es ihr nun ein: »Wie! Wenn deine armen Schwestern nun in jenem Kabinett wären? Die Frau Mabuse hat ganz recht, mein Mann liest nie und schreiben habe ich ihn auch nicht gesehen. Er verlässt sich ganz auf seine äußere Schönheit und hat zur Ausbildung seines Innern nichts getan. Er gehört zu der Sorte von Männern, denen man alles nimmt, wenn man ihnen ihre Schönheit nimmt, das ist wahr. Also Bücher und Papiere können schwerlich im Kabinett liegen. Dann sprach der alberne Herr Fladuse etwas von Männerlist, und die alte Dame Radeguse sagte ganz offen, dass mein Mann mich betröge. Das sind alles Dinge, die wunderbar zusammenstimmen. Ich muss demnach doch einen Blick in das Kabinett tun. Wir wollen doch sehen, was an der Sache ist. Den Hals wird es nicht gleich kosten.«

So sprach Suse und vom Sprechen zum Handeln war nur ein Schritt. Sie nahm den verbotenen Schlüssel und

[3] unehrlich

öffnete damit das Kabinett. Was entdeckte sie hier? Lauter Gegenstände, die sie auf den ersten Blick nicht erkannte und von deren eigentlicher Beschaffenheit sie sich keine Vorstellung machte. Aber sie wurde von den Dingen selbst belehrt. Als sie zu einem dieser Gegenstände herantrat, sprach eine Stimme:

»Ihro Gnaden,
Wir sind ein paar falsche Waden,
Ihnen zu dienen.
Wir passen ans Bein
Wie Eisenschienen,
Und passen ganz fein
Ihrem Herrn Gemahl,
Dessen Waden sind etwas schmal.«

»Was muss ich hören!«, rief Suse. »Also seine schönen Waden sind nicht seine eignen.« Als sie sich einem andern Tische näherte, tönten Stimmen, die riefen:

»So!«, rief Suse, »die Botschaft ist nicht übel und passt zu der ersten wie ein Ei zum andern. Allerliebste Geheimnisse, die ich da erfahre! Ja, nun begreife ich, dass er mich nicht hier hat wollen eintreten lassen. Der Gauner, der Schelm! Nun wollen wir hören, was wir noch erfahren werden.« Sie trat an ein Schächtelchen, daraus tönte hervor:

»Wir sind ein Gebiss
Schneeweißer Zähne,
Die schönsten gewiss,
Die eine verliebte Schöne
Bei ihrem Schatze gesehn.
Ihrem Gemahle stehn
Wir ganz gut im Maule;
Die eignen sind faule.«

»Miserabel!«, seufzte die arme Frau; »also auch falsche Zähne, die ich nie habe leiden können! Der abscheuliche Mann!« Sie ging weiter und stand vor einem Porzellandöschen still, aus dem es hervorrief:

»Ich bin das schönste Wangenrot,
Das prächtigste Lippenkarmin.[4]
Auf Wangen, die fahl wie der Tod,
Lass ich die schönsten Rosen blühn.
Dein Gemahl, liebes Herze,
Kann ohne mich nicht bestehn,
Auch mein Nachbar, die Elfenbeinschwärze,
Braucht er gar schön,
Damit er sich pechschwarzen Bart bereite.«

»Nun ja, das fehlt noch! Also nicht einmal sein Bart ist echt! Ich armes Weib, so grausam ist noch keine von ihrem Manne getäuscht worden. Ich wage gar nicht, noch weiterzugehen; wer weiß, auf was für falsche Dinge ich noch treffe. Doch will ich den Inhalt dieses Schächtelchens noch untersuchen.« Eine Stimme rief:

»Ich bin ein Auge,
Aus Glas gemacht.
Wenn ich gleich zum Sehen nicht tauge,
So blendet meine Pracht,
Und niemand schöpft Verdacht,
Dass ich nur ein Stück Glas.
Wie belustigt mich das!«

»Aber mich gar nicht!«, rief Suse und stampfte weinend und ganz zornig den Boden. »Ist's erhört! Also einäugig,

[4] aus Läusen gewonnene Lippenfarbe

rattenkahl, spindeldürr und Bart und Gesicht gefärbt – das ist der vollkommenste Kavalier! Nun wart! Die Welt und seine arme Frau so zu betrügen! Es ist zu toll! Was ist denn in dem Topfe da?« – Eine Stimme erwiderte:

»Ich bin eine Salbe,
Aus neunerlei Kräutern gebraut,
Ich schmeidige Haut,
Und mach die vertrocknete, alte,
Dürre und kalte,
Von neuem jung und schön und glatt.
Dein Mann mich besonders nötig hat.«

»Nun halt' ich's nicht länger aus!«, schrie Suse. »Ich muss meinem Herzen Luft schaffen. So will ich denn sogleich zeigen, was ich von ihm halte!« Und sie lief aus dem Kabinett, ergriff einen Topf mit schwarzer Farbe und einen Pinsel und strich überall an allen Aufschriften und Überschriften die Worte, »vollkommenste Kavalier« aus. Als dies geschehen war, rief sie zu sich selbst, in dem sie beschämt stille stand:

»Aber Suse –
Jetzt warst du konfuse!
Wenn er nun kommt, so wird er sehn,
Was geschehn! –«

»Gleichviel!«, rief sie; »es ist nun einmal getan. Komme nun, was da wolle! Aber ich habe nun noch nicht einmal herausgebracht, wo meine armen Schwestern sind. Sicherlich haben sie ebenso wie ich gehandelt und sind nun von dem Wüterich irgendwo eingesperrt.« Sie ging nochmals ins Kabinett, und da hörte sie in der Gegend eines großen Wandschranks etwas quieken und zwitschern, als wenn Vögel und Mäuse zugleich daselbst rumorten. Sie öffnete den Schrank, und – o Grausen! – da hingen ihre sieben Schwestern, an den Beinen aufgehängt und stießen die erbärmlichsten Klagelaute aus. Suse rief, ganz außer sich vor Entzücken: »Ach, meine liebe Annett', bist du da! Und meine teure Adelgunde, meine gute Armengart, mein edles Katerlieschen, mein süßes Lottchen, und nun gar du, engelgleiche Anne Sophie und Jette – lebt ihr wirklich noch! Und ich, eure Schwester Suse, komme euch zu retten!«

Und jetzt nahm sie Eine nach der Andern vorsichtig aus dem Schranke heraus, stellte sie wieder auf die Beine und dann gab sie ihnen etwas zu essen und zu trinken.

Aber gleich darauf rief sie: »Aber ihr müsst alle wieder geschwind in den Schrank, denn ich höre den abscheulichen Mann heimkommen!« Die Schwestern krochen wieder in den Schrank hinein und nur Lottchen, das Teufelsbottchen, öffnete nochmals die Tür ein wenig und rief: »Hast du mich nötig, so sag es nur; ich habe Courage, es nochmals mit ihm aufzunehmen.«

»Liebes Lottchen«, erwiderte Suse, »es hilft alles nichts. Wenn ich's nicht zustande bringe, kannst du's auch nicht. Wir müssen nun entweder alle untergehen oder alle gerettet sein.«

Als der Blaubart sein Haus betrat, rief er sogleich: »Wer hat sich unterstanden, die Worte, ›der vollkommenste Kavalier‹ auszustreichen?«

»Ich!«, entgegnete Suse, »weil es eine Lüge ist.«

»Oho!«, rief der Mann, und sein eines Auge funkelte.

»Du bist nicht der vollkommenste Kavalier«, fuhr Suse fort, »sondern der allermiserabelste und unvollkommenste, den man finden mag.

Geh, Ungeheuer!
Falsch von der Zeh bis zum Scheitelhaar
Nur dem Herz ist dein eigen,
Das falscher freilich nicht zu finden war.«

»So, so!«, rief der Blaubart; »stehen die Sachen dergestalt! Also auch du ungehorsam und neugierig. So wirst du es mir denn auch nicht verdenken, wenn ich an dir dieselbe Strafe vollziehe, die deine Schwestern, die sich desselben Vergehens schuldig gemacht, erlitten haben. Ich werde dich zeitlebens einsperren und jeden Tag eine Stunde an den Beinen aufhängen zur Erholung. In dieser Stellung finde ich hübsche Frauen am schönsten und man kann sie mit gehöriger Muße betrachten. Deinem Vater soll jedoch dein Tod gemeldet werden. Auf diese Weise ist er alle seine acht leichtfertigen Mädchen los und hat das hübsche Geld, das ich ihm gezahlt habe. Was mich betrifft, so erfährt die Nachbarschaft nichts von meinen Geheimnissen und ich bleibe nach wie vor der vollkommenste Kavalier, das ist die Hauptsache.«

Und als er diese Rede vollendet hatte, ergriff er die arme Suse bei den Haaren und wollte sie ins Kabinett schleppen, um sie an den letzten noch leeren achten Nagel im Schranke aufzuhängen; allein es kam anders. Der alte Baron hatte zur rechten Zeit die magische Glocke anschlagen gehört und kam nun mit allen seinen Vettern und Verwandten, ein großes, zahlreiches Heer, überfiel das Schloss des Blaubarts, schlug den vollkommensten Kavalier tot und nahm seine ganze Habe in Besitz. Dann holte er aus dem Schranke seine sieben Töchter heraus. »Das ist eine schöne Geschichte!«, rief er, »nun hab ich acht Witwen im Hause! Lauter Madamen Blaubarts! Ich will euch etwas sagen, liebe Kinder, um Aufsehen zu vermeiden, will ich hier das Besitztum verkaufen und mit euch in die Fremde ziehen. Da können wir die ganze Historie verschweigen.«

»Verschweigen!«, riefen alle achte mit einer Stimme, »unmöglich, Papa! Das ist eben unsre Genugtuung, dass wir alles, was uns geschehen und was uns nicht geschehen, in der Nachbarschaft haarklein erzählen können.

O welch ein Vergnügen,
So recht ausbündig zu lügen!
Acht Zungen, die ohne Zaudern
Immerweg plaudern!
Welch ein Sausen!
Welch ein Klatschen!
Welch ein Brausen!
Welch ein Platschen!
Ist sichern
Gemächern welch ein Kichern!
Im Dunkeln
Ein ewiges Munkeln,
Im Hellen
Ein ewiges Gellen!
Vor dem Hause,
Hinter dem Hause
Ein ewiges Schimpfen
Ohne Pause. –
Bis endlich die ganze Nachbarschaft
Wie eine große Hundemeute
Zusammenklafft!
So bringt man's unter die Leute!«

Die Wasserfrau und der Fleischerbursche zu Rothenburg

Karl Haupt

Auch in der Gegend von *Rothenburg* haust eine Wasserfrau, die zur Mittagsstunde beim kleinen Wehr Wäsche auf den Rasen zu breiten und zu trocknen pflegt, aber auf der Stelle verschwindet, sobald ein Mensch in die Nähe kommt. Diese kaufte oft in Rothenburg Fleisch, war aber beim Einkauf so eigen und gewählt, hielt auch immer das Fleisch schon in den Händen, noch ehe es abgehackt war, dass der Fleischerbursche ihr einst vorsätzlich einen Finger abhackte.

Die rachsüchtige Wasserfrau ertränkte ihn dafür in einer Gartenfurche. Als er einst nach einem großen Regen im Garten spazieren ging, packte ihn die Feindin und drückte seinen Kopf so lange in die Pfütze einer Beetfurche, bis er ertrank.

Anmerkung: Grausamkeit und Rachsucht ist ein hervorragender Zug der Wassergeister. – Der Nix erscheint fast ununterscheidbar Ähnlichkeit und äußerst intimem Verkehr mit den Menschen, aber auch feindselig gegen ihn. Die Zwerge sind bloß launisch und wenn sie schaden, schaden sie mehr indirekt. Die Nixen sind verführerisch und grausam. So stellen sie die dunkle Seite der weiblichen Natur nach ihren beiden Richtungen hin dar in dämonischer Potenzierung und beweisen von Neuem, dass das Element des Wassers mit dem weiblichen Geschlechtsprinzipe eine innere Verwandtschaft hat. Die Zwerge (Erdmännlein, wie sie in der Mark heißen) sind männlicher, derber, zuverlässiger. Züge von uneigennütziger Wohltätigkeit sind bei Zwergen ebenso häufig, wie sie selten sind bei Nixen.

Die drei Feldscherer

Brüder Grimm

Drei Feldscherer[1] reisten in der Welt, meinten ihre Kunst ausgelernt zu haben, und kamen in ein Wirtshaus, wo sie übernachten wollten. Der Wirt fragte, wo sie her wären und hinaus wollten? »Sie zögen auf ihre Kunst in der Welt herum.« – »Ei«, sprach der Wirt, »zeigt mir doch einmal, was ihr könnt.« Sprach der erste, er wollte seine Hand abschneiden und morgen früh wieder anheilen; der zweite sprach: er wollte sein Herz ausreißen und morgen früh wieder anheilen; der dritte sprach, er wollte seine Augen ausstechen und morgen früh wieder einheilen. Sie hatten aber eine Salbe, was sie damit bestrichen, das heilte zusammen, und das Fläschchen, wo sie drin war, trugen sie beständig bei sich. Da schnitten sie Hand, Herz und Auge vom Leibe, wie sie gesagt hatten, legten's zusammen auf einen Teller und gaben's dem Wirt, der Wirt gab's einem Mädchen, das sollt's in den Schrank stellen und wohl aufheben. Das Mädchen aber hatte einen heimlichen Schatz, der war ein Soldat; wie nun der Wirt, die drei Feldscherer und alle Leute im Haus schliefen, kam der und wollte was zu essen haben. Da schloss das Mädchen den Schrank auf und holte ihm etwas, und über der großen Liebe vergaß es die Schranktüre zuzumachen, setzte sich zum Liebsten an Tisch und sie sprachen miteinander. Wie es so vergnügt saß und an kein Unglück dachte, kam die Katze hereingeschlichen, fand den Schrank offen, und nahm die Hand, das Herz und die Augen der drei Feld-

[1] Feldchirurgen

scherer und lief mit hinaus. Als nun der Soldat gegessen hatte und das Mädchen das Gerät aufheben und den Schrank zuschließen wollte, da sah sie wohl, dass der Teller, den ihr der Wirt aufzuheben gegeben hatte, ledig war. Da sagte es erschrocken zu seinem Schatz: »Ach! Was will ich armes Mädchen anfangen! Die Hand ist fort, das Herz und die Augen sind auch fort, wie wird mir's morgen früh ergehen!« Da sprach er: »Sei still, ich will dir davon helfen, gib mir nur ein scharfes Messer; es hängt ein Dieb am Galgen, dem will ich die Hand abschneiden, welche Hand war's denn?« – »Die rechte.« Da gab ihm das Mädchen ein scharf Messer und er ging hin, schnitt dem armen Sünder die rechte Hand ab und brachte sie. Darauf packte er die Katze und stach ihr die Augen aus; nun fehlte nur noch das Herz. »Habt ihr nicht geschlachtet und Schweinefleisch im Keller?« – »Ja«, sagte das Mädchen. »Nun, das ist gut«, sagte der Soldat, ging hinunter und holte ein Schweineherz und gab's dem Mädchen. Das tat alles wieder auf den Teller und stellte es in den Schrank, und als ihr Liebster darauf Abschied genommen hatte, legte es sich ruhig ins Bett.

Morgens, als die Feldscherer aufstanden, sagten sie dem Mädchen, es sollte ihnen den Teller holen, darauf Hand, Herz und Augen lägen. Da brachte es ihn aus dem Schrank, und der erste hielt sich die Diebshand an, bestrich sie mit seiner Salbe, alsbald war sie ihm angewachsen. Der zweite nahm die Katzenaugen und heilte sie ein; der dritte machte das Schweineherz fest. Der Wirt aber stand dabei, bewunderte ihre Kunst und sagte, dergleichen hätte er noch nicht gesehen, er wollt' sie bei jedermann rühmen und empfehlen. Darauf bezahlten sie ihre Zeche und reisten weiter.

Wie sie so dahin gingen, so blieb der mit dem Schweineherzen gar nicht bei ihnen, sondern wo eine Ecke war, lief er hin, schnüffelte darin herum, wie Schweine tun. Die andern wollten ihn an dem Rockschlippen[2] zurückhalten, aber das half nichts, er riss sich los und lief hin, wo der dickste Dreck lag. Der zweite stellte sich auch wunderlich an, rieb die Augen und sagte zu dem andern: »Kamerad, was ist das? Das sind meine Augen nicht, ich sehe ja nichts, leit' mich doch, dass ich nicht falle.« Da gingen sie mit Mühe fort bis zum Abend und sie zu einer andern Herberge kamen. Sie traten zusammen in die Wirtsstube, da saß in einer Ecke ein reicher Herr vorm Tisch und zählte Geld. Der mit der Diebshand ging um ihn herum, zuckt' ein paarmal, endlich wie der Herr sich umwendete, griff er in den Haufen hinein und nahm eine Hand voll Geld heraus. Der eine sah's und sprach: »Kamerad, was machst du, stehlen darfst du nicht, schäm' dich.« – »Ei«, sagte er, »was kann ich dafür, es zuckt mir in der Hand, ich muss zugreifen, ich mag wollen oder nicht.« Sie legten sich danach schlafen, wie sie da liegen, ist's so finster, dass man keine Hand vor den Augen sehen kann. Auf einmal

[2] Rockzipfel

erwachte der mit den Katzenaugen, weckte die andern und sprach: »Brüder, schaut einmal auf, seht ihr die weißen Mäuschen, die da herumlaufen?« Die zwei richteten sich auf, konnten aber nichts sehen. Da sprach er: »Es ist mit uns nicht richtig, wir haben das Unsrige nicht wiedergekriegt, wir müssen zurück zu dem Wirt, der hat uns betrogen.« Also machten sie sich am andern Morgen dahin auf und sagten dem Wirt, sie hätten ihr richtig Werk nicht wiederkriegt, der eine hätte eine Diebshand, der zweite Katzenaugen und der dritte ein Schweineherz. Der Wirt sprach, da müsste das Mädchen schuld daran sein und wollte es rufen, aber wie das die drei hatte kommen sehen, war es zum Hinterpförtchen fortgelaufen und kam nicht wieder. Da sprachen die drei, er sollte ihnen viel Geld geben, sonst ließen sie ihm den roten Hahn über's Haus fliegen;[3] da gab er, was er hatte und nur aufbringen konnte und die drei zogen damit fort; es war für ihr Lebtag genug, die hätten aber doch lieber ihr richtig Werk gehabt.

[3] Sie würden ihm sonst das Haus anzünden.

Geistermahlzeit

Karl Bartsch

Zwischen Kröpelin und Brunshaupten kommt man durch einen Wald, den man die Kühlung nennt. Leicht kann man sich in demselben verirren und den Weg nach Brunshaupten verlieren. So ging es einmal einem. Den überraschte das Dunkel, da sah er in der Ferne ein Licht, und wie er herankam, sah er eine Menge Leute an einer Tafel speisen, teils früher Bekannte, teils Unbekannte. Er wurde eingeladen und ließ sich Essen und Trinken wohl schmecken, bis er einschlief, während er noch den goldenen Pokal mit Wein in der Rechten hielt. Als er erwachte, war es heller Tag. Da sah er, dass er statt auf einem Stuhle auf der bloßen Erde saß, der Tisch war ein Baumstumpf, das Tischtuch eine Kuhhaut und sein Pokal ein Kuhfuß geworden.

Die Nachzehrer

Adalbert Kuhn

mündlich

In der Gegend von Diesdorf glauben noch viele Leute an Nachzehrer. Oft geschieht es nämlich, dass, wenn sich erst ein Todesfall in einer Familie ereignet hat, bald mehrere Glieder derselben nachsterben. Das kommt denn daher, dass man jenem ersten Toten nicht den Zehrpfennig[1] in den Mund gegeben oder seinen Namen nicht aus dem Hemd geschnitten oder dem ähnliche andere Versehen gemacht hat. So geschah es auch einmal, dass viele Leute aus einer Familie schnell hintereinander starben; da entschloss man sich denn den, welcher zuerst gestorben und offenbar der Nachzehrer war, auszugraben. Man fand nun, dass er bereits all seine Kleider aufgezehrt hatte und weil es kein anderes Mittel gegen das Nachzehren gibt, als dem Toten das Genick abzustechen, trat der Mutigste hinzu, nahm einen Spaten und tat es. Da hat man deutlich gehört, dass der Nachzehrer noch ordentlich wie ein kleines Ferkel gequiekt hat.

[1] Geldsumme, um sich auf einer Reise versorgen zu können

Der Fischer, der Geist und der König der schwarzen Inseln

Johannes Andreas Christian Löhr

Ein alter Fischer stand am Strande des Meers und hatte von Mitternacht an sein Netz ausgeworfen und nichts, gar nichts gefangen, auch das kleinste Fischlein nicht. Der arme alte Mann mit seinem dünnen Haar zittert vor Nässe und Frost. Ach, und zu Hause warteten seine vier hungrigen Kinder und sein Weib, zu welchen er nun mit leeren Händen zurückkehren sollte, welches ihm schon im Voraus das Herz brach.

Er seufzt zu Gott auf, dass er ihm doch einen einzigen Zug möchte gelingen lassen, ach den Hunger, den nagendsten Hunger der Seinen nur zu stillen. »Drei Züge«, sagt er, »will ich noch tun, so abgemattet ich auch bin; ach, wenn doch einer darunter glücklich wäre.«

So wirft er das Netz ins Meer, und zieht es bald schwer, recht schwer wieder heraus. Wie stärkt ihm die Hoffnung Herz und Arm über den glücklichen Fang, den er getan haben wird und er freut sich schon der Freude der Kleinen daheim. Und, o du barmherziger Gott, ist es möglich? – als das Netz heraus ist, ist es voll dicken Schlammes, vermischt mit Sand und Steinen.

Die Tränen stürzen dem alten Manne aus den Augen und weinend wäscht er sein Netz aus, und wirft es zum zweiten Male ins Meer und zieht es abermals sehr schwer herauf. Er fängt aufs Neue zu hoffen an. Und als das Netz heraus ist, ist das Gerippe eines Eselskopfes darin.

Da wird der Fischer wütend und wild und will schon verzweifeln, und der böse Geist der Verzweiflung flüstert ihm zu: »Was hilft dein Weinen und Toben. Das Meer ist tief genug, dich von all deiner Mühe und Qual zu erlösen. Stürz dich hinab, so hat Alles ein Ende.«

Aber die Hoffnung weicht nicht so gar leicht und so ganz von dem Menschen, sondern bleibt seine treue Gefährtin, um ihn in so vielen trübseligen Fällen, in Not und Elend zu stärken. Der Fischer tut seinen letzten Zug und denkt: »Nun, vielleicht diesmal!«

Schwer ist das Netz wieder und schwerer noch als die beiden vorigen Male. Er zieht es mit großer Mühe und Anstrengung herauf, sieht voll Erwartung hinein und hat keinen einzigen Fisch, aber ein länglichrundes verrostetes Gefäß ist in dem Netze.

»Da muss ein Schatz drin sein, bei meiner Treu, spricht freudig der alte Fischer, wie könnt' es denn sonst so schwer sein?« – Doch wäre auch nichts darin, dennoch ist's für mich ein köstlicher Fund; denn wenn es die Frau erst ein wenig gescheuert hat, kann ich's zum Rotgießer[1] hintragen und wir haben für unsere Kinder Brot auf mehrere Tage.

Er setzt sich hin um ein wenig zu verschnaufen und besieht sich seinen Fund noch einmal. Da entdeckt er am Rande des Gefäßes ein großes seltsames Siegel, das ihn Wunder nimmt. Er besieht es sich, aber mit großer Vorsicht, dass es nicht beschädigt werde, weil er nicht wissen konnte, was es sei? Er hebt den Deckel von dem Gefäße ab und setzt ihn in den Sand, und schaut nun in das Gefäß hinein, um zu sehen was darin ist. – Nichts fand er darin, welches ihm denn unbegreiflich schien, weil das Gefäß doch so schwer gewesen war.

Indem er sinnt, wie das möglich sei und zugehen könne, steigt ein dicker grauer Rauch aus dem hohlen Bauche des Gefäßes, und hebt sich hoch und immer hö-

[1] Handwerker, der Gegenstände aus Metall gießt

her bis an die Wolken hinan und wird größer und immerfort größer. Dann verbreitet sich der Rauch weit umher, über Land und See und legt sich wie Gebirge darauf. Und nun wird der Tag verfinstert und es blitzt und donnert in den Rauchbergen, und ein Sturm erhebt sich, der heulend das Meer turmhoch aufwühlt.

In Todesangst, mit kaltem Schweiß übergossen, steht leblos wie ein versteinter Mensch der Fischer da. Und es folgt plötzlich eine Grabesstille.

Der Rauch wälzt und ballt sich in- und übereinander, wie die großen Nebel in den Gebirgen und gewinnt eine Gestalt und ein ungeheurer Riesengeist bildet sich aus dem Rauchnebel, unter dessen Fußtritten Feuerflammen herausfuhren und die Ufer erbebten. – Der Fischer verging fast vor Angst, und seine Knie schlugen zitternd heftig zusammen.

»Nun bin ich frei!«, sprach mit Donnerstimme der Geist, »aber dich, Fischer, muss ich erwürgen!«

Da erwacht bei dem armen Menschen, der vor wenigen Minuten sich noch ins Meer stürzen wollte, die allmächtige Liebe zum Leben und er flehet den donnernden Geist, sein zu schonen, zumal da er noch ein Weib und vier kleine Kinder habe.

»Gern«, sagte der Geist, »gern wollt ich dein schonen, und wollte sogar dich reich machen, denn du hast mich ja aus dem maledeiten Gefängnisse erlöst, in welchem ich 1500 Jahr bin eingeschlossen gewesen; aber ich darf nicht, wie du gleich hören sollst.«

»Mein Name ist Eblis[2], und ich gehöre zu denjenigen Geistern, welche die Gewalt Gottes nicht anerkennen

[2] In der islamischen Welt vergleichbar mit dem Satan des Christentums. Peter Stanford merkt allerdings an, dass Eblis/Iblis »keine wirkliche Macht [besitzt] und [.] für Allah und die Menschheit allenfalls ein lästiges Ärgernis [darstellt]. […] Iblis ist ein gefallener Engel, dem sein Hochmut gegenüber Adam zum Verhängnis wurde.« Vgl. Stanford, Pe-

wollten und den Kampf gegen ihn versuchten. Siebentausend Geister, alle sehr mächtig, gehorchten meinen Befehlen. Salomo[3] überwand mich aber durch Hinterlist, und verschloss mich in dieses unglückliche Gefäß, welches er mit seinem unbezwinglichen Siegel verwahrte.[4] Wisse, dass Geister leicht Welten zertrümmern können, aber gegen die Macht dieses allmächtigen Zaubersiegels vermag kein Geist in der Welt etwas.

Salomo ließ mich in dieses Meer werfen, wo ich alle meine Macht anwendete, das Gefäß zu zersprengen, aber das Siegel war viel gewaltiger denn ich. Da verhieß ich in den ersten fünfhundert Jahren dem, der mich befreien würde, alle Gewalt und Ehre der Erde, denn ich konnte sie ihm leicht gewähren. Aber es kam niemand. In den andern fünfhundert Jahren verhieß ich meinem Retter alles Geld und alle Lust, welche die Erde nur hat, und niemand kam. Da wurde ich grimmig und wild und schwur, meinen Erlöser zu würgen. Der Schwur hat mich nachmals vielfältig gereut, allein er war nicht zu ändern. Was Geister schwören, ist unverletzlich. Ich bedauere dich, armer Mensch, aber ich kann dir nicht helfen.«

Der Fischer hatte sich ein Herz gefasst, während der Geist alles so ordentlich erzählte, und dachte: »Der lässt wohl ein Wort mit sich sprechen, sonst hätte er dich leicht können gleich anfangs ermorden.«

»Großer Eblis«, sprach der Fischer, »Ihr seid kein großmütiger Geist, und ich glaube Ihr wollt mich nur verder-

ter: Der Teufel. Eine Biographie. Aus dem Englischen von Peter Knecht. Frankfurt a. M. und Leipzig 2000. S. 146–149.

3 einst König von Israel

4 [Originalanmerkung] Dieses Siegel spielt in der Geister- und Märchenwelt des Morgenlandes eine große Rolle. Selbst in der Bibel wird Salomos hohe Weisheit gepriesen, obwohl derselbe zuletzt ein gar großer Narr wurde.

ben, darum gebt Ihr einen solchen Schwur vor, so wie Ihr auch nur vorgebt, dass Ihr in dem Gefäße gesteckt habt. Wie kann eine solche Gestalt, die bis zum Himmel reicht und wie ein Gebirge dasteht, in dem Gefäße gewesen sein, das kaum drei Spannen lang ist. Das ist ja nicht möglich, und müsst ich es erst mit meinen eigenen Augen sehen, eh' ich es glaubte. – Dann wollt ich es glauben, dass es mit Eurem Schwur seine Richtigkeit hat.«

Der Geist, der auf die Ehre seines Wortes hielt, sprach eifrig: »Du bist einfältig, wie alle armseligen Menschenkinder, und kannst nicht verstehen, wie weit die Gewalt eines Geistes geht und wie vielerlei Gestalt und Gebilde ein Geist annehmen kann und wie er Groß und Klein, Luft und Nebel, Schatten und Körper kann werden. Nun so sieh denn mit deinen eigenen Augen, damit du meinem Worte glaubest.«

Damit verwandelte sich der Geist wieder in Rauch und Nebel, der sich verbreitete, wallte und änderte und sich in das Gefäß mehr und immer mehr herabsenkte und zusammendrängte, bis die ganze Masse des Rauchnebels wieder darin war. Da kam dann eine schwache wie durch Rauch erstickte Stimme aus dem Gefäße und sagte zum Fischer: »Sieh her und glaube!«

Der Fischer tat das dann auch und schlug zugleich den Deckel mit Salomons Siegel auf das Gefäß, und der Geist saß in demselben wieder so fest und sicher verschlossen, als die vorigen anderthalb Jahrtausende.

»Fischer, was tust du?«, rief die Stimme noch schwächer in dem Gefäße als zuvor, denn der Deckel war drauf.

»Ich tue dich eingesperrt haben, wie du zuvor eingesperrt warst, weil du die Menschen willst abwürgen, die dich erretten, und will ich dich nun so weit und tief ins Meer hinein versenken, dass dich vor der Welt Ende gewisslich niemand soll finden.«

Der Geist wurde grimmig, weil er überlistet war, und wollte nicht gern gute Worte geben und versuchte noch einmal seine stärksten Kräfte, das Gefäß zu zersprengen, aber es half ihm nichts gegen die Kraft von Salomons Siegel, und er merkte wohl, dass alle seine Anstrengungen nichts würden fruchten. Da wurde ihm denn übel zumute, und die ganze Pein der Langeweile und der unbequemen Lage im Gefäß fiel mit dem Gewicht der ganzen Hölle auf ihn. Wohl hätte man sollen glauben, dass ein so großer Geist, der siebentausend andere unter sich hatte, sich mit seinem eigenen Geiste einige Jahrtausende leicht hätte sollen unterhalten, und, wie es großen Geistern zusteht, in jede Lage sich finden können. Unsere großen Geister können sich zwar nicht immer mit ihrem Geiste unterhalten, weil derselbe oft ausgegangen ist wie ein ausgegangenes Feuer, und darum unterhalten sie sich mit Narrenspossen; aber in jegliche Lage sich finden, solange sie noch Brot haben, das ist ihnen sehr leicht. Unser großschlachtiger Geist aber konnte weder das eine noch das andere, obwohl er ein so gar großer Geist war.

So ging dann dem Eblis der Mut aus, und er gab dem armseligen Fischer himmlisch gute Worte, ihm aufzusperren, wofür er ihn so gewiss und auf Geisterehre glücklich machen wolle, als gewiss er der große Eblis sei.

»Will dich dennoch, in Gottes Namen, in die tiefsten Tiefen des Meeres schmeißen«, sagte der Fischer, »denn wer soll dem Worte eines so treulosen Geistes trauen?«

Da schwur im Gefäße der Geist seine höchsten Geisterschwüre und verhieß dem Fischer wer weiß wie viel, und der gute alte Fischer ließ ihn wahrhaftig wieder heraus. – Ob ich es würde getan haben, weiß ich fürwahr nicht.

Aber der Geist, nachdem er aus der Büchse wieder als ein Rauchnebel gekommen war, hielt Wort, wie es nicht immer bei großen Herren und großen Geistern der Fall ist.

Der Geist nahm eine, wiewohl etwas riesige Menschengestalt an, und sprach: »Komm, du Altvater[5]; so viel du bedarfst, soll dir schon werden.« Der Alte folgte, obwohl mit kurzem Atem und großer Anstrengung, den Riesenschritten, an die er nun eben nicht gewöhnt war. Es ging durch Moor und Sumpf und Gesträuch, durch Dick und Dünn, durch Berg und Tal, durch Feld und Wald; und es war nur ein Wunder, wie das der Alte mit seinem hohlen Magen konnte aushalten. Das machte aber die Gespanntheit auf Geld und Glück.

Sie waren eine Weile gegangen und kamen an einen See, der sich wie ein Spiegel längs eines toten Tales hinstreckte und auf jeder Seite mit einem Hügel begrenzt war, auf welchem schwarze Tannen standen.

Der Fischer ist befremdet. Er kannte alle die Gegenden meilenweit rings umher, besonders die, wo Wasser mit Fischen war. Aber diesen See hatte er noch niemals gesehen. Nun! Er erriet wohl, dass er mit einem Geiste zu tun hatte, und es hier nicht so gewöhnlich natürlich Ding und Wesen war, sondern Geisterei und Zauberei.

Der Geist merkte ihm alles, was er dachte, auf dem Gesichte ab, obwohl er vorher, als er von dem Fischer wieder eingesperrt wurde, ihm nichts abgemerkt hatte. Aber der Geist sagte nichts, als: »Gib Acht, und merk dir Weg und Steg genau; hier wirds für dich so viel zu fischen und zu fangen geben, als dir not ist. Nur, bei deinem Leben, wirf jeden Tag dein Netz nicht öfter als einmal aus.« Das Letzte hatte der Geist, der wohl wusste, wohin der betonende Nachdruck gehöre, mit solcher Donnerstimme gesprochen, dass rings umher alles erbebte und dem Fischer die Sinne vergingen.

Als der Alte wieder zu sich selbst kam, war der Geist fort und nur seine Stimme hallte über den See noch

[5] Großvater

nach. – Er sah die Fische im klaren See in solcher Menge scherzen und spielen, als er noch niemals beisammen gesehen hatte. Auch waren ihm die seltsamen und unbeschreiblich schönen und großen Arten von Fischen völlig fremd. »O!«, rief er, »das gibt ein Gericht für die Tafel des Sultans. Niemand als der darf solche Fische essen.«

Er tut einen Zug, und siehe, vier große Fische zappeln in seinem Netze, von vier verschiedenen Farben; der eine gelb, der andere blau, der dritte rot, der vierte silbergrau, und alle in den Farben über den ganzen Leib so glänzend wie keine andern Fische in der Welt.

In fröhlicher Hoffnung trottet der alte Mann nach der Sultansstadt zu und fühlt nicht, wie er so müde und matt ist. Er eilt nach Hofe und will seine Fische dem Sultan selbst bringen, damit ihn das Dienerpack nicht mit kleiner Münze abfertige. Der Staatsrat, in welchem der Sultan während der Verhandlungen des Morgens noch ein wenig Nachtruhe zu halten pflegte, war kaum zu Ende, so zeigt unser Fischer dem Großherrn die Fische. Dem machen sie eine wundergroße Freude, und er schickt sie durch des Großwesirs[6] Hand dem Oberküchenmeister, damit dieser selbst so seltenes und köstliches Wasservieh selten und köstlich zubereiten möchte. – Was so prächtig aussähe, müsse noch prächtiger schmecken, meinte der Sultan, und um den Geschmack war's ihm weit mehr zu tun als um die Farben. Dem Fischer aber ließ er vierhundert große Goldstücke auszahlen.

Denkt euch den überglücklichen Alten, wie er in seiner Freude und fast wie trunken nach Hause trabt, und mit dem Sultan selbst kaum würde getauscht haben, aus Furcht, es möchte dieser nicht noch einmal so viel Goldstücke besitzen. Der bittersten Dürftigkeit scheint eine

[6] rechte Hand des Sultans

mäßige Summe unendlich viel. – Denkt euch aber auch die Freude der Kinder und ihrer Mutter, und wie einmal nun ein hoher herrlicher Festtag in die kleine Hütte einkehrt, mit Lust und Jubel, mit Sattwerden und selbst mit Kuchen und Braten. – Das war ein guter Tag und der Alte besah seine Goldstücke wohl zehnmal und überzählte sie immer wieder aufs Neue und ließ sie gegen die Sonne blinken und glänzen.

Nun hatte der Großwesir die Fische aus Sultans Hand empfangen, mit eigner Hand auch dem Oberküchenmeister zugetragen und demselben mit Ernst eingeschärft, dieselben aufs Beste zu bereiten, damit seine Majestät recht möchten vergnügt werden, indem dieselbe vierhundert Goldstücke dafür hätten bezahlen lassen.

Der Oberküchenmeister war selbst ein sehr feiner Züngler und wohl ein ebenso feiner als der Sultan, und als ein alter erfahrener Hofmann wusste er recht wohl, dass ein Großherr lecker müsse gegessen und gut verdaut haben, wenn er bei guter Laune bleiben sollte und die Geschäfte ihren ordentlichen Gang sollten gehen. Was Wunder, da es bei den vornehmen Hofleuten selbst nicht anders war und wie bei den Krebsen der Kopf im Magen saß, oder doch der Magen im Kopfe, welches ganz einerlei ist. Und weil seine Exzellenz der Oberküchenmeister ihr Fach so wohl verstanden, als schwerlich der Großwesir das Seinige, und an einer Tunke (Sauce) ein Pfefferkorn zu viel so gewiss hätten herausgeschmeckt, dass es dem Obermundkoch beißend genug hätte werden sollen – ja, weil das alles seine Exzellenz wussten und verstanden, bereiteten dieselben die Fische selbst, nachdem sie sich vorher in die Küche begeben und eingeschlossen, die Mundköche aber entfernt hatten.

Gebraten waren die Fische schon auf einer Seite, und der Oberküchenherr steht mit der Gabel da, dieselben in der Pfanne umzuwenden. Da überfährt es ihn plötzlich wie Geisterschauer, und die schwarzen Küchengewölbe werden mit hellem Goldglanz erfüllt, und die alte rußige Mauer berstet auf einmal, und eine Dame tritt aus der Öffnung hervor, so jung und schön und zart, als es nicht zu beschreiben ist. Die Majestät ihrer Gestalt, die himmlisch schönen Augen, das glänzende weißatlassene Kleid mit güldenem Gürtel und Edelsteinen darauf, die goldgelben Haare, die Perlenschnur um ihren Busen, die Rubinspangen um den Arm, und was sonst noch hierhergehören könnte – – von dem allen wollen wir uns einmal die Beschreibung schenken.

Der Oberküchenherr verstand sich nicht bloß auf die Küchenkunst, sondern auch auf Diamanten und auf Perlen und auf Schönheit und erschrak und verblindete fast; aber die Dame achtete seiner gerade eben so viel, als ob er nicht da wäre oder niemals hätte da sein können. Mit großer Würde und mit Ernst tritt sie zur Pfanne, sieht auf die Fische und schlägt mit dem Myrtenreis in ihrer Hand die Fische sanft auf den Kopf und spricht zu den großen Bengels von Fischen gar höflich und zärtlich:

»Fischlein, Fischlein, tut ihr eure Pflicht?« –

Die Fische, die schon halb gebraten, antworteten nicht.

Die Dame berührt sie sanft noch einmal mit dem Myrtenreis, und spricht:

»Fischlein, Fischlein, tut ihr eure Pflicht?«

Aber die schon halb toten und halb gebratenen Bestien blieben dumm und stumm. Da sie aber zum dritten Male mit dem Myrtenreis einen tüchtigen Klaps auf die Nase mochten bekommen haben, antworteten sie alle, indem sie die Köpfe in die Höhe hielten, ordentlich wie sich es gehört, wenn man höflich sein will; und was sie antworteten, darin war nicht einmal ein Fischverstand, der von ihnen wohl wäre zu verlangen gewesen, geschweige ein Menschenverstand; aber sie antworteten doch und sprachen:

»Der Pflicht vergessen
wir Fische nie;
haben viel Müh
und wenig zu essen,
bauen spät und früh
uns luftige Schlösser,
und hätten's gern besser;
wollen's erringen,
können's nicht zwingen,
waten bis an die Knie,
raten und treffen's nie.«

So war der grundgelehrte Singsang der befragten Fische, aus dem selbst der weiseste Derwisch nicht hätte klug werden können. Aber die Dame schien doch aus demselben klug zu werden und damit wohl zufrieden zu sein. Das machte, sie hatte wohl die Gaben dazu, die freilich nicht jedermann hat; vielen von unsern Damen fehlt diese Gabe aber auch nicht, wie man aus den Büchern sieht, welche sie lesen.

Die Fische, nachdem sie zuvor mit aufgereckten Köpfen gesungen hatten, senkten die Köpfe nun und waren stumm wie Fische. Und die Dame stößt die Pfanne hierauf um und geht zurück durch die Mauer.

Dass die Dame fort war, so schön sie auch war, ist dem Oberküchenherrn gar nicht unlieb; aber dass die mit der Pfanne umgestoßenen Fische zu Kohlen und Asche waren verwandelt worden, macht ihn untröstlich, denn wie soll er vor dem Sultan bestehen, wenn dieser die Fische begehrt?

Zum Glück stehen Magen und Kopf immer in naher Verwandtschaft, mithin auch der Oberküchenmeister und Großwesir. Der Erstere entdeckt sich dem Letztern, der dann auch aushilft und seiner sultanischen Majestät eröffnet, dass solche Fische nur erst durch die Zubereitung von Tag und Nacht so viel Hochgeschmack könnten erhalten, um dem Gaumen der hochgroßsultanischen Majestät zu gefallen.

Wenn's einmal so ist, dachte der Sultan (denn es zu sagen war unter seiner Hoheit), so mag es drum sein, weil morgen doch auch ein Tag ist. Gern hätte er indessen die Fische schon zwischen den Zähnen gehabt.

Der Großwesir lässt den Fischer kommen und gibt strengen und sträflichen Befehl, den andern Morgen vier ganz gleiche Fische zu bringen.

Dem armen Alten wird es ganz unheimlich. Wie? Wenn er den Weg zu dem See nicht wiederfände, von dem ohnedies keine Seele jemals etwas gewusst hatte? Wie wenn er sich auch zum See fände, doch nicht gerade Fische finge von anbefohlener Größe und Farbe, und der Wesir ließe ihn alsdann abgurgeln[7]? So hätte der Geist seinen Schwur, den zu erwürgen, der ihn befreie, dennoch gehalten, nur auf eine andere Manier – O! Geistern sei niemals zu trauen.

Er ängstet sich mit quälenden Gedanken die ganze Nacht und als der Morgen graut, nimmt er sein Netz und geht. O Glück! Da ist der See, und in dem Netze zappeln auf den ersten Zug vier Fische, ebenso groß und glänzend und von eben solchen Farben als die gestrigen, die er mit freudiger Eil zum Großwesir trägt, und dafür von diesem,

[7] die Kehle durchschneiden

der ebenfalls hoch erfreut war, wieder vierhundert Goldstücke empfängt.

Glücklicher Wesir! Glücklicher Fischer!

Der Großwesir schließt sich selbst mit in die Küche ein, um zu sehen, wie es kommen werde, und es kam alles wie gestern. In dem Augenblick, als die Fische in der Pfanne gewendet werden, spaltet sich die Mauer, die schöne reichgekleidete Dame tritt mit ihrem Myrtenreis aus dem Spalte hervor, schlägt dreimal auf die Fische und fragt, ob sie ihre Pflicht täten, und diese heben ihren artigen und tiefsinnigen Spruch wieder an und beten ihn mit aufgereckten Köpfen genau so her als das erste Mal. Die Dame stößt die Pfanne um, und die Fische verkohlen, und die Dame verschwindet durch die Öffnung der Mauer, die sich von selbst wieder verschließt.

Dass sich die beiden Herren in der Küche dem Umstoßen der Pfanne nicht widersetzten, ist recht begreiflich, denn wer nimmt es gern mit einer Dame auf, wenn er höflich und die Dame noch obenein schön und reich ist. Man möchte wohl denken, sie hätten vor Furcht nicht gewagt, das Umstoßen der Pfanne zu hindern, man denkt aber grundfalsch, denn so hohe Herren fürchten sich niemals, zumal wenn sie in der Gunst des Sultans feststehen, denn dann können sie tun, was ihnen gefällt, ohne dass Henne oder Hahn darum krähen.

Was war aber nun für die beiden Herren zu tun, um den Sultan zu beschwichtigen? Dass der ihnen von dem Vorgange kein Wort glauben würde, wussten sie gewiss, denn der Sultan war ein gewaltig großer Philosoph, und was er nicht begriff, das glaubte er nimmermehr.

Der Fischer wird sogleich beschieden und soll stracks noch vier solcher Fische schaffen, damit sie vor Tische noch fertig sein könnten. Aber der Fischer erinnert sich noch gar wohl der donnernden Drohung des Geistes und gibt zu seiner Entschuldigung vor, die Reise zum See sei viel zu weit und erst in vierundzwanzig Stunden könne er wieder vier solche Fische liefern.

Da standen die Herren! – Sie berieten sich lang und breit, wie nun zu helfen stehe, aber wie oftmals, kam auch hier aus dem Beraten kein Rat.

Und als der Sultan bei Tische rief: »Die Fische herbei!« – denn sie waren seiner Ungeduld schon viel zu lange geblieben –, muss der Wesir zitternd erzählen, was in der Küche vorgegangen sei.

»So?«, sagt der Sultan, »morgen will ich das selbst mit ansehen«, und strich ungläubig seinen Knebelbart[8] dazu, und kein Gericht schmeckte ihm nun mehr, weil er die Fische nicht hatte, von welchen er meinte, sie müssten in der Schüssel und gebraten doch tausendmal schöner sein, als lebendig im See. Aber das wissen wir ja schon.

Der Fischer kommt am dritten Morgen und bringt aufs Neue vier Fische, geht mit vierhundert Goldstücken heim und ist nun ein reicher, reicher Mann.

Der Sultan ist mit in der Küche, besieht sich die Fische haarscharf und will ein Gespräch mit ihnen anfangen, indem er denkt, wenn sie halb gebraten könnten sprechen, müssten sie es bei lebendigem Leibe noch besser können, welches denn aber nicht also war, denn die blieben stumm wie die Fische.

Es geht denn wieder in der Küche, wie es zweimal schon gegangen war, nur dass in dem Augenblick, als die Fische gewendet werden, ein riesiger Mohr[9] statt der Dame aus der Mauerspalte kommt, mit einem Stab in der Hand, mit dem er die Fische etwas tüchtig auf die Nase tippt, daher sie denn nicht erst dreimal sich tippen las-

[8] gezwirbelter Oberlippenbart mit Kinnbart

[9] veraltet, heute abwertend; Person mit schwarzer Hautfarbe

sen, um in voriger Weisheit und mit dem gewöhnlichen Spruch anzusagen, dass sie ihrer Pflicht nicht vergäßen. Und als die Fische verkohlt sind, ist der Mohr fort.

Der Sultan reibt sich die Stirn und sinnt, denn ein sinniger Herr war er. – So seltsame Dinge, denkt er, müssen begreiflich gemacht werden und das Wunderbare muss davon ab.

Der Fischer muss kommen. »Es hat etwas Seltsamliches mit deinen Fischen«, spricht der Sultan, »wo hast du sie her?« Der Fischer zeigt mit dem Finger auf einen Berg, hinter dessen Höhen der See liege, aus welchem die Fische gefischt wären. Der Sultan aber kennt in dieser Gegend, in der er so oft zu jagen pflegte, keinen See, und der Wesir ebenso wenig. – Dahinter muss man kommen.

Der Hof bekommt Befehl zum Aufbruch und in kurzer Zeit ist alles bereit. Der Fischer zieht als Wegweiser voran, der Sultan mit seinem Hofe hintennach. –

– Es war kein kleiner Auflauf, als der Hof durch die Straßen zog und alle Welt zerbrach sich den Kopf, was das könne zu bedeuten haben, aber es blieb im Kopfe stecken und wollte gar nicht herauskommen! Ja, wäre eine tüchtige Armee mitgezogen, da hätten alle gewusst, das gebe Krieg.

In drei oder vier Stunden waren sie am See, der zwischen den vier Hügeln lag, die keiner jemals gesehen hatte und in dem See schwammen und spielten die Fische von den bekannten vier Farben, einzeln und in Zügen.

Der Sultan muss wissen, wie das Wesen zusammenhängt. Es werden Zelte am Ufer des Sees aufgeschlagen, und, was das Nötigste war, ein Gezelt mit einer Küche vor allen andern.

Alles lag am nächsten Tag noch im tiefsten Schlafe, als der Sultan den Großwesir kommen lässt und zu ihm spricht: »Ich habe mir vorgenommen, hinter alle diese

Seltsamkeiten zu kommen und das allein zu vollbringen. Du bleibst hier, regierst statt meiner wie immer und sprichst, ich hätte Kopfweh oder Magenkrampf oder wäre verdrießlich oder wäre in tiefsinnigen Gedanken. Obs schon nicht wahr ist, so müssen es die Leute doch glauben, und da ists ebenso gut, als ob es wahr wäre. – Bin ich in sieben Tagen nicht wieder da, so ziehe nach der Stadt zurück und lass dann den Himmel walten und sorgen.«

Der Sultan geht nun am Ufer des Sees hin, wo alles tot und einsam und still ist. Die Luft selbst weht hier nicht einmal. So geht der Sultan mehrere Stunden und sieht und entdeckt nichts; aber als die Morgenröte herauf glänzt, glänzt ihm auch von fernher ein Schloss entgegen, wie wenn es von hellpoliertem Stahl wäre.

Und nun wollen wir mit dem Sultan schon hinter alles kommen, obwohl wir kein Wort davon werden verstehen! – Er aber versteht es gewiss.

Der König der schwarzen Inseln

Johannes Andreas Christian Löhr

Nun, da wird's kommen«, sprach der Sultan, als er das Schloss sah, »da steckt, ich wette darauf, der Schlüssel zu dem Geheimnisse von dem See und den Fischen, von der Dame und dem Mohren und ich will mir fürwahr das Haupthaar nicht eher lassen scheren, bevor ich nicht alles heraus habe. Das schwöre ich bei meinem Bart.«

Die sultanische Hoheit kommt dem Palast immer näher, aber es wird ihr immer unheimlicher zumute, denn es kommt ihr weder Mensch noch Tier entgegen, und selbst kein Käfer summt in der Luft, kein Heimchen zirpt auf der Erde. Alles ist tot – ganz tot!

Der Sultan kommt zum Schloss. O wie so prächtig ist überall alles! So, dass an seinem eigenen Hofe das bisschen Glanz und Herrlichkeit nichts, gar nichts dagegen war; aber freilich überall wohnte auch hier der Tod – so grausig war es und stille, und in dem schönen Garten, der das Schloss umgab, war keine Mücke, keine Fliege und kein kleines Fischchen in dem Teiche, der ohne Welle da lag. Selbst keine Lust regte sich, keine Blume bewegte sich, kein Laubblatt und kein Grashalm nickte oder schwankte. – Tot, tot, alles tot und stumm und still!!! Am hellen Tage war es hier, wie an andern Orten in der Nacht, die ja eben durch ihre Stille so öde und schauerlich furchtbar ist.

Indem der Sultan umherwandelt, ob nichts Lebendiges sich finde, hört er doch Töne, stöhnende ächzende Töne von fernher. Da erblickt er sich umschauend in der Mitte eines Teichs einen von hohen finsteren Tannen umkränzten dunkelschwarzen Dom, aus welchem das Ächzen zu kommen schien. Je näher er kommt, je lauter wird das Klagegestöhn. Und der Sultan kettet einen Kahn am Ufer des Teiches los und fährt zum Dome hinüber, steigt die Stufen hinan, tritt ein und geht von Zimmer zu Zimmer, durch deren hohe und dunkle Fensterbogen nur mühsam das Licht sich drängt.

In einem weiten und hohen Saal findet er einen Fürsten, eine blitzende Königskrone auf dem niedergesenkten Haupt, und das totenfahle abgezehrte Gesicht hat Augen voll Tränen, und der Jammer sitzt darauf kläglich und traurig. Der prachtvolle Scharlachmantel, der schlaff von seinen Schultern herabhängt, macht sein Aussehen gar nicht heiterer. – Ach, Pracht und Glanz machen ja niemals ein heiteres Angesicht, wohl aber das Herz und frischer fröhlicher Lebensmut und ein Stück Brot für gesunden Magen.

Der Unglückliche auf dem Thron, in Tränen und Jammer versenkt, bemerkt den König nicht, der hereingetreten war. Er hatte es ja nur mit sich selbst zu tun.

Da spricht der Sultan: »Verzeihe! Dein Klagen dringt mir nicht bis ins Ohr allein, sondern dringt zerreißend bis in mein Herz. – Sprich was dir fehlt? Vertraue mir, ich bin ehrlich und treu (das war unser Sultan fürwahr), und kann ich dich retten, wäre es auch mit meinem Leben, so will ich es unternehmen.«

Da erhebt der arme junge Mann auf dem Thron sein Haupt, und sieht den Sultan mit betränten Augen stumm und staunend an, schweigt erst und spricht dann: »Ist es ein Gott oder ein Mensch, der sich meines Elendes erbarmt?«

»Ein Mensch, ein sterblicher Mensch bin ich«, spricht der Sultan, »bin der Sultan *Visapur* und wollte dir gern helfen, wenn Hülfe Not ist und ich sie gewähren kann.«

»Gewähren *kann*! – *kann*?«, sagt schmerzlich der junge Fürst. »Ach, Gott allein wird sie nur können gewähren!«

Aber Sultan Visapur sprach mit ihm hin und her und vermaß sich hoch und teuer, er wolle ihm helfen und wäre es auch mit seinem Leben, ohne dass er wusste, wo es dem Prinzen fehle, bis dieser ihm seine ganze Geschichte erzählte und weit, weit dazu ausholte.

Er sprach zum Sultan:

»Niemand kann mir wohl helfen! Mein Elend ist einzig in seiner Art. Was ich fühle, das möchte noch sein, aber was ich nicht fühle, Gott, das ist zum Erbarmen und ist unerträglich!«

»Nun«, dachte der Sultan, »nun merk ich's wohl, woran es dem fehlt. Es rappelt ein klein wenig bei ihm oben unter der Krone. Wenn hier sonst sich nur Menschen fänden, so möcht ich fast denken, sie hätten ihn zum Narren und Papierkönig gemacht!«

Unser allweise Sultan irrte sich diesmal und fand es am Ende selbst, nachdem er die Geschichte des unglücklichen jungen Monarchen anhörte, welche also lautete:

»Mein menschenfreundlicher Herr Sultan! Seht hier zuerst, ehe ich weitererzähle, Schultern, Brust und Rücken« – indem nahm er den von Haaren gewebten, aber mit Edelgestein besetzten Scharlachmantel ab, und da brach dem gutherzigen Sultan das Herz, denn alles, alles war von Geißelhieben zerfleischt und zerrissen, geschwollen und mit Blutstriemen unterlaufen, bis an die Hüften hinab.

»Gott! O Gott!«, ruft Visapur, »ist das möglich?«

»O«, spricht der junge König darauf, »das Ärgste sieh hier!« – Und damit hebt er nun auch von den bedeckten Lenden den Königsmantel ab, und der Sultan sieht alles Gebein und Fleisch des armen jungen Fürsten in schwarzem Marmor verwandelt, wofür er es eher nicht halten will, als bis er es erst befühlt und betastet hat.

Der Sultan ist außer sich vor Schmerz und Erstaunen und will die Geschichte des Halbversteinerten recht genau wissen, um ihm, wie er nochmals beteuert, wenn er könne, zu helfen. So erzählt dieser denn:

»Mein Unglück ist mein Weib! – Ich heiße Uzim Oschantei und bin der König der schwarzen Inseln und dieser See, um den die vier Hügel stehen, war einst mein Königssitz.

Kaum, dass ich meinen Thron bestiegen hatte, heiratete ich das schönste Weib der Erde und war in ihrem Besitz, o wie glücklich, wie überglücklich! Die Welt mit aller ihrer Herrlichkeit schien mir gar nichts gegen dieses Kleinod. – – Ich lebte mit meiner Gemahlin fünf Jahre, die mir wie einzelne Tage dahin gingen und nimmer, wie ich dachte, konnte es jemals weniger glücklich gehen: Ach wie habe ich mich betrogen!

Ich lag einst im leisen Schlummer im Garten auf einem Sofa. Es war ein sehr warmer Tag. Da kommen zwei Dienerinnen der Königin und denken, ich sei fest eingeschlafen und wehen mir frische Luft mit Wedeln von Blumen zu. – Ach, hätte ich doch einen Totenschlaf gehabt, so wäre ich ja glücklich geblieben!

›Sieh!‹, sprach eins der Mädchen zu dem andern, ›wie schön unser junger König daliegt, und wie schön und sanft er schlummert. Ach! Er würde so sanft nicht schlummern, der gute Herr, wenn er sein Unglück wüsste.‹

›Was für ein Unglück?‹, fragte das andere Mädchen.

›Wie? Das weißest du nicht?‹, versetzte das erste, ›was alle am Hofe wissen, dass es unsere Königin mit einem garstigen Mohren hält, mit dem sie des Nachts ihre verdammten Zauberkünste treibt, die wohl noch dem Reiche und dem Könige zum Verderben gereichen werden. Er ist anfangs ihr Lehrer und Meister in der Zauberei gewesen, jetzt aber mag sie ihn darin weit übertreffen und bedient sich seiner wohl nur noch als eines Gehilfen. Sie scheint ihn aber auch ordentlich lieb zu haben und gern bei ihm zu sein, und vielleicht hat sie ihn lieber als den König.‹

›Wie wäre denn das aber möglich?‹, fragte die andere Dirne,[1] ›da doch der König beständig bei ihr ist; sie kommen ja niemals einander von der Seite.‹

›Wie übel bist du unterrichtet‹, versetzte die Erste. – ›Weißest du denn nicht, dass sie dem König, sooft er sich zur Ruhe begibt, einen Schlaftrunk im goldenen Becher beibringt? Er glaubt, es sei frisches Wasser, etwa aus einem Wunderquelle, worauf sich's herrlich schlafe; wenigstens schläft er so fest darauf, dass er bis Anbruch der Morgenröte sich nicht einmal rühren kann. Sie aber eilt in den Garten zu dem hässlichen Mohren.‹«

»Wie war mir zumute!«, fuhr der Sultan fort. »Wie musst ich an mich halten, bei den schrecklichen Worten, die ich hörte. Himmel und Erde lagen auf meiner Brust!

Ich hatte die Kraft, meiner selbst Herr zu sein, und tat denn, als ob ich so nach und nach erwache; aber als ich nun wieder allein war, Gott! Gott! Wie war mir!

Ich sank in dumpfer, starrer Betäubung an einem Felsenbach hin. –›Es ist unmöglich‹, rief ich, ›es ist zu grässlich! Zu höllisch! Mein Weib eine Zauberin? – Und der Mohr ihr lieber denn ich! – Es ist unmöglich! – Und doch! Doch! Der ganze Hof scheint das Geheimnis meines Unglücks und meiner Schande zu wissen.‹

Was half es, hin und her zu sinnen, zu brüten und zu ächzen? Ich musste mich schon bis zu Abend zu fassen suchen und mich stellen, als sei ich wie sonst. Wie ich es vermocht habe, weiß ich nicht, aber das weiß ich, es waren Stunden der Höllenqual, die ich bis zu Abend verlebte, der mir eine Ewigkeit auszubleiben schien. – Ge-

[1] früher: junge Frau; heute: Prostituierte

wissheit, nur Gewissheit suchte ich, und ach! Ich bekam sie furchtbar genug.

Als mir vor Schlafengehen das treulose Weib nach Gewohnheit den goldenen Becher darbot, trat ich damit an ein Fenster und schüttete den Trank unbemerkt hinaus; den Becher gab ich zurück, worauf wir uns zu Bette verfügten, wo ich mich bald fest eingeschlafen stellte.

Bald stand die Elende auf – ich sah alles bei dem hellen Lichte des Vollmonds –, warf ein leichtes Nachtkleid über, bückte sich über mich hin, um sich nochmals zu überzeugen, dass ich fest genug schlafe. ›Schlaf, schlaf‹, sagte sie dann, ›und möchtest du nimmermehr wieder erwachen. – Aber diese Zeit soll auch nicht mehr fern sein!‹, damit eilte sie davon.

O! Dass ich meinen Augen und Ohren hätte misstrauen können! Ich konnte es aber ja nicht.«

»Ich fuhr in den Kaftan[2], den Säbel unter dem Arm, und schleiche ihr durch alle Gänge und Hecken des Gartens nach. Ihr Verlangen trieb sie so sehr zu eilen, dass ich, der ich ohne Geräusch so schnell nicht nachfolgen konnte, sie bald aus den Augen verlor.

Ich suchte sie in Grotten, Sälen, Gebüschen, Wäldchen und Lauben, und endlich klang mir ihre Stimme aus einem Gebüsche hervor. Ich schleiche leise näher und näher und – o Entsetzen! – Sie halten sich traulich umschlungen, der Mohr und mein Weib. Sie sprechen von meinem Untergange und wie der Mohr dann, sei ich nur erst aus dem Wege, den Thron besteigen solle, und wie das alles verdachtlos zu beginnen und auszuführen stehe. – Himmel und Hölle! Wie habe ich es können hören!

Die Wut stählte meinen gelähmten Arm und mit einem Hieb war der Mohr vom Schädel bis zum Nabel gespal-

[2] arabisches Kleidungsstück

ten. – – – O! hätt' ich doch den Schädel des treulosen Weibes gespalten, so wäre ich nicht in diesem entsetzlichen Zustande. Aber ich glaube, die Elende war mir noch wert. – ›Flieh‹, rief ich ihr zu, ›flieh vor meinem Grimme, damit dieser allein für sich und dich büße!‹

Ach büßen! Büßen! – Ich allein musste büßen. – Sie schoss nur einen Blick auf mich, und ich stand da wie eine Bildsäule von Stein, unvermögend Arm oder Fuß zu regen. Dann warf sie sich bei dem sterbenden Mohren verzweifelnd nieder; bald brüllte sie vor Schmerz, dass alles rings umher erbebend widerhallte, bald sank sie auf ihn hin und umarmte ihn, drückte ihn mit Strömen von Tränen an ihr Herz, verhüllte sein Totengesicht in ihre schwarzen Haare und rief ihn, der nicht mehr hörte, mit den zärtlichsten Namen. Dann zerraufte sie sich ihr schönes Haar, zerriss sich Arme und Wangen und schwur dann so schreckliche Schwüre, sich an dem Mörder eines so kostbaren Lebens bis zur vollen Sättigung zu rächen, dass der Mond davor zu erbleichen schien.

Und ich stand und sah und hörte dem allen zu und musste es sehen und hören, denn ich konnte ja kein Glied rühren und regen. Ich war erstarrt!

›Hinweg mit ihm, hinweg aus meinem Gesicht!‹, schrie sie den unsichtbaren Geistern zu, die ihre Diener waren. ›Hütet sein bis zum Tage des großen Gerichts!‹ – Und von unsichtbaren Händen wurde ich aufgehoben und in einen finstern Kerker gebracht, wo ich die Jammernacht durchächzte und mich gern umgebracht hätte, hätte ich nur die Kraft dazu gehabt; aber ich blieb erstarrt!

Der Morgen brach an. Da wurde ich aus meinem Kerker gerissen und sah sie in tiefste Trauer gehüllt, vom Haupt bis über die Füße. Aus ihren Augen schossen wütig die Flammenblitze der Rache auf mich, die auf ihren glühenden Wangen loderte, und doch – O Gott, sie war so schön! So schön noch immer!«

»Maulaffe[3] du! – Noch schön?«, brummte der Sultan Visapur in seinen Bart. Der halbversteinte König aber fuhr zu erzählen fort.

»›Ach!‹, rief die Königin, ›er ist tot, tot auf ewig für mich, der mir das Teuerste auf Erden war; tot! Tot! Aber hier, wo ich jammern muss, soll auch nichts mehr leben und sich freuen, sondern ringsumher alles, alles elend sein, wie ich selbst. Und du Verhasster‹, sprach sie zu mir sich wendend, ›Du! – töten will ich dich nicht! Die Strafe wäre zu große Wohltat für dich. Leben sollst du, leben! Und ich will dein Leben noch Jahrhunderte verlängern; aber du sollst nur leben zu deiner Qual. Du sollst den Tod als eine barmherzige Wohltat von mir erwinseln, aber empfangen sollst du ihn nicht.‹

Dreimal schlug sie mit ihrem Zauberstabe auf den Boden und die Finsternis der schwärzesten Nacht verschlingt den leuchtenden heraufgekommenen Tag. Dagegen leuchten die Blitze, die rollenden Donner krachen und es fahren Flammen aus den Tiefen zischend herauf. Ich verliere die Besinnung, und als diese wiederkehrt, bin ich, wie du mich gesehen hast – halb versteint, und was mir gehört hat, ist alles verwandelt – alles öde! Meine herrliche Königsstadt nicht mehr, sondern an ihrer Stelle ein See, und die Bewohner in Fische verwandelt, von viererlei Farben, die Muselmanen silbergrau, die Juden gelb, die Christen blau, die Heiden rot.

Ach und nun! Nun sitz ich hier und jammre in meinem Schmerze, und in der Pein der Langeweile, vom Morgen bis zum Abend und vom Abend durch die Nacht bis wieder zu dem Morgen. Wie lang ich nun schon so jammere

[3] Im Mittelalter als Beleidigung gleichbedeutend mit *Spanner*. Einer Person, die mit offenem Mund eine Situation beobachtet.

und weine, weiß ich nicht mehr, aber es ist lange, ach! So sehr lange! Und mit jedem Morgen kommt das rachedürstende Weib, hebt den härnen[4] Scharlachmantel von meinen striemigen, striemigen Schultern und geißelt, geißelt mich, bis ihr der Atem entgeht und ihre Rache ergötzet sich an meinem Ächzen und Stöhnen. Kein Erbarmen ist bei ihr und ich – kann mich nicht wehren.«

So klagte der arme König, und Tränengüsse unterbrachen seine Klagen. Der gute Sultan Visapur weinte bitterlich mit ihm, denn sein Herz war weich.

Und als sie sich ausgeweint hatten und konnten nun nicht mehr weinen, nimmt Visapur das Wort und spricht und schwört einen großen gewaltigen Schwur dazu, dass er sein Haupt nicht eher sanft niederlegen und auf keinem Sofa schlafen wolle, bis er nicht Hilfe geschafft habe, und der grimmigen Tigerin das Leben genommen. Er fragte nun, wo er dieselbe treffen könnte?

Der König der schwarzen Inseln antwortete, die Königin habe sich in einem finstern Hain von dunkeln Zypressen einen trübsalvollen Aufenthalt durch ihre Geister bauen lassen, den sie den *Palast der Tränen* nenne. Hier liege der Mohr in kläglichster Gestalt, der nicht leben und nicht sterben könne. Sie erhalte ihn durch ihre furchtbare Kunst, mehr den Schein des Lebens, als das Leben selbst. Er liege, ringe und kämpfe, geistlos und bewusstlos zwischen Leben und Tod und die offenen stieren Augen sähen nichts mehr. Sterben werde er nicht, das mache ihre Kunst, und leben könne er nicht, das sei über ihre Kunst. – Sie besuche ihn täglich und klage und jammre über ihn.

»Nun«, ruft der Sultan Visapur, »dem Jammer muss ich ein Ende zu machen suchen. Ich gehe. Lebt wohl indessen, wenn Ihr es könnt.«

[4] gehobenen

Er geht und achtet nicht auf den Nachruf des unglücklichen Königs; geht, sucht und findet den Palast der Tränen im dunkeln Zypressenhain, und trifft die Königin bei ihrem Mohren, in ihrem Schmerz, in ihren Tränen versunken. Da ward es ihm leicht, unbemerkt nahe heran zu kommen und der Königin mit einem einzigen Streich den Kopf abzuhauen. Im Augenblick war sie tot und der Mohr auch; denn mit ihr ging die Kunst auch aus, den sterbenden Mohren noch lebend zu erhalten. Der Sultan haute dem Mohren den Kopf ebenfalls ab.

Beide Köpfe bringt Visapur nun im freudigen Triumph dem König der schwarzen Inseln.

»Da seht!«, spricht er zu ihm und hält ihm die Köpfe hoch empor! »Seht, es ist mir gelungen! Nun wird doch wohl alles sein, wie es muss. Gottes Gerechtigkeit hat sie beide gefunden!«[5]

Da fällt der Marmorschach[6], den er hatte erlösen wollen und der sich seinem Bedünken nach hoch hätte erfreuen müssen, beinahe in Ohnmacht und seufzt: »Ach Gott, nun ist alles verloren!«

Visapur, der seine Sache so wohl gemacht zu haben sich bedünken ließ, dachte: »das Paviansgesicht von Schach[7] weiß wahrhaftig nicht, was es will. Nun ist es ihm wieder nicht recht! Erst flennt er und heult wie ein Knabe, und nun fängt der Breikerl[8] wieder sein Lamentieren an.«

[5] [Originalanmerkung] *»Die göttliche Nemesis hat sie beide ereilt«*, sollte es eigentlich heißen, wenn es hoch gelehrt und vornehm neu klingen sollte. Aber der Verfasser ist ein wenig einfältig und weiß nicht, was so ein Tier, die Nemesis nämlich, frisst. Andere mögen ihr Futter wohl kennen, aber dass sie das Tier selbst kennen, davon hat er eben nichts gemerkt.

[6] Marmorkönig

[7] König

[8] Weichei

»Was fehlt denn nun noch?«, fragt er den Steinprinz.

»Ach, dass ich nun Stein bleibe, jammert dieser, und der See, See und die Fische bleiben Fische, und alles wird so tot und stumm bleiben, als es ist. Es konnte niemand helfen als die Königin, die sich vielleicht wohl noch hätte erweichen lassen, denn ich hatte sie ja so lange auf den Händen getragen; aber nun! – Nun ist alles dahin!«

»So wimmert nur nicht gar zu sehr, erwidert der Sultan Visapur. Weiß Gott, dass ich es gut meinte, und wenn's nun fehlschlug, so dauert es mich. Aber es muss doch noch ein Mittel geben, Euch zu helfen!«

»O ja! Das gibt's denn wohl, wimmerte der armselige König fort; aber wer kann es herbeischaffen? Der, welcher es gekonnt hätte, ist auch nicht mehr da.«

»Nun, so sprecht doch wenigstens, wer oder was für ein Heiliger das war?«, sagt der Sultan. »Ich will ihn suchen, wenn er irgend noch zu haben ist.«

»Hört ein Geheimnis, erwidert der Inselkönig; – es war ein *Eselskopf.*«

»Eselskopf selbst!«, denkt der Sultan, »der mit dir noch richtig vorhanden ist«; er sagt es aber nicht, sondern schüttelt nur ungläubig den Kopf. Er sagt es deswegen nicht, weil es unhöflich gewesen wäre und weil er bedenkt, wie viel oftmals in der Welt von Eselsköpfen abgehängt hat, und bittet um nähere Erläuterung.

»Der Eselskopf«, fuhr jener fort, »war das Werk eines großen Geistes, und unserm Reich als Schutz und Schirmvogt[9] geschenkt. Er lag im Königsschatze mit Gold und Edelgestein geschmückt, und lag daselbst seit mehreren Jahrhunderten, woraus Ihr allein schon seine Wichtigkeit ersehen könnt.«

[9] Der Schirmvogt beschützt die Klöster und bekommt als Gegenleistung einen Teil des Zehnten, einer Steuer.

»Jawohl!«, sagt der Sultan, der immer noch sehr ungläubig bleibt, weil er ein Philosoph war. »Aber fahret doch fort!«

Uzim Oschantei fuhr fort. »Neben dem Kopf lag ein großes Buch mit dicken Decken von Gold und mit seltsamen Zeichen und Figuren darauf. Es war in einer uralten Sprache geschrieben, wovon keiner mehr ein Wort verstand, und enthielt viele Gemälde auf goldenem Grund in bunten lebendigen Farben. Beides beschrieb das Schicksal des Reichs und den Schädel des Kopfs, und wie wiederum alles zusammenhinge mit dem Schicksal unsers Königsstammes.

Der Eselskopf war so heilig, dass er je alle sieben Jahre dem ganzen Lande gezeigt wurde, indem man ihn auf einem prächtigen mit Blumen bekränzten Wagen überall umherfuhr. Er hatte die Eigenheit, alle Bezauberungen zu zerstören, wo er nur hinkam, und alles Geister- und Feenwerk verschwand vor ihm. (›Freilich‹, dachte Visapur, ›verschwindet vor Eseln das Geisterwesen‹). Die Königin, die dem Reiche und mir gefährlich werden wollte, hätte nichts können ausrichten, so lange dieser Kopf da war, dieses Reichskleinod und Schutzherr des Thrones und des Landes. Sie wusste ihn heimlich zu entwenden und ließ ihn ins Meer versenken, in dessen Grund nun all' meine Hoffnung begraben ist.«

»Mein Herr Bruder«, sprach Visapur, »ich bin zu übereilt gewesen, wie ich wohl einsehe. Esel und Eselsköpfe will ich Euch aus meinem Reich wohl verschaffen, und wenn Ihr wollt zu Tausenden, falls es Euch helfen könne. Ob aber unter solchen Köpfen sich einer nur findet, in welchem ein Kopf ist, weiß ich nicht – am wenigsten, ob ein solcher zu erhalten stehe, der Euch zu Hülfe und Dienste sein könne. – Ich will indessen mein Bestes tun, und eine Prämie darauf setzen lassen, damit an allen Küsten meines Reichs nach dem Eselskopf gefischt werde. Indessen lass ich Euch einen Teil meines Hofs da, damit Ihr nicht Langeweile habt, indessen ich in meinem Reiche Befehle zum Nachsuchen stelle. – Lasst uns hoffen, mein Herr Bruder, der Anfang scheint mir doch gut.«

Der Sultan geht zu seinem Hoflager und stellt die Befehle, einen Eselskopf zu fischen, und setzt eine unglaublich hohe Belohnung darauf. Die Leute aber denken, der Sultan sei selbst ein – Kopf, nämlich etwas verrückt geworden. Aber der alte Fischer dachte nicht also, der schon einmal einen Eselskopf zu seinem Verdruss herausgefischt hatte und wohl einsah, dass hier Wunder über Wunder im Werke waren. Er wurde aufmerksam, besann sich des gefischten Eselkopfs, lief an den Strand des Meeres nach demselben, um wieder Goldstücke zu fischen, fand ihn am alten Orte, bringt den Eselskopf dem Sultan und siehe da! Es ist der gewünschte Kopf, gegen den keine Bezauberung besteht.

Der Kopf hat kaum den Schach berührt, so wird er mit dem Unterleibe wieder, was er war; der See wird zur Stadt; die Fische werden zu Menschen; die ganze Gegend ringsumher wird zu einem großen, sehr großen Reiche, und der Fischer empfängt von beiden Sultanen so viel Gold und Kostbarkeit, dass er nicht wusste, wohin damit, und also hieß er ein glücklicher Mann.

Aber der brave Visapur wusste nun in der Tat nicht,

wo er war, und wie er zu seinem Reiche gelangen sollte, weil es niemand im Lande der schwarzen Inseln kennen wollte. Doch fanden sich am Ende einige Handelsleute, die zuvor Fische gewesen waren und dasselbe kannten, weil sie dorthin Handel getrieben hatten. Sie sagten ihm den Weg dahin. Manche sagen, der Sultan habe zehn Jahre Zeit gebraucht, um wieder nach seiner Residenz zu kommen, andere aber behaupten, er sei so weit von derselben entfernt gewesen, dass er in hundert oder gar tausend Jahren nicht hätte können hinkommen, und so sei er denn noch heutigen Tages unterwegs. – Ich aber kann das nicht wissen, sonst wollt ich es ehrlich berichten!

Kind dem Teufel verschrieben

Bernhard Baader

Ein armer Landmann geriet mit einer Fuhr Holz so tief in den Kot[1], dass er sie, trotz aller Anstrengung, nicht mehr herausbrachte. Da kam aus dem nahen Wald ein Jäger auf einem Schwein geritten und erbot sich, den Wagen herauszuziehen, wenn der Mann ihm das verschriebe, was jetzt hinter seiner Stubentüre stehe; nach sieben Jahren müsste er es dann hierher auf den Platz bringen. In der Meinung, es sei, wie gewöhnlich nur der Besen hinter der Türe, willigte der Bauer ein, sagte aber, dass er keine Tinte bei sich habe. »Schwarz gilt bei mir nichts, bei mir ist alles schwarz, ich muss rot haben!«, erwiderte der Jäger, worauf der Mann sich den Finger ritzte und mit seinem Blute schrieb. Als dies geschehen, zog der Jäger den Wagen aus dem Kot und gab noch dem Bauer einen großen Beutel mit Gold. Voll Freude brachte derselbe den Reichtum nach Haus und erzählte seiner Frau das Geschehene. Da erfuhr er von ihr, dass er sein Kind verschrieben, welches damals zur Strafe hatte hinter der Türe stehen müssen. Sie waren nun sehr traurig und beschlossen, das Kind zu aller Frömmigkeit zu erziehen, was sie in den sieben Jahren auch taten. Während dieser Zeit befanden sie sich in stetem Wohlstande, weil das Geld, welches sie vom Jäger erhalten, niemals ausging. Als die bedungene Frist um war, brachte der Mann, in Begleitung vieler Leute, sein Kind auf den bestimmten Platz; der Jäger kam wieder auf dem Schwein angeritten und führte das Kind auf immer hinweg. Nachher hat auch das Geld des Bauers ein Ende genommen.

[1] Steckt in Unrat/Schlamm fest.

Die bestrafte Hexe

Wilhelm Busch

Es ist einmal eine rechte alte Hexe gewesen, die hatte zwei Töchter, eine rechte Tochter und eine Stieftochter, und die Stieftochter war schön und gut, die rechte Tochter aber boshaft und hässlich. Da kam ein junger Jäger, nahm die Stieftochter zur Frau, weil sie ihm gut gefiel und zog mit ihr in sein Haus, das im Walde lag. Die alte Hexe stellte sich dazu ganz freundlich; in ihrem Herzen wusste sie sich aber vor Ärger und Bosheit nicht zu lassen, darum, dass der Jäger ihre eigene Tochter nicht genommen hatte, sondern die Stieftochter, die sie gar nicht leiden konnte.

Über eine Zeit kriegte die Jägersfrau einen kleinen Jungen und musste zu Bett liegen. Da wurde die Stiefmutter geholt, dass sie das Kind wüsche und anzöge, auch die Suppe kochte und sonst zur Hand wäre, wenn die kranke Frau ihrer bedürfen sollte. Der Jäger aber hatte zur Erheiterung und Kurzweil seiner Frau allerlei Vögel in die Stube gebracht, die sangen, und ein Spiel hatte er gemacht von allerlei Glocken, die klangen.

Dicht an dem Hause lag ein großer Teich, auf dem viele Enten schwammen. Nun stand eines Tages die Stiefmutter am offenen Fenster und sah auf den Teich hinaus, und weil des Jägers Frau schon wieder auf Besserung war und zuweilen aufstehen konnte, rief ihr die Hexe zu: »Steh doch auf, mein Kind und sieh einmal die vielen Enten, die da auf dem Teiche schwimmen.« Ohne an Arges zu denken, stand die Frau auf und lehnte sich aus dem Fenster und indem, so gab ihr das boshafte Weib einen heftigen Stoß, dass sie hinab in den Teich stürzte, und verwünschte sie in eine Ente; da schwamm sie nun mit den anderen Enten auf dem Teiche herum. Ihr Kind aber fing an zu weinen, und ihren Mann befiel zu derselben Stunde eine große Traurigkeit und wusste doch nicht warum; die Vögel sangen nicht, die Glocken klangen nicht. Da nahm die Hexe ihre eigene Tochter, legte sie in der Frauen Bett und band ihr ein Tuch um den Kopf, als ob sie krank wäre, sodass sie der Mann nicht erkennen konnte, als er kam, seine Frau zu besuchen.

Als es nun Abend ward und die Magd allein in der Küche war, kam auf dem Teich her eine Ente angeschwommen, die schnatterte vor dem Gossensteine wie Enten tun: »Niep, Niep! Natt, Natt!«, und dann fing sie ordentlich an zu sprechen:

»Weint mein liebes Kind auch noch?
Weint mein lieber Mann auch noch?
Singen meine Vögel auch noch?
Klingen meine Glocken auch noch?«

Da antwortete die Magd:

»Eure Glocken klingen nicht,
Eure Vöglein singen nicht,
Euer Mann und Kind die weinen.«

Darauf ist die Ente wieder weggeschwommen. – Den zweiten Abend kam sie wieder, steckte den Kopf durch das Gossenloch und schnatterte ganz betrübt: »Niep, Niep! Natt, Natt!«, und dann fing sie an zu sprechen:

»Weint mein liebes Kind auch noch?
Weint mein lieber Mann auch noch?
Singen meine Vögel auch noch?
Klingen meine Glocken auch noch?«

Und die Magd antwortete:

> *»Eure Glocken klingen nicht,*
> *Eure Vöglein singen nicht,*
> *Euer Mann und Kind die weinen.«*

Darauf sprach die Ente: »Nun komme ich noch ein einziges Mal; dann fasse mich und haue mir den Kopf ab, so bin ich erlöst«, und schwamm fort. Das alles erzählte die Magd ihrem Herrn, der sagte: »Wenn die arme Ente so erlöst werden kann, so musst du es tun.« Als nun die Ente den dritten Abend wieder den Kopf durch das Gossenloch steckte, fasste die Magd ein Beil und hieb ihn ab; in demselben Augenblicke, da das Blut floss, wich der Zauber; die Frau war erlöst und ging zu ihrem Manne; der freute sich, dass er seine liebe Frau wieder hatte, denn sie erzählte ihm, wie das alles so gekommen und welcher großen Gefahr sie entgangen war.

Der Jäger, der nun wusste, was die Stiefmutter für ein böses Weib war, ließ sich nichts merken, sondern sann, wie er sich am besten an ihr rächen könnte. Auf den andern Abend lud er eine große Gesellschaft; doch musste seine Frau noch zurückbleiben. Wie sie nun alle zu Tische saßen, stand der Jäger auf und fragte, was sie wohl meinten, dass der Mutter geschehen müsste, die ihre Tochter in ein unvernünftiges Tier verwünscht hätte. Da sprang die Stiefmutter auf von ihrem Stuhle und war ganz verblendet und schrie: »Die verdient, dass sie in ein durchnageltes Fass gesteckt und darin so lange gewälzt wird, bis sie tot ist.« – »Du hast dir selbst dein Urteil gesprochen, du Hexe!«, rief der Jäger und ließ seine Frau herein in die Stube treten. Wie das die Hexe sah, dass sie verraten war, ward sie kreideweiß vor Schreck und stürzte der Länge nach auf den Boden hin.

Da wurde sie in ein Fass gesteckt, welches mit eisernen Nägeln durchschlagen war; das wurde auf den höchsten Berg gebracht und da hinabgerollt. So hat die Hexe ihren verdienten Lohn erhalten.

Bestrafter Sakramentschänder

Bernhard Baader

An einem Winterabend des Jahrs 1839 waren in einer Spinnstube zu Göbrichen die Bursche und Mädchen so ausgelassen, dass ihnen einfiel, eine Katzentaufe zu halten. Nachdem eines der Mädchen sich wie eine Wöchnerin[1] ins Bett gelegt hatte, wurde die Hauskatze, eingewickelt wie ein Kind, zu ihr getan, dann von zweien, welche die Paten vorstellten, geholt und von einem Burschen, der den Pfarrer machte, förmlich getauft. Darauf setzten sich alle an den Tisch und hielten lustig das Taufmahl. Indem sie so zechten, klopfte es außen ans Fenster, wobei eine unbekannte Stimme rief: »Derjenige, welcher die Katze getauft hat, soll herauskommen!« Den Burschen überfiel ein Grauen, daher er sich nicht aus der Stube wagte, obgleich es bald nachher deren Türe zweimal halb aufmachte und das Nämliche hereinrief. Erst nachdem dieses zum dritten Mal geschehen, ging er, auf das dringende Zureden seiner Kameraden, hinaus, aber kaum war er vor der Türe, so tat er einen grässlichen Schrei, und als die andern ihm zu Hilfe eilten, fanden sie ihn an der Schwelle tot, mit gebrochenem Genick, liegen. Neben ihm auf dem Boden waren drei Blutstropfen. Von demjenigen, welcher ihn hinausgerufen, konnte nirgendwo eine Spur entdeckt werden.

[1] Frau nach der Entbindung

Hexen lernen

Karl Bartsch

Ein Knabe wollte das Hexen lernen. Er ging tief in den Wald und rief: »Wer lehrt mich das Hexen?« Da kommt ein altes Weib aus dem Erlenbusch und fordert ihn auf, ihr zu folgen. Sie führt ihn in eine Hütte; drei Kröten hüpfen neben ihm über die Schwelle; am Herde sitzt ein schönes Mädchen. Wie es Abend wird, setzt die Alte eine der Kröten auf den Tisch, die leuchtet mit ihren grünen Augen wie eine Lampe. Zu Abend essen sie aus einem Kessel Schwarzsauer[1] von Menschenfleisch. Der Knabe will nicht essen, sondern verlangt schlafen zu gehen. Des Nachts kommt das Mädchen an sein Bett, weckt ihn und sagt ihm, die Alte wolle ihn am andern Morgen vor Sonnenaufgang schlachten und kochen. Sie heißt ihn aufstehen und mit ihr fliehen. Er geht mit ihr, das Mädchen spuckt beim Hinausgehen auf die Schwelle. Am andern Morgen ruft die Alte dem Mädchen zu: »Steh auf!«

»Ich bin schon auf«, antwortet das Mädchen auf der Schwelle, »ruhe noch ein wenig, bis ich Laub und Holz zum Herde bringe.« Nach einiger Zeit steht die Alte auf und sieht die Hütte leer. Sie schafft sich eine Wolke und reitet auf einem Besenstiel den Fliehenden nach. Das Mädchen sieht den dichten Rauch hinter sich und sagt: »Das ist die Hexe; ich will ein Schlehdorn werden und du eine Beere.« Die Hexe aber steigt ab und will die Beeren pflücken. Schon hat sie alle Beeren verzehrt bis auf eine in der Mitte. Die steckte mitten zwischen Dornen, aber

[1] traditionelles Gericht aus Blut

die Hexe langt danach; da fällt die Beere ab in eine Niederung. Hier wird das Mädchen zu Wasser, der Knabe zur Ente, die darauf schwimmt. Da warf die Alte mit ihren Pantoffeln nach der Ente, aber die tauchte unter. Da legte sich die Hexe am Teiche nieder und wollte das Wasser austrinken. Sie trank immer mehr und mehr, bis ihr der Bauch platzte. Da war sie tot. Das Wasser ward wieder zum Mädchen, die Ente zum Knaben und beide heirateten einander.

Der Werwolf

Carl und Theodor Colshorn

mündlich in Ribbesbüttel

Drei Arbeiter mähten eine Wiese. Als es nun Mittag war und noch immer das Essen nicht kam, sagten sie unter einander: »Wenn wir nun noch einmal herum sind, wollen wir uns so lange hintern Busch legen, bis das Essen kommt.« Gesagt, getan. Zwei von ihnen schliefen sofort ein; denn nie schläft sich's besser, als wenn man müde ist und nirgends ist man weicher gebettet als auf Blumen und Gras: der dritte aber schnallte sich einen Wolfsriemen um und schlich sich zwischen eine Herde Pferde, die da weidete. Und das beste Füllen[1] war ihm gut genug: er packte es und dämpfte[2] es ab; die übrigen Pferde aber samt dem Hirten suchten das Weite. Die beiden anderen Schnitter[3] sahen das mit an, taten jedoch wohlweislich, als ob sie schliefen; denn sie fürchteten und entsetzten sich. Als der Werwolf seinen Hunger befriedigt hatte, schnallte er den Riemen ab, kam zurück und legte sich aufs Ohr. Nach einer Weile kam das Essen: ein großer Topf voll Hirsebrei und für jeden sechs gekochte Eier und Brot und Salz. Während nun die zwei Schnitter fleißig zulangten mit ihren hölzernen Löffeln, sagte der Werwolf: »Vorher war ich so hungrig, und jetzt mag ich fast gar nichts mehr; ich weiß nicht, ob ich über den Hunger weg

[1] Fohlen

[2] bezähmen

[3] Erntehelfer

bin.« Jene aber schwiegen stille. Und den ganzen Nachmittag klagte er über Beklemmung und Magendrücken; auch legte er sich oft an den Bach, um seinen glühenden Durst zu löschen. Jene aber schwiegen stille. Des Abends beim Zuhausegehn sagte er abermals, so voll sei er ja noch nie gewesen, worauf der eine Mäher erwiderte, das komme den Menschen wohl mal an. Als sie aber vors Tor kamen und er wieder so redete, sagten die anderen Arbeiter: »Nun ja, ein Mensch, der ein Füllen verzehrt hat, kann wohl satt und voll und beklommen sein!« Da sprach er: »Hättet ihr mir das nur früher gesagt, so sollten eure Beine euch hierher nicht getragen haben«, warf die Sense weg, schnallte den Riemen um, ward ein Wolf und kam sein Lebtag nicht wieder.

Hänsel und Gretel

Ignaz Stölzle

Hänsel und Gretel, die Kinder eines armen Holzhauers, verirrten sich einst in einem ungeheuren Walde.

Nachdem sie lange umhergelaufen waren, gelangten sie an eine einsame Hütte, aus welcher auf ihr Klopfen eine alte Hexe hervortrat. Die Kinder fürchteten sich anfangs, aber die Alte wusste dieselben durch freundliches Wesen anzulocken und in ihre Wohnung zu führen.

Des anderen Tages fanden die Kleinen sich bitter enttäuscht, denn Hänsel wurde zum Mästen in einen Käfig gesperrt.

Und Gretel musste der Alten alle schwere Arbeit verrichten.

Nachdem dieses Leben eine gute Zeit gewährt hatte, sagte eines Tages die Hexe zu Gretel: »Mache mir Feuer auf den Herd, denn Hansel ist jetzt fett und muss gegessen werden!« Gretel weigerte sich entrüstet, diesem Befehl zu gehorchen und die Alte musste Hansel für diesmal noch am Leben lassen.

Von nun an suchte die Hexe Gretel zu verderben. Nach vielen misslungenen Versuchen sprach sie eines Tages beim Brotbacken zu dem Mädchen, es solle in den Ofen kriechen und sehen, ob das Brot gar wäre. Gretel ahnte nichts Gutes und bat die Alte, sie möchte ihr zeigen, wie man das anfange. Die Hexe, um Gretel sicher zu machen, kroch sogleich hinein, aber da erfasste das Feuer ihre Haare und Kleider, sodass sie elend verbrennen musste.

Nun war Gretel erlöst, sie befreite alsbald ihren Hänsel und des Freuens und Jubelns war kein Ende.

Die Kinder nahmen nun Besitz von den Kostbarkeiten der Alten, füllten ihre Taschen mit Gold und Perlen, wanderten so von dannen und gelangten aus der Wildnis alsbald auf eine freue Anhöhe, von welcher sie, ganz in der Nähe, ihre Heimat erblickten.

Die Langtüttin

Ignaz Vincenz Zingerle

Die Langtüttin, von ihren langen Brüsten so genannt, war ein hässliches Weib, das den Kindern nachlief und ihnen die Brüste bot, aus deren einer Milch, aus der andern Eiter floss. Einst lockte sie ein Knäblein von acht Jahren zu sich, gab ihm die Brust, bereitete ihm ein Lager und fragte es: »Michele, willst du Nockelen essen?« Als das Kind die Frage bejahte, nahm sie unter einem Steine den schönsten Teig hervor und kochte ihm damit die besten Nudeln. Sie hatte auch ein gar wundersames Gerät. Das Kind musste einige Tage bei ihr bleiben. Als es sah, dass es nicht leicht weggelassen würde, stellte es sich, als ob es auf die Seite gehen müsste und ging von der Langtüttin fort. Dann hüpfte es behände über den Zaun, dort, wo die Spalten ein Kreuz bildeten. Da war sie schon hinter ihm, erwischte es beim Rockzipfel, den sie davon riss. Es lief über Stock und Stein davon, denn sie konnte ihm wegen des Kreuzes nicht mehr folgen.

Die Langtüttin hatte auch ein kleines frisches Mädchen bei sich, das spitzige Schühlein trug, deren Spuren man noch sieht.

Das böse Weib. Slaczona

Karl Haupt

Krumm und sehr gebückt schleicht in den Dörfern am hellen Tageslichte ein kleines, altes, verrunzeltes und verschrumpftes Weib, mit triefenden Augen, großem Kopfe, warzigem Gesichte und mächtigem Höcker auf dem Rücken an einer Krücke umher, kriecht in Keller und Scheunen – da wo sie weilt, melken Kühe und Ziegen Blut, ergibt sich keine Butter, verdirbt der Käse, schlickert die Milch, bekommen die Schafe Pocken, Hunde die Räude, der Wurm kommt ins Korn, das Gespinst wird von Mäusen zerfressen; kurz: es waltet Unfall, wohin ihr Auge blickt und ihr Fuß tritt. Erblickt sie ein Kind unterm Jahre, so beschreit sie es und es bekommt Friesel[1], Ausschlag, geschwollenen Leib oder irgendeine andere Krankheit. Die Wenden nennen es das böse Weib (Slaczona). Kräftige und furchtlose Männer dieser Nation haben schon mehrmals, wenn sie es gewahrten, die Fäuste gegen selbiges in Bewegung setzen wollen, allein es ist mit einem schallenden Gelächter vor ihren Augen verschwunden und die Frevlerhand erkrankt.

[1] Hautausschlag, Bläschen mit wässrigem Inhalt

Die Pest

Karl Lyncker

Als einmal in Hessen die Pest sehr arg und lang anhaltend wütete, kam man auf den Argwohn, dass das »Umsichfressen« der Toten im Grabe daran schuld sei. Im Schmalkaldischen riss man die Gräber wieder auf und stach den mitunter noch nicht völlig erkalteten Leichen mit einem Spaten die Köpfe ab, um diesem »Umsichfressen« Einhalt zu tun.

»Im J. 1558 hat zu Helsa eine Haustochter, so überaus geizig gewesen, in einem Sterben dem Tod herhalten müssen. Dieselbe hat man in ihrem Grabe sobald und ohne Aufhören schmatzen hören, wie ein grober Mensch oder eine Sau zu tun pflegt, und da man sie ausgegraben, hat sie das Kleid weit umher aufgefressen gehabt. Man hat ihr auf etlicher Leute Rat und Gutdünken deshalb mit einem Spaten den Hals abgestochen. Darauf hat man sie wieder zugeworfen, und ist sowohl das Fressen als das Sterben gestellt worden.«

Die Nachtmähr

Karl Müllenhoff

1.

mündlich aus Dithmarschen

Wenn sieben Knaben oder sieben Mädchen nacheinander geboren werden, so ist eins darunter eine Nachtmähr, die sich zu den Schlafenden begibt und sich auf ihre Brust setzt, sie ängstigt und quält. Ein Mann hatte eine solche Nachtmähr zur Frau bekommen, ohne dass er davon wusste. Aber es fiel ihm bald auf, dass in mehreren Nächten seine Frau aus seinem Bette verschwunden war. Darum hielt er sich einmal wach, um sie zu beobachten, und da sah er, wie sie sich aus dem Bette erhob und, da die Tür fest verriegelt war, durch das Loch des Riemen schlüpfte, mit dem die Klinke aufgezogen wird. Auf dieselbe Weise kam sie auch nach einiger Zeit wieder zurück. Der Mann verstopfte am andern Morgen die Öffnung in der Tür aufs Sorgfältigste, und er fand von nun an seine Frau immer neben sich. Als er aber nach längerer Zeit meinte, sie hätte nun wohl ihre Unart abgelegt und vergessen, so zog er den Pflock heraus, um die Klinke wieder gebrauchen zu können. Da fehlte gleich in der folgenden Nacht die Frau und kam nun gar nicht wieder zurück, wie sie sonst getan. Nur an jedem Sonntagmorgen fand der Mann von ihr reine Wäsche für ihn hingelegt.

2.

Zu einem jungen Manne kam jede Nacht die Nachtmähr und plagte ihn so entsetzlich, dass er es zuletzt seinen Freunden klagte. Nun wusste einer von diesen, dass die Nachtmähr nur durch ein Loch kommen könnte, das mit einem Hakenbohrer gemacht sei. Sie suchten nach und fanden wirklich in der Tür ein solches Loch. Nachts passten sie auf und verschlossen es mit einem Pflock, als die Mähr drinnen war. Am hellen Morgen fanden sie nun eine schöne Frau bei ihrem Freunde im Bette liegen. Da ließen sie Hochzeit anrichten und beide lebten zwei Jahre ganz glücklich miteinander. Sie gebar ihm in der Zeit ein paar Zwillinge. Endlich aber geriet der Mann mit seiner Frau einmal in Streit und fragte sie ärgerlich, wo sie denn eigentlich her sei. »Das weiß ich gar nicht«, antwortete die Frau, und der Mann nahm sie bei der Hand, führte sie zur Stubentür und sagte: »So will ich es dir zeigen!«, und damit zog er den Pflock heraus. Da verschwand die Frau mit einem kläglichen Ton; nur an jedem Sonntagmorgen kam sie und brachte ihren Kindern schneeweiße Wäsche.

Wer von der Mähr geplagt wird, dem sei die Mistel, ein Gewächs, das auf allen Eichen wächst, empfohlen. Man nennt es darum auch Marentaken oder Alfranken. Auch die Donnersteine, die man auch Hucksteine nennt, sind Mittel dagegen.

Alt Weib schlimmer als der Teufel

Karl Bartsch

Es waren mal ein paar Eheleute, die lebten recht verträglich miteinander. Das hat den Teufel geärgert. Er geht also zu einer alten Frau im Dorfe und sagt zu ihr »Kannst du wohl zwischen die beiden Eheleute Unfrieden bringen? Du sollst auch ein Paar lederne Pantoffeln haben.« Sie sagt: »Wir wollen mal sehn.« Nun geht sie zu der Ehefrau hin, wie sie allein zu Hause ist, und sagt: »Du hast wohl 'nen guten Mann und kannst dich wohl schön mit ihm vertragen?« – »Ja«, sagt sie, »einen bessern Mann kann ich in meinem Leben nicht kriegen.« – »Ja«, sagt die Alte, »ich will dir ein Mittel sagen, dass du dich gar nicht mit ihm verzürnst. Wenn er heut abends zu Bette gegangen und eingeschlafen ist, dann nimm ein Messer und schneide ihm leise ein Paar von den Haaren ab, die ihm am Hals auf dem Kehlkopf wachsen. Wenn du das tust, so erzürnt ihr euch niemals.« Damit ging sie ab und zum Mann aufs Feld und sagt zu ihm »Du hast wohl 'ne sehr gute Frau?« – »Ja«, sagt der Mann. »Je«, meint die Alte, »den Frauensleuten ist nicht zu trauen. Trau ihr nur nicht zu viel; was meinst wohl, sie will dir heut Abend den Hals abschneiden, wenn du schläfst.« Der Mann merkt sich das und stellt sich abends, als wenn er eingeschlafen wäre. Richtig merkt er, wie die Frau ganz sachte mit dem Messer auf ihn loskommt. Da springt er auf, reißt ihr das Messer aus der Hand und schneidet ihr den Hals ab.

Wie nun der Teufel der Alten die roten ledernen Pantoffel bringt, hält er sie ihr an einer langen Bohnenstange entgegen. Die Alte fragte: »Warum tust du das?« – »Du bist noch viel schlimmer als ich«, sagt der Teufel, »und nicht wert, dass ich dir die Pantoffeln mit der Hand hin tu.«

Der getäuschte Teufel

Bernhard Baader

Die einzige Tochter eines reichen Hofbauern in Oberösterreich hatte mit einem ihrer Knechte eine Liebschaft. Obgleich fromm und fleißig, war er doch ihrem Vater zu arm, der seiner auf immer los zu werden suchte. Zu dem Ende versprach er ihm seine Tochter, wenn derselbe in der zum Hof gehörenden Mühle nachts einen Wagen Frucht mahlen würde. Diese Mühle war seit Langem verödet; denn darin hauste ein Teufel, welcher jeden, der mahlte, unter das Kammrad warf, dass er zermalmt wurde. Nach einigen Tagen Bedenkzeit erklärte sich der Bursch zu dem Unternehmen bereit, beichtete und kommunizirte[1] und fuhr abends mit dem Wagen Frucht an die Mühle. Sogleich kam der Teufel heraus und begrüßte ihn als willkommenen Gast, stutzte aber, als der Knecht in barschem Ton ihm sagte, er solle die Frucht abladen und aufschütten helfen. Als er die Hilfe geleistet hatte, packte der Bursch ihn von hinten und warf ihn unter das Kammrad mit den Worten: »Da unten bleibe, bis ich dich wieder rufe!« Hierdurch vollends eingeschüchtert, wagte der Teufel sich nicht hervor, bis am Morgen, als alle Frucht gemahlen war, ihm vom Knecht befohlen wurde, beim Aufladen des Mehls behilflich zu sein. Nachdem sie den Wagen beladen hatten, fuhr der Bursch auf den Hof zu seinem Herrn, der über das Geschehene sehr erstaunt war, aber dem Knecht sagte, er könne nur dann sein Tochtermann werden, wenn er ihm

[1] Er empfing die heilige Kommunion.

auch die große Eiche bringe, welche seit Jahren im wilden Wald liege. Diesen Baum hütete derselbe Teufel, welcher in der Mühle hauste, und brachte alle, die erstern zu holen kamen, ums Leben. Sich Gott empfehlend, begab der Bursch am andern Tag sich allein und ohne Fuhrwerk zu der Eiche, wo er den Teufel traf und von ihm gefragt wurde, was er da mache. »Ich habe dich ja auch nicht gefragt, was du da machst!«, erwiderte der Knecht, worauf der Teufel sagte: »Gelt, du willst die Eiche holen?«

»Das wäre mir der Mühe wert, die *eine* Eiche zu holen«, antwortete jener, »tue mir noch zwei andere dazu, dann will ich sie miteinander fortschleifen!« Auf dieses sprach der getäuschte Teufel: »Jetzt sehe ich wohl, dass du stärker bist als ich. Sage deinem Herrn, dass ich die Mühle auf immer verlasse, und sie nun wieder benutzt werden kann.« Nach diesen Worten verschwand er. Voll Freude eilte der Bursch heim und erzählte alles dem Hofbauern, worauf sie mit vielen Pferden die Eiche holten und der Knecht seines Herrn Tochter und die Mühle erhielt, in der der Teufel nie wieder sich spüren ließ.

Der Wacholderbaum

Ludwig Bechstein

Es ist nun schon lange her, wohl zweitausend Jahre, da war einmal ein reicher Mann, der hatte eine schöne, fromme Frau, und die hatten sich beide recht lieb; aber sie hatten keine Kinder, sie wünschten sich aber gar sehr welche, und die Frau betete oft darum Tag und Nacht, aber sie kriegten keine und kriegten keine. Vor ihrem Hause war ein Hof, auf dem stand ein Wacholderbaum; unter diesem stand eines Tages im Winter die Frau und schälte sich einen Apfel, und als sie sich den Apfel so schälte, so schnitt sie sich in den Finger und das Blut floss in den Schnee. »Ach«, sagte die Frau und seufzte so recht dabei auf, sah das Blut vor sich an und war tief wehmütig, »hätte ich doch ein Kind, so rot als Blut und so weiß wie Schnee.« Und als sie das sagte, so wurde ihr wieder fröhlich zumute, es war ihr, als sollte das wahr werden. Da ging sie wieder ins Haus, und als ein Monat vorbei war, da war der Schnee vergangen, und zwei Monate, da war es grün, und drei Monate, da kamen die Blumen aus der Erde, und vier Monate, da drängten sich alle Bäume in dem Holze, und die grünen Zweige waren alle ineinander gewachsen. Dort sangen die Vöglein, dass das ganze Holz erschallte und die Blüten fielen von den Bäumen. Da war der fünfte Monat vorbei, und die Frau stand wieder unter dem Wacholderbaum, dort sprang ihr das Herz vor Freude, und sie fiel auf die Knie und wusste sich gar nicht zu lassen. Und als der sechste Monat vorbei war, da wurden die Früchte dick und stark, und sie wurde ganz still, und im siebenten Monat, da griff sie nach den Beeren und aß sich recht satt; da wurde sie traurig und krank. Der achte Monat ging hin, und sie rief ihren Mann und weinte und sagte, wenn ich sterbe, so begrabet mich unter dem Wacholderbaume. Da war sie ganz getrost und freute sich, bis der neunte Monat vorbei war; da kriegte sie ein Kind, so weiß wie Schnee und so rot wie Blut, und als sie das sah, da freute sie sich so, dass sie starb.

Da begrub ihr Mann sie unter den Wacholderbaum, und er fing an, gar sehr zu weinen. Eine Zeitlang, und das ließ nach, und da er noch ein wenig geweint hatte, da wurde er wieder heiterer, und noch eine Zeit, da nahm er wieder eine Frau. Mit der zweiten Frau kriegte er eine Tochter, das Kind aber von der ersten Frau war ein kleiner Junge; der war so rot wie Blut und so weiß wie Schnee. Wenn die Frau ihre Tochter ansah, so hatte sie sie gar sehr lieb, aber wenn sie dann den kleinen Jungen ansah, da ging es ihr immer durchs Herz, und es deuchte ihr, als stünde er ihr überall im Wege, und sie dachte dann immer, wie sie ihrer Tochter all das Vermögen zuwenden wollte. Das aber hatte ihr der Böse eingegeben. Sie wurde nun dem kleinen Jungen ganz gram, stieß ihn herum von einer Ecke in die andere, puffte ihn hier und knuffte ihn dort, sodass das arme Kind immer in Angst war. Wenn es aus der Schule kam, hatte es nichts, wo es ruhig sitzen konnte.

Einmal war die Frau in die Kammer gegangen, da kam das kleine Töchterchen auch herauf und sagte: »Mutter, gib mir einen Apfel.« – »Ja, mein Kind«, sagte die Frau und gab ihr einen schönen Apfel aus der Kiste; die Kiste aber hatte einen großen, schweren Deckel mit einem großen, scharfen, eisernen Schlosse. »Mutter«, sagte das Töchterchen, »soll Brüderchen nicht auch einen haben?« Das verdross die Frau, doch ließ sie's nicht merken und sagte: »Ja, wenn er aus der Schule kommt.« Und als sie ihn durch das Fenster gewahr wurde, so war ihr doch gerade so, als wenn der Böse über sie käme. Schnell nahm sie ihrer Tochter den Apfel wieder weg und sagte: »Du sollst nicht eher einen haben als dein Bruder.« Darauf warf sie den Apfel in die Kiste und machte sie zu. Als nun der kleine Junge in die Türe trat, da sagte sie ganz freundlich zu ihm: »Mein Sohn, willst du einen Apfel haben?«, und sah ihn dabei ganz böse an. »Mutter«, sagte der kleine Junge, »was siehst du mich so gräsig[1] an! Ja, gib mir einen Apfel.« – »Komm mit mir«, sagte sie und machte den Deckel auf. »Hol' dir einen Apfel heraus.«

Und als sich der kleine Junge hineinbückt, – da rät ihr der Böse. – Bratsch! Schlug sie den Deckel zu, dass der Kopf des kleinen Jungen abflog und unter die roten Äpfel fiel. Da überlief es sie und sie dachte in großer Angst: »Wie kann ich das wohl von mir abbringen!« Da ging sie hinunter in die Stube und holte aus der untersten Schublade der Kommode ein weißes Tuch; nun setzte sie

[1] schaurig

den Kopf auf den Leib und band das Halstuch so um, dass man nichts sehen konnte, dann setzte sie ihn vor die Türe auf einen Stuhl und gab ihm den Apfel in die Hand.

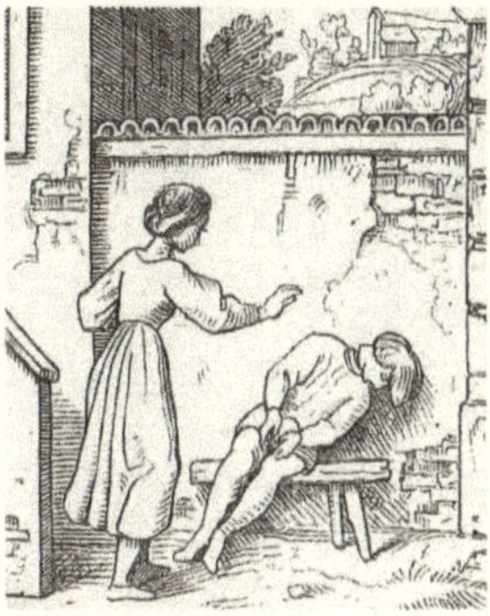

Bald darauf kam Marlenchen zu ihrer Mutter in die Küche; die stand beim Feuer und rührte immer in einem Topfe. »Mutter«, sagte Marlenchen, »Bruder sitzt vor der Tür und sieht ganz weiß aus; er hat einen Apfel in der Hand; ich habe ihn gebeten, er soll mir den Apfel geben, aber er antwortet nicht und da wurde mir ganz graulich.« – »Geh noch einmal hin«, sagte die Mutter, »und wenn er wieder nicht antworten will, so gib ihm eins hinter die Ohren.« Da ging Marlenchen hin und sagte: »Bruder, gib mir den Apfel.« Aber er schwieg still, da gab sie ihm eins an die Ohren, und da fiel der Kopf herunter; darüber nun erschrak sie sich und fing an gar sehr zu weinen; sie lief zur Mutter und sagte: »Ach Mutter, ich hab' meinem Bruder den Kopf abgeschlagen«, und weinte und weinte und wollte sich nicht zufriedengeben. »Marlenchen«, sagte die Mutter, »was hast du getan! Aber sei nur still, dass es kein Mensch merkt, das ist nun doch einmal nicht zu ändern; wir wollen ihn in Essig kochen.«

Da nahm die Mutter den kleinen Jungen, hackte ihn in Stücken, tat sie in einen Topf und kochte ihn im Essig. Marlenchen aber stand dabei und weinte und weinte, und die Tränen fielen alle in den Topf, sodass sie gar kein Salz brauchten.

Da kam der Vater nach Haus, setzte sich zu Tisch und sagte: »Wo ist denn mein Sohn?« Da trug die Mutter eine große, große Schüssel auf mit Schwarzsauer[2], und Marlenchen weinte und konnte sich gar nicht halten. Da sagte der Vater wieder: »Wo ist denn mein Sohn?« – »Ach«, sagte die Mutter, »er ist über Land gegangen zum Großohm[3], er will dort eine Zeitlang bleiben.« – »Was tut er denn dort? Er hat nicht einmal Adieu zu mir gesagt.« – »Er wollte gern hin und fragte mich, ob er wohl sechs Wochen bleiben könnte; er ist ja dort gut aufgehoben.« – »Ach!«, sagte der Mann, »ich bin recht traurig, und es ist doch nicht recht, er hätte mir doch Adieu sagen sollen.« Damit fing er an zu essen und sagte: »Marlenchen, was weinst du? Bruder wird wohl wieder kommen.« – »Ach, Frau«, sagte er dann, »was schmeckt mir das Essen gut, gib mir mehr!« Und je mehr er aß, je mehr wollte er haben, und er sagte immer: »Gebt mir mehr, ihr sollt nichts davon haben, das ist, als wenn das alles mein wäre.« Und er aß und aß, und die Knochen warf er alle unter den Tisch, bis alles alle war. Marlenchen aber ging hin zu ihrer Kommode und nahm aus der untersten Schublade ihr bestes seidenes Tuch; holte alle die Knochen unter dem Tische hervor, band sie in das seidene Tuch und trug sie vor

[2] traditionelles Gericht aus Blut

[3] Großonkel, Bruder der Großmutter

die Tür und weinte ihre blutigen Tränen. Dort legte sie sie unter den Wacholderbaum in das grüne Gras, und als sie sie dort hingelegt hatte, da war ihr mit einem Male so recht leicht und sie weinte nicht mehr. Da fing der Wacholderbaum an sich zu bewegen, und die Zweige taten sich immer voneinander und dann wieder zusammen, so als wenn sich einer recht freut und mit den Händen so tut. Damit ging durch den Baum ein Nebel und durch den Nebel brannte ein Feuer und aus dem Feuer flog ein schöner Vogel heraus, der sang so herrlich und flog hoch in die Luft und als er weg war, da war

der Wacholderbaum, wie er vorher gewesen war, aber das Tuch mit den Knochen war weg. Marlenchen aber war recht vergnügt, als ob der Bruder noch lebte. Da ging sie wieder ganz lustig in das Haus, setzte sich zu Tisch und aß.

Der Vogel aber flog weg, setzte sich auf eines Goldschmieds Haus und fing nun an zu singen:

»Meine Mutter, die mich g'schlacht',
Mein Vater, der mich aß,
Meine Schwester, das Marlenichen,
Sucht alle meine Beenichen,
Bind' sie in ein seiden Tuch,
Legt's unter den Wacholderbaum.
Kiwit, Kiwit,
Was für ein schöner Vogel bin ich.«

Der Goldschmied saß in seiner Werkstatt und machte gerade eine goldene Kette, da hörte er den Vogel, der auf seinem Dache saß und sang, und das deuchte ihm gar zu schön. Da stand er auf, und als er über den Flur ging, da verlor er einen Pantoffel. Er ging aber so recht mitten in die Straße hin und hatte nur einen Pantoffel und einen Socken an. Er hatte sein Schurzfell[4] vor und in der einen Hand die goldene Kette und in der andern Hand die Zange; die Sonne schien so hell auf die Straße. Da stellte er sich so, dass er den Vogel gut sehen konnte. »Vogel«, sagte er, »wie schön kannst du singen! Sing' mir das Stück nochmal.« – »Nein«, sagte der Vogel, »zweimal singe ich nicht umsonst. Gib mir die goldene Kette, so will ich es nochmals singen.« – »Da«, sagte der Goldschmied, »hast du die goldene Kette, nun singe es mir nochmal.« Da kam der Vogel, nahm die goldene Kette ins rechte Pfötchen, setzte sich vor den Goldschmied hin und sang:

»Meine Mutter, die mich g'schlacht',
Mein Vater, der mich aß,
Meine Schwester, das Marlenichen,
Sucht alle meine Beenichen,
Bind' sie in ein seiden Tuch,
Legt's unter den Wacholderbaum.
Kiwit, Kiwit,
Was für ein schöner Vogel bin ich.«

[4] um die Hüften getragenes Kleidungsstück aus Leder

Da flog der Vogel weg und setzte sich auf das Dach eines Schusters und sang:

»Meine Mutter, die mich g'schlacht',
Mein Vater, der mich aß,
Meine Schwester, das Marlenichen,
Sucht alle meine Beenichen,
Bind' sie in ein seiden Tuch,
Legt's unter den Wacholderbaum.
Kiwit, Kiwit,
Was für ein schöner Vogel bin ich.«

Als der Schuster das hörte, lief er in Hemdsärmeln vor seine Türe, sah nach seinem Dache und musste die Hand vor die Augen halten, damit ihn die Sonne nicht blende. »Vogel«, sagte er, »was kannst du schön singen!« Da rief er in seine Türe hinein:

»Frau, komm mal heraus, da ist ein Vogel, der kann mal schön singen.« Dann rief er auch seine Tochter, seine Kinder und Gesellen, die Lehrjungen und die Magd, und sie kamen alle auf die Straße und sahen den Vogel an, und wie schön er war; er hatte so schöne rote und grüne Federn, und um den Hals war es wie lauter Gold und die Augen blinkten ihm im Kopfe wie Sterne. »Vogel«, sagte der Schuster, »nun sing' mir das Stück nochmal.« – »Nein«, sagte der Vogel, »zweimal singe ich nicht umsonst, du musst mir was schenken.« – »Frau«, sagte der Mann, »gehe in den Laden, auf dem obersten Brett, da stehen ein Paar rote Schuh', die bring' heraus.« Da ging die Frau hin und holte die Schuh'. »Da, Vogel«, sagte der Mann, »nun sing' mir das Stück nochmal.« Da kam der Vogel, nahm die Schuhe mit dem linken Pfötchen, flog wieder auf das Dach und sang:

»Meine Mutter, die mich g'schlacht',
Mein Vater, der mich aß,
Meine Schwester, das Marlenichen,
Sucht alle meine Beenichen,
Bind' sie in ein seiden Tuch,
Legt's unter den Wacholderbaum.
Kiwit, Kiwit,
Was für ein schöner Vogel bin ich.«

Als er ausgesungen hatte, flog er fort. Die Kette hatte er in dem rechten und die Schuhe in dem linken Pfötchen, und er flog weit weg nach einer Mühle, und die Mühle ging klipp klapp, klipp klapp, klipp klapp. In der Mühle saßen zwanzig Knappen, die behauten einen Stein und hackten hick hack, hick hack, hick hack, und die Mühle ging klipp klapp, klipp klapp, klipp klapp. Da setzte sich der Vogel auf einen Lindenbaum, der vor der Mühle stand und sang:

»Meine Mutter, die mich g'schlacht',

da hörte ein Knappe auf,

Mein Vater, der mich aß,

da hörten noch zwei auf und hörten zu,

Meine Schwester, das Marlenichen,

da hörten wieder viere auf,

Sucht alle meine Beenichen,

nun hauten nur noch dreizehn,

Bind' sie in ein seiden Tuch,

jetzt nur noch sieben,

Legt's unter

jetzt nur fünf,

den Wacholderbaum.

Nur noch einer.

Kiwit, Kiwit,
Was für ein schöner Vogel bin ich.«

Da hielt der Letzte auch inne und hatte das Letzte noch gehört. »Vogel«, sagte er, »was singst du schön! Lass mich das auch hören, singe das nochmal.« – »Nein«, sagte der Vogel, »zweimal singe ich nicht umsonst; gib mir den Mühlstein, so will ich es nochmal singen.« – »Ja«, sagte er, »wenn er mir allein gehörte, so solltest du ihn haben.« Da sagten die andern: »Wenn er nochmal singt, so soll er ihn haben.« Da kam der Vogel herunter und alle zwanzig Knappen fassten an und hoben mit Hebebäumen den Stein auf. Da steckte der Vogel den Hals durch das Loch und nahm ihn um, als ob es ein Kragen wäre, flog wieder auf den Baum und sang:

»Meine Mutter, die mich g'schlacht',
Mein Vater, der mich aß,
Meine Schwester, das Marlenichen,
Sucht alle meine Beenichen,
Bind' sie in ein seiden Tuch,
Legt's unter den Wacholderbaum.
Kiwit, Kiwit,
Was für ein schöner Vogel bin ich.«

Als er ausgesungen hatte, da tat er die Flügel auseinander und hatte in dem rechten Pfötchen die Kette, in dem linken die Schuh und um den Hals den Mühlstein und flog fort damit nach seines Vaters Hause. In der Stube saß der Vater, die Mutter und Marlenchen bei Tisch und der Vater sagte: »Ach, wie wird mir so leicht und wohl zumute.« – »Ach nein«, sagte die Mutter, »mir ist es angst, als wenn ein schweres Gewitter käme.« Marlenchen aber saß und weinte und weinte, da kam der Vogel angeflogen, und als er sich auf das Dach setzte, sagte der Vater: »Mir ist so recht freudig ums Herz und die Sonne scheint draußen so schön, mir ist gerade, als sollte ich einen alten Bekannten wiedersehen.« – »Ach nein«, sagte die Frau, »mir ist so angst, die Zähne klappern mir, mir ist, als hätte ich Feuer in den Adern.« Aber Marlenchen saß in der Ecke und weinte und hatte ein Tuch vor den Augen und weinte das Tuch ganz nass. Da setzte sich der Vogel auf den Wacholderbaum und sang:

»Meine Mutter, die mich g'schlacht',

Da hielt die Mutter die Ohren zu und kniff die Augen zusammen, denn sie wollte nicht sehen noch hören; aber das brauste ihr in den Ohren, wie der stärkste Sturm, und die Augen brannten und zuckten ihr wie Blitze.

Mein Vater, der mich aß,

»Ach Mutter«, sagte der Mann, »das ist ein schöner Vogel, der singt so herrlich, die Sonne scheint so warm, und das riecht wie lauter Maiblumen.«

Meine Schwester, das Marlenichen,

Da legte Marlenchen den Kopf auf die Knie und weinte immerfort, der Mann aber sagte: »Ich gehe hinaus, ich muss den Vogel in der Nähe sehen.« – »Ach geh' nicht«, sagte die Frau, »mir ist, als bebte das ganze Haus und stände in Flammen.« Aber der Mann ging hinaus und sah den Vogel an.

Sucht alle meine Beenichen,
Bind' sie in ein seiden Tuch,
Legt's unter den Wacholderbaum.
Kiwit, Kiwit,
Was für ein schöner Vogel bin ich.«

Dabei ließ der Vogel die goldene Kette fallen und sie fiel dem Manne just um den Hals, gerade so, dass sie ihm so recht schön passte. Da ging er hinein und sagte. »Sieh, was

ist das für ein guter Vogel; er hat mir diese schöne Kette geschenkt, und er sieht so prächtig aus.« Der Frau aber wurde so angst, dass sie niederstürzte, wobei ihr die Mütze vom Kopfe fiel. Da sang der Vogel wieder:

»Meine Mutter, die mich g'schlacht',

»Ach, das ich tausend Klafter unter der Erde wäre, damit ich das nicht hören müsste.«

Mein Vater, der mich aß,

Da fiel die Frau für tot nieder.

Meine Schwester, das Marlenichen,

»Ach«, sagte Marlenchen, »ich will auch hinausgehen und sehen, ob mir der Vogel was schenkt.« Und da ging sie hinaus.

Sucht alle meine Beenichen,
Bind' sie in ein seiden Tuch,

Da warf er ihr die Schuhe herunter.

Legt's unter den Wacholderbaum.
Kiwit, Kiwit,
Was für ein schöner Vogel bin ich.«

Da wurde sie ganz vergnügt und fröhlich; sie zog die neuen roten Schuhe an, tanzte und sprang hinein. »Ach«, sagte sie, »ich war so traurig, als ich hinausging, und nun bin ich lustig; das ist mal ein herrlicher Vogel; hat mir ein Paar Schuhe geschenkt.« – »Nein«, sagte die Frau und sprang auf, und die Haare standen ihr zu Berge wie Feuerflammen, »mir ist, als sollte die Welt untergehen! Ich will auch hinaus, vielleicht wird es mir auch leichter.« Und als sie aus der Türe kam, bratsch! warf ihr der Vogel den Mühlstein auf den Kopf, dass sie ganz zerquetscht wurde. Als der Vater und Marlenchen das hörten, gingen sie hinaus, da sahen sie Dampf, Flammen und Feuer auf der Stelle, und als das verloschen war, da stand der kleine Bruder da, der nahm den Vater und Marlenchen bei der Hand. Alle drei waren nun recht vergnügt und gingen in das Haus, setzten sich zu Tische und aßen.

Aschenpöling

Carl und Theodor Colshorn

mündlich in Altenhagen

Es waren einmal zwei Leute, die hatten elf Söhne und für keinen was zu essen. Nun begab es sich, dass die Frau noch ein Kind gebar, und das war eine Tochter und sah aus wie eine Prinzessin. Doch so sehr die Eltern sich über das kleine Mädchen freuten; niemand im Dorfe freute sich mit und niemand wollte Gevatter werden bei dem armen Würmlein. Darüber betrübte sich der Mann und seiner Frau mochte er es gar nicht sagen. Eines Morgens ging er in den Wald, um wie gewöhnlich Holz zu hauen; und als er sich müde gearbeitet hatte, legte er sich unter einen Busch und seufzte so recht aus Herzensgrunde. Da kam eine alte Frau hinter dem Busch hervor, die sah sehr traurig aus und sprach zu dem Holzhauer: »Was fehlt dir?« Er mochte es erst gar nicht sagen; zuletzt jedoch erzählte er alles, was ihn drückte und dass das kleine Mädchen so schön sei und niemand wolle Gevatter werden. Da schüttelte die alte Frau traurig den Kopf, ging mit, hielt das Kind über die Taufe, schenkte ihm drei blanke Goldstücke und verschwand. Und sie ließ nicht eher wieder was von sich hören, als bis das kleine Mädchen anderthalb Jahr alt war; da kam sie eines Tages wieder, bat sich die Kleine aus und die Eltern gaben sie ihr gerne mit. Sie brachte aber das Kindlein in ihr Haus mitten im Walde und das Mädchen wuchs und gedieh zusehends und wurde die schönste Jungfrau in der ganzen Welt.

An dem Tage, an welchem diese gerade ihren fünfzehnten Geburtstag feierte, sprach die treue Patin zu ihr: »Mein liebes Kind, ich muss dich auf drei Tage verlassen. Hier hast du alle Schlüssel; besieh dir die Zimmer, so viel du willst; nur das, zu welchem dieser kleine goldene Schlüssel passt, öffne nicht. Gehorche meinen Worten, liebes Kind; du brächtest sonst großes Herzeleid über dich und über mich!« Und sie sah die Jungfrau so bittend an, dass es dieser durchs Herz ging und sie alles versprach. Den ganzen Tag aber war sie betrübt, dass sie sich zum ersten Mal von der Alten verlassen sah und schloss keins der Zimmer auf; erst am andern Tage besah sie dieselben und staunte über all die Pracht und Herrlichkeit; doch das eine Zimmer, zu welchem der kleine goldene Schlüssel passte, öffnete sie nicht. In der Nacht aber hatte sie keine Ruhe, und fortwährend dachte sie: »Was mag nur in dem Zimmer sein, zu welchem der kleine goldene Schlüssel gehört?« Am anderen Morgen besah sie alle anderen wieder, vor dem verbotenen indes ging sie erst lange hin und her; zuletzt aber meinte sie: »Sollst die Tür nur ein klein wenig öffnen und gleich wieder verschließen; das wird wohl nicht schaden!« Und so gewaltig ihr Herz klopfte; sie öffnete die Tür und sah hinein. Was aber erblickte sie da! An der Wand ihr gegenüber hing ein großer Spiegel mit goldenem Rahmen und aus dem Spiegel schaute eine wunderschöne Jungfrau, die hatte königliche Kleider an und trug eine goldene Krone auf dem Haupte. Dass sie selber die Jungfrau sei, das wusste sie nicht; denn sie hatte nie einen Spiegel gesehen, auch trug sie ja kein königliches Gewand und keine goldene Krone. Als sie aber näher ging, um alles besser zu betrachten, stieß sie an ein Gefäß voll Menschenblut; sie erschrak und ließ ihren Nähring[1] hineinfallen, und als

[1] Fingerhut

sie denselben wieder herausholte, da war er voll Blut; und das Blut ging nicht wieder weg, sie mochte reiben, so viel sie wollte. Eben hatte sie das Zimmer wieder verlassen, da kam die treue Alte, sah den blutigen Ring und sprach: »Törichtes Kind! Wann werde ich nun erlöst?« Und die Alte weinte bitterlich, fasste die Jungfrau bei der Hand, führte sie aus dem Hause und sagte: »Wir sind auf ewig getrennt und eigentlich sollte ich recht böse auf dich sein! Ich kann es aber nicht und hier hast du mein Patengeschenk: so oft du dreimal stillschweigend auf dies Kästchen klopfst und dir dabei etwas wünschest, so bekommst du es. Damit geleite dich Gott! Mir aber komm nie wieder vor die Augen!« Die Alte ging ins Haus, verschloss es hinter sich, und die Jungfrau ging schluchzend in den großen Wald.

Sie kannte aber den Wald nicht weiter, als wie sie von dem Hause der Gevatterin aus davon gesehen hatte und so verirrte sie sich bald und wusste nicht ein noch aus. Und die Dornen zerfetzten ihr die Kleider und die Hände und das Gesicht; zu essen hatte sie nichts als die Beeren, die da wuchsen, und schlafen musste sie auf der kalten Erde. So war sie denn bald ein wahres Bild des Jammers. Da trug es sich zu, dass der König im Walde jagte; als das Mädchen aufsprang, um den Hunden zu entkommen, meinte er, es sei ein wildes Tier und wollte es erlegen; da zum Glück erkannte er die Gestalt eines Menschen, ließ das Mädchen einfangen und die Jäger nahmen es mit ins Schloss. Hier musste es Holz und Wasser tragen und das Feuer schüren, und weil es dabei so voll Staub und Asche wurde, nannten es die Leute nicht anders als Aschenpöling.

Nun begab es sich, dass der König, der noch nicht lange König war, heiraten wollte und deshalb einen Ball ausschrieb, zu welchem alle Prinzessinnen geladen wurden; bei der Gelegenheit wollte er sich denn eine Gemahlin aussuchen. Gegen Mitternacht, als Aschenpöling die Küche in Ordnung hatte, dachte sie: »Möchtest auch wohl einmal tanzen!« Und sie holte das Kästchen hervor, klopfte dreimal stillschweigend darauf und wünschte sich ein königliches Gewand; und sie nahm das Gewand, ringelte ihr goldenes Haar und ging in den Saal. Der König tanzte eben mit einer schönen Königstochter; als er aber Aschenpöling eintreten sah, ruckte es in seinem Herzen, und er ließ die Königstochter stehen und tanzte mit Aschenpöling die ganze Nacht bis an den lichten Morgen. Da eilte die Jungfrau an ihre Arbeit und der König mochte suchen und fragen, so viel er nur wollte, er fand sie nicht; und er war sehr traurig und sein Herz wollte springen vor Sehnsucht. Am folgenden Abend war wieder Ball; und als Aschenpöling eintrat und ein noch schöneres Gewand anhatte, ließ der König wieder die Prinzessin stehen und tanzte mit Aschenpöling bis an den lichten Morgen. Als sie auch diesmal wieder verschwand, wurde er noch trauriger und aß und trank nichts denselbigen ganzen Tag. Des Abends tanzte er nicht eher, als bis Aschenpöling kam, die diesmal ein Gewand trug, wie zuvor noch nie ein Mensch gesehen hatte; und er tanzte mit ihr bis an den lichten Morgen, gab ihr einen goldenen Ring und dachte: »Diesmal kann sie nicht wieder fort; denn ich habe das ganze Schloss mit Soldaten umstellen lassen!« Sie konnte aber doch fort, denn sie blieb im Schlosse, tat ihr Küchenzeug an und war ein rechter Aschenpöling, weshalb sie der König nicht kannte. Dieser wollte vergehen vor Sehnsucht und schickte Boten in alle Welt, dass sie die schöne Jungfrau suchten. Indes keiner fand sie – und sie war so nahe! Am dritten Tage bemerkte der Koch den Ring an Aschenpölings Finger; als er die Jungfrau darüber zur Rede stellte, nahm sie den Ring und warf ihn flugs in die Suppenschale. Da fand ihn der König, und er fragte den Koch, woher der Ring gekommen. Dieser erzählte ihm, was er von der Sache wusste; als nun der König in die Küche ging, stand Aschenpöling da in demselben Gewande, das sie am ersten Abend getragen hatte und das dem Könige von allen am besten gefiel. Und er nahm sie zur Gemahlin. Als sie aber zur Königin erhoben war und die goldene Krone aufhatte, blickte sie zufällig in den großen Spiegel: da wusste sie, wen sie damals in dem goldenen Spiegel gesehen hatte. Und sie war eine edle Königin, und alle hatten sie sehr lieb.

Die Fanggen

Ignaz und Joseph Zingerle

mündlich aus dem Oberinntal

Ein Büblein verirrte sich tief in den Wald und konnte um alle Welt nimmer herausfinden. Wie es schon lange Zeit so herumgeirrt war und ihm immer bänger zumute wurde, kam ein uraltes Weib daher, welches recht schmutzig und zerlumpt aussah. Die Alte ging auf das Büblein zu und lud es ein, ihr zu folgen. Das Büblein aber fürchtete sich sehr und hatte keine Lust mitzugehen. Es nahm allerlei Ausflüchte und suchte, so bald als möglich die üble Gesellschaft loszuwerden. Da fing die Alte an, mit allerlei Versprechungen und Drohungen dem Büblein zuzureden, bis es endlich nachgab und sich mit ihr auf den Weg machte. Die Alte humpelte voran, das Büblein ging hinterdrein, und so kamen sie durch allerlei wüste, abscheuliche Orte zu einem Felsen, der voller Höhlen und Löcher war. In eine solche Höhle gingen sie hinein, und hier bekam das Büblein prächtig zu essen, wie ihm die Alte versprochen hatte.

Aber was half dem armen Häuterlein[1] das gute Essen? Es wurde in ein enges Ställchen gesperrt, wo es Tag und Nacht zubringen musste. Es hatte immer Langeweile, und das Heimweh drückte ihm schier das Herz ab. Dabei hatte es die große Furcht vor der Zukunft, denn alle Tage kam ein altes Weib und befahl ihm, ein Fingerlein aus dem Stall zu strecken, damit sie greifen könne, ob es

[1] Fohlen

bald fett genug sei. Denn wenn es recht nudelfett wäre, so wollte sie es schlachten und braten. Die bösen Weiber aber, die das Büblein in ihre Hände bekommen hatten, waren Fanggen.

So oft nun die Fangge zum Ställchen kam und das Büblein seinen Finger herausstrecken sollte, so streckte es dafür einen Rechenzahn[2] heraus, den es zu seinem Glück gefunden hatte. Die Alte meinte immer, das Büblein müsse bei der guten Kost fetter werden, allein tagtäglich kam derselbe zaundürre Finger heraus, und tagtäglich musste die Fangge unwillig und murrend abziehen.

Einstmals aber hatte das Büblein den Rechenzahn verloren, und als die Alte wieder kam, musste es sein eigenes Fingerlein, das in der langen Zeit sehr fett geworden war, aus dem Ställchen herausstrecken. Die Alte fühlte es an und wunderte sich, dass das Büblein, das sich früher nie länden[3] wollte, auf einmal so fett geworden war. Sie rief sogleich eine noch ältere Fangge, welche bei dem Stall Wacht halten musste, während sie selbst zu den übrigen Fanggen herumlief, um sie zu dem Braten einzuladen.

Dem Büblein war jetzt wohl recht übel zumute, aber alle Hoffnung ließ es doch nicht sinken. Es fing an, die Alte, die vor dem Ställchen stand, recht inständig zu bitten, sie solle ihm doch vergönnen, ein wenig zu ihr hinauszugehen. Sie wollte anfangs nicht recht ja sagen, aber wie das Büblein ihr versprach, ihr zum Danke dafür Läuse zu suchen, so machte sie schnell die Tür auf. Das Büblein kam heraus, setzte sich nieder und suchte der Alten, die ihm ihren grauen Kopf in den Schoß gelegt hatte, die Läuse ab. Es dauerte nicht lange, so schlief die Alte ein. Wie das Büblein dies merkte, so gab es ihr einen tüchti-

[2] Holzstück

[3] [Originalanmerkung] Sch landen, länden = fett werden.

gen Schlag auf den Kopf und lief zur Höhle hinaus. Dann floh es in den Wald hinein und lief in einem Atem fort, bis es an einen Bach kam. Hier musste es stehen bleiben, denn das Wasser war zu groß, als dass es hinüberkommen konnte. Jetzt wird das arme Bübchen halt warten müssen, bis die Fanggen nachkommen und es wieder zurückbringen, um es zu schlachten und zu braten, hast du gemeint. Wenn das Büblein keinen Schutzengel gehabt hätte, so wäre es ihm wohl nicht anders gegangen. Allein es kam der heilige Schutzengel, nahm das Büblein unter den Arm und flog mit ihm über den Bach. Als er es auf dem anderen Ufer niedergestellt hatte, liefen schon die Fanggen heran, um das Büblein zu erwischen. Sie wussten aber nicht, wie über den Bach zu kommen sei, und riefen daher zum Büblein hinüber:

»Büblein, wie bist du hinübergekommen?«

»Ich habe ein Brettlein genommen
Und bin herübergeschwommen.«

Da suchten alle Fanggen Brettlein zusammen, warfen sie ins Wasser und setzten sich darauf. Allein das Wasser nahm sie mit fort und alle miteinander ertranken. Und seitdem gibt es keine Fanggen mehr, aber ihre Löcher, wenn es dich wundert, die kannst du noch sehen.

Von dem Hahn, der Pabst werden wollte

Laura Gonzenbach

Es fiel einmal dem Hahn ein, er wolle nach Rom gehen, und sich zum Pabste wählen lassen. Da machte er sich auf den Weg. Auf seiner Reise fand er einen Brief, den nahm er mit. Da begegnete ihm die Henne, und frug: »Herr Hahn, wohin geht ihr?« – »Ich gehe nach Rom und will Pabst werden.« – »Wollt ihr mich mitnehmen?«, frug sie. »Zuerst muss ich in meinem Briefe nachsehen«, sprach der Hahn und schaute in den Brief hinein. »Nun, komm nur mit; wenn ich Pabst werde, so kannst du Frau Päpstin sein.« Da gingen Herr Hahn und Frau Henne zusammen weiter und es begegnete ihnen eine Katze, die sprach: »Herr Hahn und Frau Henne, wohin geht ihr?« – »Wir gehen nach Rom und wollen Pabst und Päpstin werden.« – »Wollt ihr mich mitnehmen?« – »Warte bis ich in meinem Briefe nachgesehen habe,« sprach der Hahn und schaute in den Brief. »Nun, komm nur mit, du kannst unsere Kammerfrau sein.« Über ein Weilchen begegnete ihnen ein Marder, der frug sie: »Wohin geht ihr, Herr Hahn, Frau Henne und Frau Katze?« – »Wir gehen nach Rom, dort will ich Pabst werden«, antwortete der Hahn. »Wollt ihr mich mitnehmen?« – »Warte bis ich in meinem Briefe nachgesehen habe.« Als der Hahn nun in den Brief geschaut hatte, sprach er: »Nun, komm nur mit.«

So wanderten denn die vier Tiere zusammen weiter auf dem Wege nach Rom. Als es dunkel wurde, kamen sie an ein Häuschen, darin wohnte eine alte Hexe, sie war aber eben ausgegangen. Also suchte sich jedes Tier nach seinem Behagen einen Platz aus. Der Marder setzte sich in einen Schrank, die Katze auf den Herd in die warme Asche und der Hahn und die Henne flogen auf den Türbalken hinauf.

Als nun die alte Hexe nach Hause kam, wollte sie aus dem Schrank ein Licht holen, da fuhr ihr der Marder mit seinem Schwanz ins Gesicht. Da wollte sie das Licht anzünden und ging an den Herd. Weil sie aber die leuchtenden Augen der Katze für glühende Kohlen ansah, so wollte sie ihr Schwefelhölzchen daran anzünden und fuhr der Katze in die Augen. Die Katze aber fuhr ihr ins Gesicht und zerkratzte sie jämmerlich. Als der Hahn all den Lärm hörte, fing er laut an zu krähen. Da merkte die Hexe, dass es keine Geister seien, sondern unschuldige Haustiere, nahm einen Stock und jagte sie alle vier zum Hause hinaus.

Die Katze und der Marder hatten nun keine Lust mehr, weiter zu wandern, der Hahn und die Henne aber setzten ihren Weg fort.

Da sie nun nach Rom kamen, gingen sie in eine offene Kirche hinein und der Hahn sprach zum Sakristan: »Lasset alle Glocken läuten, denn ich will jetzt Pabst werden.« – »Gut«, antwortete der Sakristan, »das kann geschehen; kommt nur hier herein.« Da führte er den Hahn und die Henne in die Sakristei, machte die Türe zu und fing sie beide. Als er sie aber gefangen hatte, drehte er ihnen den Hals um und steckte sie in den Kochtopf. Dann lud er seine Freunde ein und sie verzehrten voll Freuden den Herrn Hahn und die Frau Henne.

Die Teufelsschlacht im Goslar'schen Dom

Friedrich Gottschalck

Kaiser Heinrich IV. hatte seinen Geburtsort, die vormalige Reichsstadt Goslar am Harze, ungemein lieb, hielt sich fast immer da auf, und wendete viel auf ihre Erweiterung und Verschönerung. Die hohen Festtage, besonders das Weihnachtsfest, feierte er gemeiniglich da, und das recht prunkvoll. Auch ladete er dazu immer einige Erzbischöfe und Bischöfe ein, um den Glanz des Festes zu erhöhen.

Im Jahre 1063 war er auch zur Feier des Christfestes da. Sie sollte im Dom, der noch jetzt steht, geschehen. Es wurden daher tags zuvor die erforderlichen Anstalten und Vorbereitungen getroffen und auch Stühle für die hohen Anwesenden hingestellt. Da entstand zwischen den Kämmerlingen des Bischofs von Hildesheim und des Fürstabts von Fulda – beide geistliche Herren waren vom Kaiser zum Feste eingeladen – ein Rangstreit wegen des Vorsitzes. Einer auf altes Herkommen gegründeten Gewohnheit nach, saßen die Äbte von Fulda bei Versammlungen der Bischöfe immer zunächst dem Erzbischofe von Mainz. Sie verwalteten bei der Kaiserin das Amt eines Erzkanzlers, was die Erzbischöfe von Mainz beim Kaiser bekleideten und aus diesem Grunde behaupteten sie den Sitz neben dem Mainzer. Der Bischof von Hildesheim meinte dagegen: in seinem Kirchsprengel[1] könne ihm nur der Erzbischof, sonst niemand, vorsitzen. Da nun keiner ihrer Diener seinem

[1] Sprengel: Bezirk

Herrn etwas vergeben und keiner gutwillig weichen wollte, so kam's in der Kirche von Worten zu Tätlichkeiten, denen nur durch das Ansehen des Herzogs Otto von Bayern, der zugegen und Fuldaisch gesinnt war, gesteuert und der Streit zu Gunsten des Abts von Fulda für das Mal beigelegt wurde.

An dem darauffolgenden Pfingstfeste erhob sich aber der Zank von Neuem und viel heftiger. Der Kaiser war wieder in Goslar, das Fest sollte ebenfalls gefeiert werden und zu dem Ende waren jene beiden geistlichen Herren auch wieder zugegen. Der Hildesheimer, den der Schimpf von Weihnachten her noch bitter wurmte, war entschlossen jetzt alles zu wagen, um den Rang über den Fuldaer zu behaupten. Zu dem Ende hatte er den Markgrafen Eckbert von Sachsen mit vielen Kriegsknechten heimlich hinter den Altar in der Domkirche versteckt, die ihm zur gehörigen Zeit zu Hülfe kommen sollten.

Als nun der Kaiser mit den Bischöfen und seinem Gefolge im Gotteshause angekommen war, so erhob sich der Streit wegen des Vorsitzes augenblicklich. Und so wie der Wortwechsel recht im Gange war, so stürzten jene Verborgenen aus ihrem Hinterhalte hervor, und prügelten mit den Fäusten und Knüppeln die fuldaische Partei bald aus der Kirche.

Diese, aufs höchste gereizt, verschaffte sich schnell in der Stadt vielen Anhang, bewaffnete sich mit Gewehren, und stürmte nun haufenweis in den Dom, wo der Gottesdienst im Gange und von den Domherren eben der Chorgesang angestimmt war. Nicht mit Fäusten, sondern mit entblößten Schwertern, ging sie auf die Hildesheimische Partei los. Das Gemetzel war schrecklich. Der Altar war mit Leichen bedeckt und das Blut floss über die steinerne Treppe bis auf die Straße.

Der Bischof von Hildesheim hatte die Kanzel gewonnen, von wo er die Seinigen zur Tapferkeit ermahnte und sich anheischig machte, das Blutbad, trotz der Heiligkeit des Orts, wo es vorfiele, bei demjenigen zu verantworten, dessen Gesandter und Hirt er wäre. Das wirkte. Die Hildesheimer fochten wie die Löwen. Der schwache Kaiser gab sich zwar alle Mühe, durch Zurufen und Aufbieten seines ganzen Ansehens dem Tumulte Einhalt zu tun, aber umsonst. Kein Mensch hörte darauf und er war froh, als er sich mit heiler Haut durch das Volk gedrängt und in seinen Palast geflüchtet hatte.

Die Hildesheimer blieben Sieger. Sie schlugen die Fuldaer zum Tempel hinaus und verrammelten die Türen. Unter den Metzlern und Zuschauern – so lautet nun die Sage – befand sich auch der Teufel. Er schlug wacker mit drein, und als der Sieg entschieden war, schwang er sich sichtbar empor, fuhr durch ein Loch des Kirchengewölbes in die Höhe und rief den Goslarern mit Hohngelächter zu:

»Hunc diem bellicosum feci!«[2]

Das Loch, wodurch er fuhr, hat nie können zugemauert werden, so oft man es auch versuchte. Immer fielen Kalk und Steine wieder heraus und viele Jahrhunderte hindurch blieb es offen; denn alles Verstopfen half nichts. Endlich ließ es der Herzog Anton Ulrich von Braunschweig, um das ärgerliche Andenken an diese Begebenheit zu vertilgen, zumauern, und, da eine Bibel als Stein mit eingesetzt wurde, so stand das Gemauerte und steht noch.

Dass diese blutige Szene wirklich so, wie sie hier erzählt ist, unter des schwachen Heinrichs Regierung im Dom zu Goslar vorfiel, ist außer Zweifel. Es blieben nicht nur eine große Menge auf der Stelle und um die Kirche her, sondern viele, die sich in die abgelegensten Winkel der Kirche bis unter das Dach flüchteten, mussten hier, da das Gemetzel drei ganze Tage dauerte, des schmählichsten

[2] »Diesen Wehrtag habe ich gemacht!«

Hungertodes sterben, indem es keiner hervorzukommen wagen durfte. Als man im Anfange des vorigen Jahrhunderts das bleierne Dach von dem Dome nahm, fand man drei Menschengerippe unter den Dachsparren in einer gekrümmten Stellung; wahrscheinlich Unglückliche, welche sich in jenen Tagen hierher geflüchtet hatten. Die große Krone von Metall, welche noch jetzt im Goslar'schen Dom hängt, ist auch noch ein Andenken an diese schreckliche Szene. Der Kaiser verurteilte nämlich den Abt von Fulda, sie zur Strafe hierher zu schenken. Dieser gestrafte Prälat[3] scheint eigentlich der weniger Schuldige zu sein, aber der Kaiser war noch ein Kind, den seine Umgebungen nach Willkür lenkten. Den Teufel bei der Sache tätig vorzustellen, hatte die Geistlichkeit wohl ihre Gründe. Sie mochte fühlen, welch' ein Schandflecken es für sie sei, überhaupt einen solchen Streit, und vorzüglich an einem gottgeweihten Orte, geführt zu haben, und da konnte sie sich denn freilich nicht besser von aller Schuld reinigen, als wenn sie erklärte: Der Böse war unter uns, hat uns durch seine teuflischen Künste verblendet, berückt, und wir mussten handeln, wie er es haben wollte.

[3] Hohes Amt in der Kirche

Die drei dummen Teufel

Ludwig Bechstein

mündlich im Werratale

In der Hölle war einmal ein großes Wunder, dass nur lauter Männer und keine Weiber in die Hölle kämen und von Herzen hätten sie doch auch gerne Weiber darinne gehabt. Da warf sich ein ganz junger Teufel auf und sprach: »Was gilt's, ich schaffe eine her!« Die andern Teufel freuen sich zwar, aber sie glauben dem, was jener spricht, doch noch nicht recht. Der Teufel fährt sofort ab und die andern wünschen ihm großes Glück. Er kommt also auf die Erde, und trifft ein schönes junges Mädchen; zu dieser spricht er: »He, Jungfer! Hat sie nicht Lust zu heiraten?« – »Warum nicht, wenn er Geld und Brot für mich hat?« – »Das habe ich.« Nun wird Hochzeit gehalten und das Leben oben auf der Erde geht herrlich und in Freuden. Eh aber der Küssmond[1] vorüber, verlangt die junge Frau Geld, Kleider und da aber schöne, und der Teufel kann kaum das Brot verdienen, muss oft über seinem Maul sparen und es seiner Frau lassen und dadurch wird er dürr und mager und ist lange nicht mehr so guten Mutes als zuvor. Die Frau hatte sich mehr von diesem Galan versprochen – viel Geld und schöne Kleider und so recht innig geliebt zu werden. Sie fängt daher an und wird kalt gegen ihren Teufel. Er gibt gute Worte; – er schlägt. – Sie zankt aber arg und drohet ihm mit Schlä-

[1] Geht vermutlich auf den Kussmonat/Küssmonat zurück, eine veraltete Bezeichnung für Flitterwochen.

gen. Das lächert[2] dem Teufel und er denkt: ich werde dich doch zwingen können. Zankt er aber ein Wort so zankt sie zehne, und das geht ein und alle Tage so fort. Was geschieht? Der Teufel bekommt zuletzt derbe Schläge. Da denkt der Teufel: Ei, was sollst du dich mit der Frau plagen? Gehe doch hübsch heim, und – da ging er heim. Wie er in die Hölle kommt und bringt kein Weib mit, da lachen ihn die Teufel tüchtig aus, und überall rufen sie: »Dummer Teufel! Dummer Teufel!« Er aber antwortet: »Ich will keine wieder und wenn ich die ganze Hölle geschenkt kriegte. Seid froh, dass ich sie nicht mitgebracht habe, die hätte uns allen die Hölle erst recht heiß gemacht!« Da spricht ein andrer etwas älterer Teufel: »Nun will ich fort, ich will schon eine herschaffen!« Er reiset ebenfalls ab, kommt auf einen Erbsenacker, dort trifft er eine alte Jungfer. Da denkt er: Warte, diese ist nicht so ein junger Lecker,[3] die willst du nehmen. Er spricht also zu ihr: »He da, Jungfer! Hat sie nicht Lust zu heiraten?« – »O ja! Wenn er Geld und Brot für mich hat?« – »O ja!«, spricht der Teufel. Die Hochzeit wird gehalten. Der Küssmond ging ganz gut vorüber. Die Vermählten verzehrten Anfangs das Vermögen der Frau und weil der Teufel ihr sehr wohl gefiel, so hat sie ihr Gut gerne hergegeben. Als dieses aber nun vertan war, sollte der Teufel sein Gut auch hergeben; da er jedoch keines hatte, so machte ihm die Frau die bittersten Vorwürfe und begehrte so auf, dass dem Teufel Arme und Beine zitterten. Sie gibt ihm nun nichts zu essen und er hat doch mächtigen Hunger. Und wenn ihm vor Hunger gleich der Bauch grimmt, und ihm die Zunge ellenlang zum Halse heraushängt, so erbarmt sie sich seiner doch

[2] Es reizt den Teufel zum Lachen.

[3] Junger Lecker: Hedonist, Mensch, der nur auf sinnliches Vergnügen aus ist.

nicht. Will der Teufel etwas essen, so muss er fort und muss Kartoffeln stopfeln.[4] Kommt er abends und hat kein großes Säckchen voll, so kriegt er auch noch Schläge, und das geht so einen und alle Tage. Endlich wird das der arme Teufel doch müde und spricht zu sich: »Ei was, sollst du dich mit der Frau plagen? Ich gehe fort, das ist ja ein bitterböses Tier!« Er geht und kommt in die Hölle zurück. Hier wird er gleich gefragt, wo er seine Frau habe? – »Ja, Frau! Hat sich was! Ich will keine! Ich will in meinem Leben an die, die ich droben hatte, gedenken! Die nimmt man auch noch mit in die Hölle! Bin froh, dass ich sie wieder los bin.« – Da hieß es nun überall: »Dummer Teufel! Dummer Teufel!« –

Nun spricht aber ein ganz alter Teufel: »Jetzt will ich fort; ich will's den Weibern wohl anstreichen!« – Der alte Teufel reiset ab und kommt auf die Erde; da geht er durch einen jungen Birkenwald, und sieht von weitem ein Frauenzimmer. Er geht darauf zu, betrachtet sich die Dame lange und spricht sie endlich ganz freundlich an: »He! Schöne Jungfer! Hat sie nicht Lust zu heiraten?« – »O ja! Wenn er eine Probe ablegen kann?« – »Worin besteht die?« – »Ja, das ist eine schwere und eine Hauptprobe.« Der Teufel spricht: »Nur her damit, ich kann alles!« – »Ja, so hat mein erster Mann auch schon gesagt.« – Der Teufel fragte ganz verwundert: »Hat sie denn schon einen Mann gehabt.« – »Ja wohl!«, sprach sie, »ich war recht mit ihm angeführt.« – »Wieso denn?«, fragte der Teufel. Sie sagte bloß: »Ach!« – Der alte Teufel war pfiffig, fragte nicht weiter, sondern begab sich an die Probe. Was dies für eine Probe war, hat man nicht erfahren können. Aber die Frau war mit dem Teufel zufrieden und hielt mit ihm Hochzeit.

[4] die bei der Ernte übrig gebliebenen Reste aufsammeln

Es geht herrlich und in Freuden, aber diese Frau war ebenfalls eine recht geizige Xantippe.[5] Dem Teufel wurden alle Stückchen Brot zugeschnitten und alle Tröpfchen Suppe abgemessen. Er wurde nach und nach klapperdürre, verlor alle Kraft und die Frau wurde immer unzufriedener mit ihm. Sie schilt und zankt; er bittelt und bettelt. – Das hilft alles nichts; er soll seine Pflichten tun, arbeiten in jeder Art; und er kanns doch nicht, aus Hunger und Schwäche. Sie misshandelt ihn und prügelt ihn und er kann sich vor Schwäche nicht einmal wehren; – und da steckt ihn die Frau gar unter die Ofenbank und spricht zu ihm: »Wenn du Brot haben willst, so siehe zu, wo du welches herkriegst!« Jetzt macht sich der betrogene Teufel in seiner Mattigkeit auf und schleppt sich in den Wald, pflückt Beeren und ernährt sich davon kümmerlich; abends geht er nach Hause und kriecht wieder unter die Ofenbank. Die Frau tritt ihn und pufft ihn und er weiß in der Welt seiner Angst keinen Rat.

Zu einer Zeit war dieser Teufel wieder einmal in den Beeren und kam zu einem Köhler, diesem klagte er seine Not und bat um etwas zu essen. Da sprach der Köhler: »Ja, lieber Alter, ich habe selbst sieben Kinder und oft keinen Bissen Brot.« Der Teufel antwortete: »Du Köhler, schwarzer Kerl, gib mir einen Rat, wie ich das böse Weib bändige. Ich bitte dich um alles in der Welt, hilf mir!« –

Der Köhler antwortete darauf:
»Ein böses Weib, eine herbe Buß
Und weh' dem, der ein' haben muss.«

[5] Ehefrau des Sokrates, die als eher mürrischer Charakter galt. Im Volksmund vor allem bekannt für ihren Zorn.

Der Teufel denkt: »Ach, wenn das Ding so klingt, so gehst du lieber wieder heim. Wäre ich doch von Anfang an zu Hause geblieben!« – Er sinnt auf Rache gegen die Weiber und spricht zum Köhler: »He! Bruder! Du bist auch arm, ich will dich reich machen, du musst mir aber folgen.« Der Köhler spricht: »O ja, reich wäre ich gerne und ich will tun, was du nur haben willst.« Da spricht der Teufel: »Höre, Bruder Köhler, ich weiß einen König, der hat drei Prinzessinnen, da will ich in die jüngste fahren und du sollst der Doktor sein. Wenn ich in die Prinzessin gefahren bin, so wird der König einen Aufruf ergehen lassen nach einem Doktor, der Knall und Fall Teufel austreiben kann. Da gehst du nun hin zu diesem König und sprichst: ›Herr König! Ich will der Prinzessin helfen, aber ich muss mit ihr in einer Stube ganz allein sein, versteht sich in allen Ehren.‹ Wenn du dann bei der Prinzessin eingelassen wirst, so sprichst du zu mir: ›Donner und Teufel, fahr aus!‹ – öffnest ein Fenster und ich hebe mich von dannen. Das darfst du aber nur zweimal tun, wenn du es dreimal tust, muss ich dir den Hals brechen!« – Der Köhler fragte: »Auch wenn ich dir eine schöne gute Frau schaffe?« – Darauf erwiderte der Teufel: »Wir wollen sehen.« – An einem Abende kam der Köhler aus dem Walde, da sagte ihm seine Frau: »Du Mann, der reiche König hat ausgeschrieben, dass seine Prinzessin totsterbenskrank ist, ja sehr krank; wer ihr hilft, der soll das halbe Königreich von ihm bekommen oder so viel Gold, als wie der Doktor und der König beide schwer sind. Wenn du nur, Alter!, ein gutes Hausmittel wüsstest und könntest der Prinzessin helfen, dass wir auch einmal aus unsrer Armut kämen!« – Hierauf sagte der Köhler zu seiner Frau: »Ich will einmal eine Probe machen, vielleicht bin ich glücklich« – und reiste ab. Als er zum König kam, so fragte dieser: »Alter, getrauest du dir, meine Prinzessin gesund zu machen?« – »O ja, Herr König!«, antwortete der Köhler. »Ich muss erst etliche Spezies aus der Apotheke haben und die muss ich selber holen und dann muss ich ganz allein bei der Prinzessin sein.« Darauf sprach der König: »Alter! Wie du es verlangst, so soll es geschehen. Machst du meine Prinzessin gesund, so bekommst du mein halbes Königreich oder so viel Gold, als ich und du schwer sind.« – Der Köhler tat nun, wie ihm der Teufel anbefohlen hatte, und die schöne Prinzessin war auf der Stelle gesund. Der König stellte dem Köhler die Wahl frei: Gold oder Land, – und der Köhler nahm das Gold.

Binnen Kurzem wurde nun die andere Prinzessin von dem Teufel besessen. Der König lässt den Köhler wieder kommen und spricht zu ihm: »Alter, du hast meine erste kranke Tochter gesund gemacht, hilf auch dieser!« – Der Köhler sagte: »Ich will's versuchen, Herr König!« Und siehe, er half der zweiten Prinzessin auch wieder und der König gab dem Köhler wieder ebenso viel Gold.

Der Köhler war nun sehr reich, grämte sich aber dennoch, weil er den Teufel nun nicht wieder austreiben durfte, der sich vorgenommen hatte, die Frauenzimmer recht zu plagen. Die zwei ersten Male war es ausgemacht, das dritte Mal musste er den Teufel in der Prinzessin lassen, sonst wollte ihm der Teufel den Hals brechen; und konnte er den Teufel nicht das dritte Mal austreiben, so musste er es wagen, dass ihn der König ums Leben bringen ließ; er sann nach, ob nicht beim dritten Mal es ihm gelingen werde, den Teufel anzuführen?

Nun wurde auch die dritte Prinzessin krank, weil der Teufel zum zweiten Mal in sie gefahren war. Wiederum ließ der König den alten Köhler kommen und sprach zu ihm: »Du, Alter, deine erste Kur hat keinen Bestand gehabt! Hilfst du meiner Prinzessin nicht, so lass ich dich aufhenken!« Darauf antwortete der Köhler: »Mein allergnädigster Herr König! Ich will eine Probe machen, aber dazu ist nötig, dass alle guten schönen Mädchen in der ganzen Stadt morgen früh in weißen Kleidern, mit roten Schärpen und Haarlocken, auch alle eure Geistlichen in ihrer Amtstracht und die Prinzessin inmitten derselben vor dem Schlosse stehen und unter Gesang der Jungfrauen und Geistlichen ich neben der Prinzessin den Berg hinauf geleitet werde. Wenn wir dann auf der höchsten Höhe sind, dann will ich eine Probe machen.« Der König ließ schleunigst alle Anstalten treffen, dass diese Bedingung erfüllt werde. Den kommenden Morgen war die große Versammlung vor dem Schloss. Der Zug bewegte sich bergan, und auf der höchsten Höhe sprach der Köhler:

»Donner und Teufel, fahr aus!«

Da fuhr der Teufel zwar aus, rief aber dem Köhler zu: »Spitzbube, hältst du so dein Wort! Warte, nun breche ich dir den Hals!« Der Köhler aber verantwortete sich und sagte; »Halt! Ich habe mir doch auch erst etwas vorbehalten, weißt du nicht, dass ich zu dir sagte: wenn ich dir nun ein anderes gutes Weib schaffe? Dieses kannst du doch nicht in Abrede stellen? Hier hast du nun die Wahl unter allen den schönen unschuldigen Mädchen; nimm, welche du willst!« – Der Teufel aber sagte: »Lump! Über diese habe ich keine Gewalt, von ihnen darf ich keine nehmen! Und zu meinem Höllendrachen will ich nicht wieder! Da will ich lieber gar keine haben, und heim gehen!«

Und da ist der Teufel wieder heim in die Hölle gegangen und wie er kam, fragten ihn alle seine Kameraden, ob er kein Weib mitbrächte? Und wie er sagte: er bringe keine mit, da hieß es wieder: »Dummer Teufel, dummer Teufel!«, und war ein Höllenspaß und Spektakel und Teufelsgelächter, dass es krachte und prasselte, und die ganze Hölle wie eine alte Wand wackelte und platzte. Und sind noch immer keine Weiber in der Hölle drin, ausgenommen dem Teufel seine alte Großmutter.

Die schlimme Nachtwache

Ludwig Bechstein

Es war einmal eine Gastwirtin, die taugte sehr wenig; sie wog falsch, sie maß falsch, sie log und trog. Wer in ihr Haus kam, kam nicht ungerupft wieder heraus. Nach Geld stand all ihr Sinn, um Geld hätte sie dem Bösen ihre Seele verkauft, wenn dieser sie gemocht. Manche Untat geschah in dem Hause dieser Wirtin, die nicht an den Tag kam. Endlich war das Maß ihrer Sünden voll.

Ein vornehmer Herr kam zugereist, der über Nacht bleiben wollte. Er aß und trank und sagte vorm Schlafengehen zur Kellnerin: »Es muss jemand vor meiner Türe wachen; ich zahle dafür hundert Gulden und mehr. Magst du die verdienen, Kellnerin?«

»Nein!«, antwortete die Kellnerin. »Zur Nacht schlaf ich, am Tage wach' ich, und abends bin ich müde genug. Ich will's aber meiner Frau sagen, dass die dem Herrn jemand zur Nachtwache anschafft.«

»Denket Euch, Frau!«, sprach zur Wirtin die Kellnerin: »Der fremde Herr will hundert Gulden und mehr zahlen, wenn jemand vor seiner Türe wacht. Ich hab' mich dafür bedankt.«

»So?«, sagte die Wirtin. »Nun, so gehe du schlafen, ich will schon jemand anschaffen.«

Die Wirtin gönnte aber selbiges Wachtgeld niemand als sich selbst. Sie ging zum Fremden und sagte ihm: »Es ist niemand da, der Euch wachen will; ich muss es schon selbst tun. Ihr müsst aber noch was drauflegen.«

»Schon recht, Frau Wirtin! Ich lege noch etwas darauf. Wachet nur fein.« – Dann verschloss er sein Zimmer und die Wirtin blieb draußen auf dem Flur und wachte und zählte in Gedanken schon das leicht verdiente, viele Geld. – Um Mitternacht war es der Kellnerin, als höre sie ein winselndes Gestöhne aus dem Vorsaal, aber es gruselte sie darob[1] und sie blieb hübsch unter ihrer Bettdecke.

Als es Tag war, saß die Frau Wirtin vor des Fremden Türe und hatte einen Beutel voll Geld in der Hand; sie sah aber jämmerlich aus und mit Entsetzen sah das Gesinde, dass nur die Kleider und die Haut der Wirtin noch da waren. Das andere hatte der Teufel mitgenommen.

[1] deswegen

Die hartherzige Haushälterin

Carl und Theodor Colshorn

mündlich

In Wilkenburg lebte einst eine Haushälterin, die war unerhört hartherzig und ließ die Brotrinden lieber verschimmeln, als dass sie den Armen etwas gereicht hätte; ja, sie trieb es so arg, dass sie die Flehenden mit Hunden vom Hofe hetzte. Es war aber auch eine Magd im Hause, die hatte ein weiches Herz und steckte ihr Brot heimlich, damit jene es nicht merke, hinter die Wäschtonne; am Abend ging sie dann ins Dorf und teilte es unter die Armen aus. Eines Morgens lag die Haushälterin tot im Bette; und sie hatte keine Ruhe im Grabe, sondern stand jeden Abend hinter der Wäschtonne und sah die Magd traurig an. Diese erzählte es endlich ihrer Herrschaft und erhielt zur Antwort, sie solle die Haushälterin fragen, was sie wolle. Die Magd aber fürchtete sich, und da wurden der Küster und der Pastor geholt. Am Abend stellten sich die drei zusammen an die Wäschtonne und als es zwölf schlug, kam die Haushälterin. Da fragte die Magd: »Was willst du hier noch?« Jene antwortete: »Ich habe keine Gnade vor Gott, weil ich die Armen nicht gespeist habe; du hast Gnade die Fülle: so lass mich an deiner Gnade teilnehmen! Willst du das?« Das Mädchen sagte zitternd ja. »Zur Bekräftigung deines Versprechens fasse ich hier deinen Schürzenzipfel!«, fuhr die Haushälterin fort; und soweit sie ihn angerührt hatte, war er kohlenschwarz. Seit dem Abend kam sie nicht wieder; aber nach vierzehn Tagen war auch das Mädchen tot.

Das Mittagsmännchen

Karl Haupt

Das Mittagsmännchen ist ein Geist, der am hellen, lichten Mittage herumgeht, um die Menschen zu vexieren.[1]

Es erscheint als ein kleines, dürres, verwimmertes Männchen, dem es Mühe zu machen scheint, eine große Hocke Holz auf dem Rücken zu tragen. Wenn es der mitleidige Holzbauer unterstützen will, ertönt ein schallendes Gelächter und der ärmste befindet sich plötzlich im Sumpfe. Diesem fliegt die Axt vom Halm, jenem zerspringt das Sägeblatt, an jedem wird irgendein Schabernack verübt.

[1] plagen

Die schwarze Schule

Svend Grundtvig

In einer und derselben Stadt wohnten ein reicher Mann, der zwei Söhne, und ein armer Mann, der einen einzigen Sohn hatte. Die drei Knaben gingen miteinander zur Schule und waren sehr gute Freunde. Der arme war der flinkste und fleißigste von ihnen und er musste immer den andern bei ihren Lektionen helfen, damit sie nicht zurückblieben. Die Knaben wuchsen heran, und als sie konfirmiert werden sollten, baten die Söhne des reichen Mannes ihre Eltern, dass ihr armer Kamerad ebenso wie einer von ihnen gekleidet werden möchte und das geschah auch. Und als er nun ein Handwerk erlernen, sie aber studieren sollten, sagten sie, es könne nimmer etwas aus ihnen werden, wenn sie ihn nicht bei sich hätten: sie könnten seine Gesellschaft und seine Hilfe nicht entbehren. So ließen denn die reichen Leute auch den armen Knaben mit ihren eigenen Söhnen studieren.

Die drei Knaben gingen also auch ferner miteinander zur Schule, und es blieb, wie es seither gewesen war: sie hatten einander herzlich lieb und der arme Knabe bewies die beste Fassungsgabe und den größten Fleiß, sodass er beständig den beiden Kameraden helfen musste. Sie wurden auch gleichzeitig Studenten und sie wohnten nach wie vor beisammen und die beiden Söhne des reichen Mannes teilten mit dem armen, sodass er seine Studien fortsetzen konnte und er half ihnen stets bei der gelehrten Arbeit, sodass sie nach Verlauf einiger Jahre alle drei alles gelernt hatten, was auf der hohen Schule, die sie besuchten, zu lernen war. Der Arme war freilich zuerst fertig geworden, aber er blieb dann bei den beiden anderen und half ihnen, bis auch sie gelernt hatten, was sie an jenem Orte zu lernen vermochten.

Es gab indessen noch mehr zu lernen, als was sie gelernt hatten; und der Sohn des armen Mannes hatte keine Ruhe, so lange es noch etwas gab, was er nicht wusste; sie kamen daher überein, dass sie auch ferner zusammenhalten und sich auf das verlegen wollten, was sie noch nicht gelernt hatten. Und das war die sogenannte *schwarze Schule*, welche sie noch durchmachen wollten. Der reiche Mann schrieb seinen Söhnen, sie möchten es jetzt des Studierens genug sein lassen; sie sollten jetzt wieder nach Hause kommen, er wolle ihnen kein Geld zu ihrem Unterhalte mehr senden. Aber die Söhne hatten noch eine Summe Geldes in Händen und sie waren unfolgsam und reisten mit ihrem Kameraden nach einer anderen Stadt, wo sich Meister in der schwarzen Kunst befanden.

Dort erkundigten sie sich, bis sie den allergelehrtesten Magister erfragt hatten und sie gingen dann zu ihm und frugen ihn, ob sie bei ihm in die Lehre treten könnten. Ja, sagte er, das könnten sie wohl; sie könnten alle drei zu ihm ziehen und bei ihm wohnen und in einem Jahre wolle er sie alles lehren. Aber es müsste zwischen ihnen abgemacht werden, dass er, wenn das Jahr um sei, ihnen drei Fragen vorlegen würde, und wenn sie dieselben richtig beantworten könnten, sollten sie jeder Verpflichtung enthoben sein und ihm für das ganze Jahr nichts zahlen; wer von ihnen aber die Frage, welche ihm gestellt würde, nicht richtig beantworten könne, der solle dem Meister lebenslänglich angehören, sodass derselbe mit ihm machen könne, was er wolle. Die drei Studenten meinten, sie seien schon hochgelehrt, und sie hätten ein ganzes Jahr, um noch gescheiter zu werden; daher würden sie schon beantworten können, was er sie fragen werde; und sie gingen auf die Abmachung ein und gaben es ihm schriftlich.

Dann zogen sie alle drei zu dem gelehrten Magister. Der war ein wunderlicher Geselle. Er war ein kleiner Mann und ging immer in grauen Gewändern einher. Er hatte eine Nase wie ein Geierschnabel und zwei kleine rote Augen, die tief im Kopfe lagen; einen breiten Mund hatte er, der beständig grinste, und ein paar Ohren, die wie zwei Widderhörner seitwärts abstanden. Er war lahm, denn er hatte einen Klumpfuß; vielleicht sah man ihn deswegen niemals ausgehen. Die drei Studenten hatten es sehr gut; eine alte Frau führte den Haushalt für sie und den Magister. Sie schien taubstumm zu sein und unter sich nannten sie sie des Teufels Urgroßmutter. Und das war wohl keine ganz irrtümliche Annahme.

Der Magister unterrichtete sie jeden Tag und gab ihnen mancherlei seltsame Bücher zu lesen und es war noch immer, wie zuvor: der arme Student las und studierte früh und spät, aber die beiden Söhne des reichen Mannes hatten bald der Gelehrsamkeit genug; und da es eine große Stadt mit vielen Lustbarkeiten und mancherlei Verlockungen für junge Leute war, so trieben sie sich die meiste Zeit draußen umher und schwärmten. Als ihre Gelder aufgezehrt waren, liehen und borgten sie, wo sie irgend konnten und ihre Hauptsorge war, die Zeit so schnell und so lustig wie möglich totzuschlagen.

Mittlerweile war das Lehrjahr bald zu Ende, und es begann ihnen im Kopfe herumzugehen, was sie in Betreff der Fragen, die sie beantworten sollten, wenn sie nicht dem Manne zeitlebens angehören wollten, abgemacht und unterschrieben hatten. Je mehr sie von ihm sahen, desto weniger Mut hatten sie, ihm leibeigen zu werden und sie sahen jetzt ein, dass er ihnen leicht solche Fragen würde vorlegen können, die sie unmöglich zu beantworten vermöchten. Der Sohn des armen Mannes, welcher doch seine Zeit nach besten Kräften benutzt hatte, war weit davon entfernt, in Betreff seiner selbst ruhig zu sein; und in Betreff der beiden anderen, die mehr ins Glas als in ihre Bücher geguckt hatten, sah es noch schlimmer aus.

An dem Tage, ehe das Jahr ablief, war der arme Student in die Kirche gegangen, wie er es täglich getan hatte. Er war schwer bedrückt in seinem Gemüte, sodass er nur wenig von dem hörte, was drinnen gepredigt und gesungen ward. Als er aus der Kirche kam, stand eine schöne alte Frau dort und bat ihn um ein Almosen. Er griff in seine Tasche; dort fand er nur wenige Schillinge, aber er gab ihr alle, die da waren. »Nimm, was ich habe!«, sagte er, »ich brauche es nicht mehr.« Dann sprach sie zu ihm und sagte, sie könne sehen, dass ihm etwas schwer auf der Seele laste. Er möge ihr anvertrauen, was es sei; vielleicht könne sie ihm doch einen guten Rat geben. Zuerst wollte er nicht. »Was kann es nützen, dass du es weißt?« Sie sagte, es wäre doch möglich, dass sie Rat wüsste; sie hätte schon vielen geholfen, die ihr Vertrauen geschenkt hätten. Da erzählte er ihr alles: dass er und seine beide Kameraden bei dem und dem Magister in der Lehre stünden und morgen sollten sie ihm seine drei Fragen beantworten oder ihm für immer angehören; und davor sei ihnen sehr bange.

»Dazu habt ihr auch alle Ursache«, sagte die Frau; »denn es ist der Böse selbst, bei dem ihr in der Lehre seid. Aber um deinetwillen will ich dir einen guten Rat geben, der euch allen helfen kann. Heute Abend spät musst du einen Spaten nehmen und auf den Kirchhof gehen und dir eine Grassode abstechen, eine Elle im Geviert und die musst du mitnehmen und zum Hügel hinaufgehen, der nördlich von der Stadt liegt, das ist der Galgenberg; dort musst du dir auf der Südseite des Hügels ein Loch graben, so tief, dass du darin stehen kannst, und von derselben Größe wie die Grassode. Dann steigst du in das Loch hinab und legst die Grassode über dein Haupt. Das muss vor Mitternacht beschafft und getan sein. Warte dort ruhig eine Stunde! Dann wirst du zu hören bekommen, was dir nottut.«

Der Student tat, was die Frau ihm gesagt hatte und vor Mitternacht stand er unter der Grassode verborgen in seinem Loch auf dem Galgenberge. Da kamen Krähen von Ost und West herangeflogen und sie schwatzten und plauderten und er hatte genug gelernt, um zu verstehen, was sie sagten. »Wo bleibt er? Wo bleibt er?«, sagten sie. Zuletzt kam eine Krähe von Süden, drunten von der Stadt hergeflogen und die setzte sich zu den andern und sie schwatzten und plauderten und kreischten und krächzten und der Student horchte gut auf und verstand alles, was ihm nötig war. Es war nämlich sein Meister, welcher dort ein Stelldichein mit einem Schwarm ähnlichen Gelichters hatte, wie das, wozu er selber gehörte und der Student vernahm, dass er sagte: »Morgen haben wir also die drei Studenten.« – »Wonach willst du sie fragen?«, sagte eine Stimme. Und er erzählte nun den andern, was für drei Fragen er den unglücklichen Studenten vorlegen wolle, und was sie antworten *müssten*, aber natürlich nicht *könnten,* sodass er sicher sei, sie alle drei zu bekommen. Und sie kicherten und lachten und schwatzten und krächzten und dann flogen sie jede ihres Weges.

Als sie weit genug entfernt waren, ging der Student nach Hause und legte sich zu Bette und schlief die Nacht so gut, wie er es seit einer Woche nicht getan hatte. Am Morgen frühstückten die drei Studenten mit ihrem Meister, nachdem sie erst Zeit gehabt hatten, miteinander insgeheim zu reden. Es war eine viel stattlichere Anrichtung als sonst, denn es war ja ein Festtag: jetzt kam das Examen und die Abrechnung, auf welche der Meister sich das ganze Jahr gefreut hatte. Eine rote Scharlachdecke war über den Tisch gebreitet und auf derselben lag ein blendend weißes Tuch. Auf dem Tische standen Pokale von geschliffenem Kristall und in der Mitte desselben ein kostbarer und schön gearbeiteter Aufsatz von gediegenem Silber.

Als sie gegessen hatten, wandte sich der Meister zu dem ältesten der Söhne des reichen Mannes und sagte: »Nach alledem, was ihr gelernt und studiert habt, ist es wohl nicht zu viel, wenn ich euch frage, woraus die Decke gemacht ist, welche ihr hier auf dem Tische liegen seht.« Da antwortete er: »Es ist eine alte Pferdehaut, die ihr aus der Schinderkuhle herausgezogen habt.« Und in demselben Augenblick war es allen sichtbar, dass es sich so verhielt. Der Meister drückte seine kleinen roten Augen noch tiefer in den Kopf zurück und schielte fürchterlich; er sagte jedoch ruhig: »Es mag so sein! Aber« – wandte er sich an den zweiten Sohn des reichen Mannes, – »woraus bestehen die Pokale, die vor euch stehen, und aus denen ihr getrunken habt?« – »Die sind nichts anders, als ein paar alte Topfscherben«, erwiderte derselbe und sofort war die Wahrheit davon allen sichtbar. Da vermochte der Meister nicht länger still zu sitzen, sondern humpelte ohne Weiteres zu dem Sohne des armen Mannes hin, packte ihn am Arme, sodass derselbe voll brauner und blauer Flecken ward, und frug mit bebender Stimme: »Was dünkt euch denn von dem Aufsatze dort mitten auf dem Tische?« – »Dass es ein alter Pferdeschädel ist«, antwortete der Student und sogleich sahen ihn alle mit seinen leeren Augenhöhlen und Nasenlöchern sie anstarren. Da schrie der Meister: »Hinaus mit euch! Den, welcher zuletzt hinauskommt, werde ich aber doch so zeichnen, dass er mich nie vergessen soll.« Der arme Student schob die beiden andern vor sich hin und sie schossen Hals über Kopf zur Tür hinaus; aber indem er ihnen folgen wollte, riss er das Strumpfband von seinem rechten Beine und verwandelte es in ein menschliches Wesen und sprang zur Türe hinaus. Da konnte der Meister nichts anders tun, als dem Letzten den Kopf umdrehen, sodass ihm die Nase im Nacken saß. Aber es war ja nur das Strumpfband, das er so zeichnete, und davon war nichts an demselben zu sehen, als es in seiner wahren Gestalt draußen vor der Türe lag. Aber von der Zeit an wagte der Student doch niemals, ein Strumpfband um sein rechtes Bein zu binden.

Jetzt waren die drei Studenten also ihres Meisters los und ledig. Aber die beiden Söhne des reichen Mannes, welche so lange auf Pump und Kredit gelebt hatten, konnten die Stadt nicht verlassen, ehe sie ihre Schulden bezahlt hatten. Sie wurden von der Behörde ins Gefängnis gesetzt und sollten dort sitzen bleiben, bis sie alles bezahlt hätten, was sie schuldig waren. Der Sohn des Armen war jetzt reicher als sie: denn er war nichts schuldig und er war auf freiem Fuße und konnte gehen, wohin es ihm beliebte. Aber er wollte seine Freunde nicht im Stich lassen und er ging zu ihnen ins Gefängnis und sprach mit ihnen. Er meinte, sie könnten doch jetzt an ihren Vater schreiben und ihn bitten, sie auszulösen. Aber sie sagten, das täten sie nicht; denn sie wussten nur zu gut, dass es nutzlos sein würde. Er sei jetzt wegen ihres Ungehorsams so erzürnt auf sie, dass er ihnen keinen Heller senden werde. »Aber du bist so klug«, sagten sie, »du musst Geld schaffen können. Du bist der Mann, den Teufel selbst zu betrügen, wenn es sein muss.« Der arme Student wollte ungern dran; aber er musste doch seine beiden Gefährten zu retten suchen, die immer so gut gegen ihn gewesen waren und er versprach also, zu sehen, was er tun könne.

Er war ja nicht umsonst in die schwarze Schule gegangen, das sahen wir schon, als er das Strumpfband in einen Menschen verwandelte und er wusste denn auch recht wohl, wie er den alten Erich zu einem Gespräch zitieren könnte. Er ging also an demselben Abend auf den Kirchhof; er schritt dreimal rücklings um die Kirche herum und jedes Mal, wenn er an die Tür der Vorhalle kam, pfiff er zum Schlüsselloche hinein und sprach ein paar geheimnisvolle Worte. Als er das zum dritten Male getan hatte, erschien der alte Erich und das war kein anderer als der kleine graue klumpfüßige Magister, bei dem er jüngst in der Lehre gewesen war. »Was beliebt?«, sagte der alte Erich; er sprach ganz freundlich, denn er dachte, es sei am besten, mit Güte gegen ihn zu verfahren und er wollte ihn gar gern in seine Gewalt bringen. Ach, sagte der Student, er brauche Geld und er möchte den Meister bitten, ihm einen Scheffel[1] davon zu leihen. »Ja, du

[1] Variierende Maßeinheit, die zwischen ~20 und 200 Liter fasst.

sollst einen gehäuften Scheffel voll haben«, sagte der alte Erich, »und ich will mich damit begnügen, nach drei Jahren einen gestrichenen Scheffel wiederzuerhalten. Aber kannst du mich dann nicht bezahlen, so gehörst du mir mit Leib und Seele.« Er war nämlich überzeugt, dass die beiden Kameraden bald mit dem Gelde fertig sein würden, sodass sie nach drei Jahren ihm sicherlich weder das Ganze noch das Halbe zurückzahlen könnten. Das seien zwar sehr billige Bedingungen, sagte der Student; aber er möchte doch die Erlaubnis haben, seine Schuld, wenn er dazu im Stande sei, vor Ablauf der drei Jahre zu bezahlen. Darauf ging der alte Erich ohne Weiteres ein und in einem Augenblick war er wieder da mit einem gehäuften Scheffel voll blanken Silbergeldes. Da nahm der Student ein Tuch und breitete es unter den Scheffel, und dann nahm er seinen Stock und strich den Scheffel, dass das obenauf liegende Geld in das Tuch hinunterfiel und dann sagte er zu dem alten Erich: »Jetzt danke ich dir vielmals für das Darlehen. Hier gebe ich dir den gestrichenen Scheffel wieder; so sind wir quitt.« Dagegen konnte der alte Erich nichts einwenden. Er musste seinen Scheffel zurücknehmen und den Studenten behalten lassen, was derselbe bekommen hatte. Fuchsteufelswild war er freilich und er fuhr von dannen, dass ein abscheulicher Schwefelgestank hinter ihm drein zog.

Jetzt bezahlten die Kameraden also ihre Schuld und wurden auf freien Fuß gesetzt und nun wollte der kluge Student sie aus der Stadt forthaben: sie sollten alle drei miteinander auf Reisen gehen und sich die Welt besehen. Das wollten die beiden törichten Studenten auch recht gern; aber es fiel ihnen schwer, sich reisefertig zu machen. Da sie jetzt wieder Geld hatten, begannen sie von Neuem ihre alte Lebensweise mit Zechen und Schwärmen, bis sie den letzten Schilling durchgebracht hatten.

Da gelobten und beteuerten sie, jetzt die ganze Welt mit ihrem klugen Freunde durchreisen zu wollen, wenn er ihnen nur Reisegeld schaffe; sie wüssten ja, dass er es könne. »Das ist ein gefährlich Ding«, sagte er, »und diesmal will ich nicht allein die Verantwortung tragen, sondern ihr müsst gleichfalls Bürgschaft leisten und durch dick und dünn mit mir gehen. Und wenn ich das Geld schaffe, so müsst ihr mir in allen Stücken gehorchen.« Darauf gaben sie ihm ihre Hand und ihr feierliches Wort. Dann nahm er sie abends mit auf den Kirchhof und beschwor wieder den alten Erich herauf. »Nun, seid ihr wieder da?«, sagte er, »und dir danke ich noch für das vorige Mal! Damals führtest du mich an; aber du kannst mich doch wohl nicht entbehren. Was begehrst du jetzt?« Da erklärte ihm der Student, dass er und seine Kameraden sich gerne die Welt besehen möchten; aber sie hätten kein Reisegeld. Ob er nicht so gut sein wolle, ihnen dasselbe zu geben? – »Ich bin freilich sehr gut von Natur«, sagte der alte Erich, »aber für was ist was, ist doch im Übrigen mein Wahlspruch. Da wir aber jetzt so gut miteinander bekannt sind, will ich dir für nichts helfen. Du kannst einen Beutel von mir geliehen bekommen, in dem immer Geld ist, wie viel du auch ausgibst und den magst du drei Jahre behalten. In der Zeit könnt ihr euch gehörig in der Welt umsehen. Und ich will nichts weiter dafür haben, als dass ihr von morgen an und bis die drei Jahre um sind, nie etwas anderes sagt, als jeder seinen Leibspruch: der eine darf nur sagen ›Wir drei‹, der zweite ›Um Geld‹, und der dritte ›Das ist recht.‹ Wenn einer von euch in den drei Jahren etwas anderes sagt, sollt ihr mir alle gehören.«

Darauf gingen sie alle drei ein, der kluge Student erhielt den Beutel und sie kehrten in ihre Herberge zurück. Dort verabredeten sie nun im Laufe der Nacht alles Weitere: der Sohn des Armen sollte den Beutel behalten und alle

Reiseausgaben bestreiten. Und sie gelobten einander hoch und heilig, dass keiner von ihnen ein anderes Wort vorbringen wolle, als den Leibspruch, der ihm angewiesen war. Was ihnen auch begegnen mochte, so konnte ihnen doch niemals etwas Schlimmeres begegnen, als der Gewalt *jenes* Mannes zu verfallen; darüber waren sie sich alle einig. So reisten sie denn von Ort zu Ort und von Land zu Land, und sie sahen alle Merkwürdigkeiten der Welt und kamen überall gut zurecht, obwohl sie nur ihre drei Sprüche sagten. Man hielt sie zwar für schwachköpfig; aber da sie überall gut bezahlten, waren alle Wirte gut mit ihnen zufrieden. Und so waren sie nun drei ganze Jahre weniger drei Tage gereist, als sie in eine Stadt kamen, wo sie noch nicht gewesen waren. Sie kehrten in einem feinen Gasthofe ein; sie waren ja gut gekleidet und gut equipiert,[2] und der Wirt kam hinaus und empfing sie und frug nach ihren Befehlen. »Wir drei«, sagte der eine. »Die drei Herren wollen beisammen wohnen«, sagte der Wirt, »das lässt sich sehr wohl machen.« – »Um Geld«, sagte der zweite. »Das versteht sich«, sagte der Wirt, »davon müssen wir ja leben.« – »Das ist recht«, sagte der dritte. Das fand der Wirt auch, und er hatte noch nichts Seltsames bei ihnen bemerkt. Sie waren etwas kurz in ihrer Rede und vielleicht auch etwas kurz von Verstande; aber das waren vornehme Leute so oft, daran war er schon gewöhnt. Dann gingen sie ins Gastzimmer hinab, sagten aber noch nichts. Als einige Zeit verstrichen war, kam der Wirt und frug, ob die Herren nicht etwas genießen wollten. »Wir drei«, sagte der eine. »Um Geld«, sagte der zweite. »Das ist recht«, sagte der dritte. Das war dem Wirt etwas auffällig; aber er ließ anrichten und sie gingen zu Tische und speisten. Als der Wirt frug, welchen Wein sie

[2] ausgestattet

wünschten, bekam er dieselben drei Antworten und als ein fremder Herr, der zugegen war, sich in ein Gespräch mit ihnen einlassen wollte und frug, ob die Herren schon früher in der Stadt gewesen wären, und er auch dieselben Antworten erhielt: »Wir drei«, »Um Geld«, »Das ist recht«, schwieg er still und der Wirt kam darüber ins Reine, dass sie ganz schwachköpfig wären.

Nun traf es sich, dass zur selben Zeit ein anderer Reisender in demselben Gasthofe eingekehrt war und der Wirt hatte bemerkt, dass er eine große Summe Geldes bei sich führte. Da sprach er mit seiner Frau darüber, dass es eine gute Gelegenheit wäre, ohne Gefahr für sich selber mit einem Male reich zu werden, wenn sie den reichen Reisenden umbrächten und die drei Schwachköpfe des Mordes bezichtigten. Und die Frau war nicht besser als der Mann: sie hatte ihm schon oft die Reisenden bestehlen helfen und sie war auch bereit, ihm bei diesem Bubenstück beizustehen. In der Nacht, als alle im tiefsten Schlafe lagen, schlichen sich also der Wirt und seine Frau zu dem fremden Reisenden hinein, schnitten ihm den Hals ab, nahmen ihm all sein Geld und steckten das blutige Messer in eine Reisetasche, die einem der drei Schwachköpfe angehörte. Und früh am nächsten Morgen eilte der Wirt zur Behörde und meldete, dass ein Fremder diese Nacht bei ihm in seinem Bette ermordet worden sei. Er sei ganz in Verzweiflung darüber, wisse aber keinen anzugeben, auf den er Verdacht habe. Da machten sich natürlich die Herren vom Gericht auf die Beine und kamen in den Gasthof; und sie durchsuchten alles, bis sie das Messer fanden. Die drei Reisegefährten mussten also aufstehen und wurden gleich ins Verhör genommen. Da frug der Richter: »Wer von euch hat den Reisenden umgebracht?« – »Wir drei«, antwortete der erste. »Ich kann mir schon denken, dass ihr alle gleich sehr dabei beteiligt gewesen seid«, sagte der Richter; »aber weshalb habt ihr es getan?« – »Um Geld«, sagte der zweite. »Ich kann mir schon denken, dass ihr es getan habt, um sein Geld zu bekommen«, sagte der Richter. »Das war recht«, sagte darauf der dritte. »Gott schütze uns vor solchem Recht«, sagte der Richter, »aber euch soll bald *euer* Recht werden.« Und da sie jetzt gestanden hatten und alles gegen sie sprach, war das Urteil bald gefällt: dass sie alle drei gehenkt werden sollten, und zwar am folgenden Tage, es sei ja kein Grund, zu warten.

Es fehlte nur noch ein Tag an den drei Jahren, in denen sie nichts anders als die drei Worte sagen durften. Aber sie hielten alle Stand und wollten lieber am Galgen sterben, als dem Bösen angehören. Darin erblickte nun der Teufel nicht seinen Vorteil. Er hatte ja dem Wirte den Floh ins Ohr gesetzt, denn er dachte auf die Art den Studenten beizukommen; aber wenn sie sich jetzt unschuldig hängen ließen, erhielt er ja gar nichts für seine Mühe. Am nächsten Morgen wurden die drei armen Sünder also auf einen Karren gesetzt und zur Richtstatt hinausgefahren. Es waren viele Leute zur Stelle, denn die Sache hatte natürlich großes Aufsehen erregt. Ein Prediger war da, welcher den Sündern ins Gewissen reden sollte, ehe sie die Strafe erlitten. Aber auch er vermochte ihnen kein Wort zu entlocken, als das wiederholte Geständnis: »Wir drei«, »Um Geld«, und »Das war recht.« – »Gott steh' uns bei!«, sagte der Prediger, »wenn das recht war!« Und er fuhr fort, ihnen vorzupredigen, sie möchten sich doch bekehren und ihre Sünde bereuen. Der Wirt stand mittlerweile im Volkshaufen, und er rief und schrie, das müsse doch ein Ende haben und das Recht seinen Lauf nehmen. Der Prediger sprach noch einige Worte, aber endlich musste er doch schließen, und die drei Sünder wurden unter den Galgen geführt und die Schlingen ihnen um den Hals gelegt.

In demselben Augenblick kam eine mit vier Pferden bespannte Karosse angefahren und ein weißes Tuch wurde aus dem Fenster geschwenkt. Die Henkersknechte hielten inne, sie meinten, es sei ein Bote des Königs mit der Begnadigung; der Wagen fuhr dicht an den Galgen heran, ein schwarz gekleideter Herr stieg aus, ging zu den Studenten und überreichte ihnen ein Blatt Papier, das war ihr Vertrag. »Jetzt könnt ihr frei reden«, sagte er. Und dann wandte er sich an den Richter und sagte: »Lasst den Wirt ergreifen! Er und seine Frau haben den Mord verübt. Das Geld haben sie in ihrem Keller versteckt und dort liegen auch ihre Kleider, die bei der Gelegenheit mit Blut befleckt wurden.« Dann stieg der Fremde in den Wagen und fuhr von dannen, keiner sah wohin. Der Wirt, welcher ja zur Stelle war, wurde sogleich ergriffen, die gestohlenen Sachen wie die blutigen Kleider wurden gefunden und der Wirt und seine Frau mussten ihre Schuld bekennen. Sie wurden verurteilt und anderen Tags hingerichtet.

Die drei Studenten waren jetzt frei und konnten gehen, wohin sie wollten. Aber der Beutel war fort, da die Zeit mittlerweile abgelaufen war und sie besaßen nicht einen Heller. Sie verkauften daher ihre Reiseeffekten[3] um einige Taler und dann marschierten sie zu Fuße auf der Landstraße dahin. Da kam dieselbe Karosse an ihnen vorübergerollt. Der Teufel streckte den Kopf aus dem Fenster und rief ihnen zu: »*Die beiden* bekam ich doch!« Es waren der Wirt und seine Frau, mit denen er sich diesmal begnügen musste.

Die Studenten wanderten immer weiter; jetzt wollten sie endlich zu ihrer Familie heimkehren. Sie hatten studiert und Reisen gemacht; sie waren in großer Gefahr für Leib und Seele gewesen; jetzt sehnten sie sich nach Hause.

[3] Besitztümer

Aber es war keine leichte Sache, nach Haus zu gelangen, denn sie waren in einer ganz anderen Weltgegend, als wo sie zu Hause waren und sie hatten nicht Gelegenheit gehabt, wie es ihre Absicht gewesen war, sich aus dem Beutel, ehe sie sich von demselben trennen mussten, mit Geld für die Heimreise zu versehen. Daran waren sie durch die Einkerkerung verhindert worden. Ihre paar Taler waren bald aufgezehrt; sie mussten sich von Ort zu Ort weiterbetteln; aber das wenige, was sie erbettelten, reichte kaum hin, um Leib und Seele zusammenzuhalten. Dies Leben vermochten die Söhne des reichen Mannes nicht lange zu ertragen: sie wurden krank und elend und konnten sich nicht mehr weiterschleppen.

Der Sohn des Armen konnte es nicht übers Herz bringen, seine beiden Gefährten in einem fremden Lande Hungers sterben zu lassen und so geringe Lust er auch hatte, sich nochmals mit dem gefährlichen Herrn einzulassen, mit dem er jetzt dreimal zu schaffen gehabt, sah er doch keinen anderen Ausweg und eines Abends spät beschwor er den Teufel und frug ihn, unter welchen Bedingungen er ihm etwas Geld vorstrecken wolle. »Du hast mich so oft gefoppt«, sagte der Teufel, »dass ich jetzt bald nichts mehr mit dir zu tun haben mag.« In Wahrheit aber war der Teufel sehr darauf erpicht, mit dem klugen Studenten in Verkehr zu kommen; denn er meinte, dass es ihm zuletzt doch gelingen müsse, ihn zu fangen. Er sagte daher: »Aber gleichviel! Ich will dir noch einmal helfen. Du magst den Beutel wieder bekommen und ihn sieben Jahre behalten. Und jetzt magst du deinen Mund gebrauchen, so viel du willst; aber in den sieben Jahren darfst du kein reines Hemd anziehen, du darfst dich nicht waschen, noch kämmen, noch rasieren und dir weder das Haar, noch den Bart, noch die Nägel schneiden. Wirst du dessen überdrüssig, ehe die sieben Jahre um sind, so gehörst du mir nach deinem Tode; aber den Beutel magst du dann behalten, so lange du lebst. Willst du darauf eingehen? Anderenfalls bekommst du nicht einen dänischen Schilling.«

Es war hart, hierauf einzugehen; aber den Freunden sollte und musste geholfen werden und so schloss denn der Student den Vertrag und empfing den Beutel. Nun wurden also die beiden Gefährten aufs Beste gewartet und gepflegt, bis sie ganz wieder zu Kräften gekommen waren. Dann zählte ihnen der Student das Reisegeld aus dem unerschöpflichen Beutel zu; nicht mehr, als dass sie reichlich genug hatten, um nach Hause kommen zu können; und dann sagte er ihnen Lebewohl: jetzt sollten sie in ihre Heimat reisen; er könne sie noch nicht begleiten, denn er habe ein Gelübde getan, das er erst erfüllen müsse. Mehr sagte er ihnen nicht. Sie waren sehr betrübt, dass sie sich von ihm trennen sollten; sie dankten ihm herzlich für alles, was er für sie getan habe und dann reisten sie nach Hause und von ihnen hören wir nichts mehr.

Der Sohn des Armen, der kluge Student, war jetzt allein und er musste jetzt die sieben Jahre unter den harten Bedingungen, die ihm gestellt waren, verbringen. Er reiste daher nach einem Orte, wo ein Wirt lebte, bei dem er früher gewohnt und zu dem er großes Vertrauen hatte. Er sagte ihm, er habe ein Gelübde getan und wolle sich lange Zeit einschließen und keinen Umgang mit Menschen haben. Er mietete sich also gegen gute Bezahlung bei ihm ein und dort lebte er Jahr auf Jahr unter dem schweren Joche, das der Böse ihm auferlegt hatte in dem Gedanken, dass er es sicherlich vor der Zeit abstreifen werde. Der Student ließ sich inzwischen alle Bücher kommen, die zu erhalten waren und er las und las, sodass er bald die Büchergelahrtheit[4] der ganzen Welt ver-

[4] Hier: Das Wissen der Welt, das in Büchern zu finden ist.

schlungen hatte. Und jede Woche ließ er den Wirt eine große Summe unter die Armen verteilen, sodass der Teufel sich schwarz ärgerte über den Gebrauch, der von seinem Gelde gemacht wurde. Und als sechs Jahre der Frist verflossen waren, ohne dass der Student eins seiner Verbote übertreten hatte, begann er heiß um die Ohren und angst und bange zu werden, dass der kluge Student ihn abermals foppen würde.

Der Student sah allerdings schrecklich aus und glich mehr einem Tiere als einem Menschen, mit Haaren und mit Schmutz überdeckt und mit langen Krallen an Händen und Füßen. Er ließ sich vor keinem Menschen sehen. Er ließ sein Essen in das eine Zimmer stellen, während er selbst in einem anderen war. Seine Fenster waren so eingerichtet, dass niemand zu ihm hineinblicken konnte; aber er konnte doch hinausblicken, wenn er wollte. Und er saß oft zum Zeitvertreib und sah hinaus, wie andere Menschen ab und zu und hin und her gingen, Reiche und Arme und jeder hatte seine Beschäftigung, während er dort wie lebendig begraben saß. Zu der Zeit, als er sechs Jahre dort gewohnt hatte, ward er aufmerksam auf einen Wagen, der häufig an seinen Fenstern vorübergefahren kam. Und es war nicht so sehr der Wagen, welcher seine Aufmerksamkeit fesselte, wie die Insassen desselben. Es war eine vornehme Frau mit ihren drei Töchtern, deren Weg so oft dort vorüber führte. Die Töchter waren alle jung und schön; aber er beachtete doch besonders die jüngste, die nicht allein über die Maßen schön war, sondern auch wie die Frömmigkeit und Güte selber aussah. Der Wirt sagte ihm, es seien die Frau und die Töchter eines Gutsherrn aus der dortigen Gegend. Und der arme eingemauerte Student konnte nicht umhin, an seinem Fenster auf der Lauer zu sitzen, um dann und wann einen Schimmer von dem schönen Fräulein zu erhaschen.

Der Vater der drei schönen Töchter galt für einen reichen Mann und das war er auch gewesen; aber er war der Spielwut verfallen und so verlor er allmählich all seinen Reichtum und es kam endlich so weit, dass er mehr Schulden hatte, als sein Hof und seine Habe wert waren. Keiner wollte ihm mehr einen Heller borgen und er musste mit dem Bettelstab in der Hand von seinem Hofe fortwandern, wenn ihm nicht bald geholfen ward. Da kam ihm der Gedanke, dass bei einem Wirte in der Stadt, den er gut kannte, ein Sonderling wohne, der niemanden außer dem Wirt sehe, der über die Maßen reich sein und große Summen an die Armen verschenken solle. Er ging zu dem Wirte und frug ihn, ob er nicht den wunderlichen Studenten einmal sprechen könne. Der Wirt sagte: »Nein, das glaube er nicht«, aber er wolle ihn doch fragen. Als der Student hörte, dass es der Vater der drei schönen Töchter sei, der mit ihm sprechen wolle, ließ er ihn zu sich heraufkommen. Der Gutsherr wollte sofort wieder rücklings aus der Tür gehen, als er die Schreckgestalt erblickte. Der Student bat ihn, sich nicht zu ängstigen: er sei ein leibhaftiger Mensch wie er und weder ein Tier noch ein Teufel. Da fasste der Gutsherr Mut und brachte sein Anliegen vor: er wolle Geld leihen und zwar keine kleine Summe, sondern ganze drei Tonnen Gold. Der Student antwortete ganz gelassen, das Geld könne er erhalten, wenn er ihm eine seiner Töchter zur Frau geben wolle. Der Gutsherr sagte Ja dazu, wenn eine derselben ihn nehmen wolle; er werde das Seinige dazu tun. Aber der Student verlangte auch, dass sie ohne Zwang ihre Einwilligung gebe und dass sie vorher wisse, wie ihr Freier aussehe. Darauf ließ er einen Maler holen, der ein Bild von ihm machte, ganz getreu, wie er aussah; und das bekam der Gutsherr mit nach Hause.

Er ging erst zu seiner ältesten Tochter und sagte ihr, wie die Sachen stünden: dass er weniger als nichts besitze und alles im Stich lassen müsse, wenn nicht eine seiner Töchter verspräche, den Mann zu heiraten, dessen Bild er ihr dann zeigte. Allein als sie die Nägel wie Geierkrallen und Haar und Bart sah, die den ganzen Körper bedeckten, spie sie es an und sagte: »Nein, Dankeschön! Ehe ich so einen nehme, nehme ich lieber unseren Hundejungen.« Dann ging der Gutsherr zu seiner zweiten Tochter und richtete an sie dieselbe Frage; aber sie antwortete sogleich, lieber wolle sie von Haus zu Haus betteln gehen, als ein solches Ungetüm zum Manne nehmen. Dann kam er mit demselben Anliegen zu seiner jüngsten Tochter. Sie schauderte, als sie das Bild erblickte; aber sie wollte Vater und Mutter und Schwestern aus Not und Elend erretten und sie sagte: Ja, sie wolle ihn zum Manne nehmen. Und sie schickte ihm einen Verlobungsring zum Pfande, dass sie ihr Versprechen halten wolle. Als der Student ihr Jawort und ihren Ring erhalten hatte, schüttelte er seinen Beutel so lange, bis er die drei Tonnen Gold, welche der Gutsherr haben sollte, hinausgeschüttelt hatte. Und er schüttelte ihn noch etwas länger und ließ Verlobungsgeschenke für seine Braut kaufen: Ketten und Ringe, Gold und Edelsteine. Sie sah dieselben kaum an, sondern schloss sie in einen Schrein, den sie nie wieder aufmachte.

Mittlerweile ließ der Student sich von einem Tischler zwölf große eisenbeschlagene Kisten mit drei Hängeschlössern vor jeder machen. Er brauche sie für seine Bücher, sagte er, wenn er fortzöge. Und dann nahm er sich jeden Tag ein paar Stunden Zeit, seinen Beutel über diesen Kisten auszuschütteln, bis sie alle zwölf voll von Geld waren. Als er damit und mit anderen Vorbereitungen fertig war, waren die sieben Jahre abgelaufen, und er vergeudete nicht eine Stunde mehr, als nötig war. Er stieg darauf in ein Bad, ließ sich die Nägel und Haare schneiden und den Bart scheren und zog neue Kleider an, die er zuvor hatte anfertigen lassen. Ein schöner vierspänniger Wagen, der für ihn gekauft worden war, hielt vor der Tür nebst drei vierspännigen Frachtwagen für seine Kisten und Bücher und so fuhr er zum Hofe seines Schwiegervaters hinaus.

Dort kannte ihn natürlich keiner; aber alle fanden, dass es ein ganz hübscher junger Mann sei, und die beiden ältesten Töchter waren überzeugt, es müsse ein Freier für eine von *ihnen* sein. Als er den Gutsherrn sprach, sagte er ihm, er käme, ihn um seine jüngste Tochter zu bitten. Die sei schon verlobt, sagte der Vater; aber er habe noch zwei andere Töchter. Allein der Fremde sagte, er dürfe doch wohl die jüngste Tochter *sehen.* Dem stand nichts im Wege: er wurde in ein Zimmer geführt, wo sie alle drei beisammensaßen. Sie standen alle auf und gaben ihm die Hand. Da steckte er den Verlobungsring, den er von der jüngsten bekommen hatte, an ihren Finger und sagte: »Dieser Ring wurde mir geschenkt und ich bitte nochmals um denselben, wenn er mir gutwillig gegeben wird.« Und da seine Verlobte begriff, dass er derselbe sei, dem sie einmal ihre Treue gelobt hatte, gab sie ihm den Ring und diesmal mit Freuden. So blieb er dort auf dem Hofe und sowohl ihr wie allen andern gefiel der hübsche und gescheite junge Mann mit jedem Tage besser und einen Monat darauf ward ihre Hochzeit mit Freude und Herrlichkeit gefeiert.

Allein die beiden Schwestern vergingen fast vor Neid und als sie bedachten, dass sie ihn selbst verschmäht hatten, glaubten sie nicht länger leben zu können. Und während der Tanz im Festsaale rauschte, ging die eine von ihnen in den Garten hinab und erhängte sich und die andere ging in den Teich und ertränkte sich. Gleich darauf, als der Bräutigam allein auf den Söller hinaustrat, reckte der Teufel den Kopf über das Geländer und sagte: »Ja, du bekamst eine; aber ich bekam zwei.«

Aber der kluge Student und die schöne Braut lebten mit einander ein langes und glückliches Leben, zur Freude und zum Segen für alle, die mit ihnen in Berührung kamen.

Der Teufel trägt ein Dorf weg

Karl Lyncker

Zwischen Gossfelden und Wetter lag vormals ein jetzt ausgestorbenes Dorf Elbringhausen; die Bauern lebten darin so üppig, dass der Teufel Gewalt über sie bekam und sie aus ihrer guten Erde auf einen sandigen Boden, den die austretende Lahn jährlich überschwemmt, zu versetzen beschloss. Er nahm also eines Tages das ganze Dorf in seine Kötze[1] und trug es durch die Lüfte, dahin, wo jetzt Sarnau steht und fing an, die einzelnen Häuser der Reihe nach aufzustellen. Unversehens stürzte ihm die Kötze um und der ganze Plunder fiel bunt durcheinander zur Erde. Daher kommt's, dass zu Sarnau die sechs ersten Häuser in gerader Gasse stehen, alle übrigen bunt durcheinander.

[1] Korb, der auf dem Rücken getragen wird

Die beiden Mädchen bei dem Zwerge

Adalbert Kuhn

mündlich vom Hakel

Da war einmal ein Kuhhirt, der hatte eine Frau und zwei Töchter und die mussten ihm immer das Mittagbrot hinausbringen auf die Weide; da trieb er nun auch eines Morgens fort und sagte beim Weggehen zu seiner Frau: »Schick mir heut die Älteste hinaus mit dem Mittagbrot.« Als es daher um Mittag kam, packte die Mutter das Essen in den Korb und schickte die älteste Tochter damit hinaus; die aber suchte den Vater lange und konnte ihn gar nicht finden und setzte sich endlich auf die Spitze eines Berges und sang sich ein Lied, denn sie dachte: »Das hört der Vater vielleicht und dann wird er doch rufen.« Und sie sang und sang, und sang immer lauter und voller, dass es herrlich weithin über die Berge klang; da stand auf einmal ein Zwerg vor ihr und sprach: »Ei, was kannst du herrlich singen, so schönen Gesang habe ich lange nicht gehört; möchtest du nicht ein wenig mit mir in den Berg kommen, ich will dir zum Dank dort alle meine Herrlichkeiten zeigen?« – »Warum nicht«, sagte das Mädchen und ging mit ihm hinab in den Berg; aber als sie nun unten alle Schätze und Pracht seiner Höhle gesehen hatte und wieder hinaufwollte, sagte er zu ihr: »Nein, das geht nicht an; wähle! Willst du meine Frau werden oder deinen Kopf auf den Klotz legen.« Da sagte sie traurig: »So will ich lieber meinen Kopf auf den

Klotz legen«, tat's und sogleich hieb er ihr den Kopf ab. Als nun der Kuhhirt abends nach Hause kam und erfuhr, dass die Frau seine älteste Tochter hinausgeschickt, die aber nicht heimgekehrt sei, da ward er sehr betrübt. Andern Tags aber, als er wieder hinauszog, sagte er zu seiner Frau: »Schick mir heut die Jüngste hinaus mit dem Mittagbrot, aber beschreib ihr ja den Weg recht genau.« Da ging die Jüngste, als es um Mittag kam, hinaus und sie suchte wieder lange und konnte den Vater nicht finden und setzte sich endlich auf den Berg und fing an zu singen, so herrlich und so wunderschön, dass es weithin über die Berge klang. Da stand auf einmal der Zwerg vor ihr und sagte: »Ei, was kannst du herrlich singen, so schönen Gesang habe ich lange nicht gehört; möchtest du nicht ein wenig mit mir in den Berg kommen, da will ich dir alle meine Herrlichkeiten zum Dank zeigen?« – »Warum nicht?«, sagte das Mädchen und nun ging's grade wie bei der Ältesten; als er sie aber fragte: »Willst du meine Frau werden, oder deinen Kopf auf den Klotz legen?«, da sagte sie: »Nein, ich will lieber deine Frau werden«, und blieb bei ihm. Nun war sie schon eine lange Zeit bei ihm, da bat sie ihn eines Tages, er möchte ihr doch einmal erlauben, dass sie nur ihre Eltern noch einmal sehen könnte, sie wolle ja gewiss zu ihm zurückkehren. Da erlaubte er's ihr, aber sie musste ihm versprechen, dass sie keinem Menschen verraten wolle, wo ihre Wohnung sei. Nun ging sie zu ihren Eltern und die freuten sich so sehr, ach so sehr, dass sie ihre liebe Tochter einmal wiedersahen und sie erzählte ihnen nun alles, wie es ihr ergangen; aber wo die Höhle sei, durfte sie nicht verraten. Endlich als es nun Zeit war, aufzubrechen, da nahm sie traurig Abschied; aber die Mutter sagte: »Weine nicht so sehr, meine Tochter, wir wollen dich schon wiederfinden«, und füllte ihr die Tasche mit Erbsen und sagte: »Die streue auf den Weg, wenn du zurückgehst.« Und das tat sie denn auch und da gingen ihr die Eltern nach mit dem ganzen Dorfe, und da fanden sie die Zwerghöhle und machten ein großes Feuer vor derselben an und verbrannten den bösen Zwerg.

Geister-Gottesdienst

Karl Bartsch

1.

Eine fromme Frau, die in der Nähe der Kirche wohnte, wurde einst des Nachts durch den aus der Kirche herüberschallenden Gesang geweckt. In der Meinung, es sei der Morgengottesdienst, steht sie eilig auf, zieht sich an, wirft den Mantel um und geht schnell in die Kirche, deren Fenster sie erleuchtet sieht. Sie setzt sich auf ihren Platz, schlägt ihr Gesangsbuch auf und singt mit. Da wird ihre Schulter berührt und jemand flüstert ihr zu »Nawersch, nu ist Tit, nu ga na Hus.« Sie wendet sich um und sieht eine schon vor Jahren verstorbene Nachbarin neben sich. Wie sie weiter um sich sieht, erblickt sie lauter Gesichter von Verstorbenen. Da eilt sie aus der Kirche heraus, und wie sie die Tür hinter sich zumacht, ist der letzte Vers des Liedes zu Ende gesungen, die Tür fährt mit Krachen ins Schloss, sodass der Zipfel ihres Mantels noch eingeklemmt wird. Sie reißt sich los; da schlägt es Eins auf dem Kirchturm, in der Kirche ist alles Licht verschwunden.

2.

In der Mitternachtsstunde vor dem ersten Weihnachtsfeiertage halten in Hagenow die Geister Gottesdienst in der Kirche. Es ist in Hagenow Sitte, dass an diesem Tage um 5 Uhr morgens ein Gottesdienst gehalten wird. Einst geht eine Frau, in der Meinung, es sei schon 5 Uhr, um Mitternacht in die Kirche, deren Fenster sie erleuchtet sieht. Sie erblickt teils ihr fremde Gestalten, in altertümlicher Tracht, teils die Züge von verstorbenen Bekannten. Eine solche flüstert ihr zu, ein Vaterunser zu beten und rasch aus der Kirche zu eilen, ohne sich umzusehen. Das tut sie auch, wirft aber noch einen Blick im Hinausgehen zurück. Da fällt die Tür zu und ein Zipfel des Kleides wird eingeklemmt. Die Frau ist nach drei Tagen gestorben.

3.

Auch aus Wustrow bei Wesenberg wird von nächtlichem Gottesdienst in der Kirche erzählt, zu dem die Frau eines Bauern durch Glockenläuten geweckt wird. Doch wird nicht angegeben, dass die dort Versammelten Verstorbene waren.

Der lederne Mann

Ulrich Jahn

Es war einmal ein Bauersohn, dem hatten sie des Königs Rock angezogen. Aber so schön die blanken Knöpfe auch glitzerten und blinkten, so mochte es ihm doch nimmermehr unter den Soldaten gefallen; denn sein Hauptmann war ein Bärbeiß[1] und sein Feldwebel ein Leuteschinder. Als er eines Nachts auf Wache gezogen war und Posten stand und der kalte Nachtwind ihm um die Ohren pfiff, seufzte er darum tief auf und rief: »Soldatenleben ist doch ein böses Leben! Nun diene ich erst ein einziges Jahr und kann es nimmermehr aushalten; wie soll es da erst die übrigen sechs Jahre werden (denn ehe der Franzose ins Land kam, diente jeder Mann nicht drei, sondern sieben Jahre)! Soll und muss denn einmal gedient werden, so will ich lieber des Teufels Soldat werden, als mich von meinem Hauptmann und Feldwebel noch länger schinden und quälen lassen.«

Kaum hatte er die Worte zu Ende gesprochen, so stand jener vor ihm und sprach: »War das dein Ernst, was du da eben gesagt hast? – Ich bin's zufrieden! Sei sieben Jahre mein Knecht und es soll dir niemals an irgendeiner Sache gebrechen.« – »Mein lieber Herr Teufel«, sagte der Soldat furchtsam, »er hat's gewiss auf meine Seele abgesehen; die ist mir aber um alles in der Welt nicht feil.« – »Nicht doch«, erwiderte jener, »an deiner Seele ist mir gar nichts gelegen! Willst du mein Knecht werden, so erhältst du einen Beutel mit Goldstücken, der nie leer wird.

[1] etwa: Brummbär, reizbare Person

Davon musst du ausgeben, so viel du nur immer vertun kannst. Außerdem darfst du dich die ganzen sieben Jahre hindurch weder waschen noch kämmen, du darfst dir den Bart und die Haare nicht scheren, auch niemals reine Wäsche anlegen. Dafür, dass dich das Ungeziefer dennoch nicht plagt, werde ich Sorge tragen.«

Diese Bedingungen schienen dem Soldaten nicht allzu schwer; er ging den Handel ein, ein Vertrag ward aufgesetzt und er verschrieb sich darin dem Teufel auf sieben Jahre und unterzeichnete die Schrift mit seinem eigenen Blute. Darauf zog ihm der Teufel den bunten Rock aus und gab ihm dafür ein Gewand von schwarzem Leder, das ihn einhüllte, als wäre es eine Haut; das durfte er niemals ablegen, ehe nicht das siebente Jahr zu Ende gegangen war. In die eine Tasche aber steckte ihm jener den Wunschbeutel, in die andere die besten Papiere, dass ihn niemand anhalten durfte; dann führte er ihn über die Grenze hinüber und brachte ihn in eine große, schöne Stadt.

Dort ging der Soldat in das beste, vornehmste Wirtshaus und mietete sich von dem Wirt eine herrliche Wohnung, und weil er sich die köstlichsten Speisen und Getränke auftragen lies und alles, was er verzehrte, mit Goldstücken reichlich bezahlte, so gewann ihn der Wirt lieb und wollte ihn nimmer ziehen lassen. Um seines ledernen Kleides willen nannten ihn aber alle Leute den ledernen Mann.

Am andern Morgen, als es Zeit zum Aufstehen war, sprach der Wirt zur Großmagd: »Geh herauf und bring dem ledernen Mann Kaffee und Milch zum Morgenimbiss!« – »Dem schwarzen Teufel Frühstück bringen, steht mir nicht an!«, entgegnete das stolze Ding; »Sieht er denn aus, wie andere Christenmenschen, mit seinem struppigen Bart und dem ungekämmten Haar und den schmutzigen Fingern?« – »Mädchen«, sprach der Wirt, »was redest du so albern in den Tag hinein! Und wenn er auch schmutzig ist, wer weiß, warum er sich nicht wäscht; am Ende büßt er gar damit eine große Sünde! Aber Geld gibt er aus trotz einem König.« Doch die Großmagd blieb bei ihrem Vorsatz und der Wirt wandte sich deshalb an die kleine Magd. Die ließ sich nicht lange bitten, stellte Kaffeekanne und Milchtopf auf den Teller und trug es in des ledernen Mannes Zimmer und bot ihm dabei einen freundlichen guten Morgen. »Schönen Dank, liebes Kind!«, sprach der Soldat, griff in die Tasche und warf ihr ein Goldstück zu. Vergnügt eilte sie damit die Treppe herab und zeigte es der Großmagd; die ward grün und gelb vor Ärger, verstellte sich aber, schnitt ein hämisches Gesicht und spottete: »Für ein Goldstück bring' ich dem Teufel kein Essen.«

Am andern Morgen tat der Soldat, als ihm die kleine Magd das Frühstück brachte, einen tüchtigen Griff in die Tasche und warf ihr eine große Hand voll Dukaten in den Schoß, dass sie nur schnell die Schürze aufmachen musste, um das viele Geld nicht auf den Boden fallen zu lassen und zu verlieren. Als sie diesmal die Treppe herunterkam und der Großmagd das Geschenk wies, konnte dieselbe es vor Neid nicht länger mehr aushalten. Sie lief zum Wirt und sprach: »Ich habe mich besonnen, Herr; von nun an will ich dem ledernen Manne das Frühstück besorgen.« Antwortete der Wirt: »Als ich wollte, wolltest du nicht; nun du willst, will ich nicht. Die kleine Magd wird, so lange er bei uns bleibt, dem ledernen Manne aufwarten.« Als die Großmagd eingesehen hatte, dass kein Bitten und Flehen helfen würde, ward sie am Leben verzagt; denn sie konnte es nicht verschmerzen, dass sie ihr Glück mit Füßen getreten. Sie ging hinaus durch den Garten den Wurt[2] hinab und sprang in den Entenpfuhl[3] und

[2] künstliche Erhöhung, auf der Dörfer errichtet werden, die in der Nähe von Flüssen o. Ä. liegen

[3] Kloake

ersäufte sich. So hatte des Teufels Soldat die erste Seele für die Hölle gewonnen.

Da der Wirt den ledernen Mann wie einen König hielt und ihm besorgte, was sein Herz nur begehren mochte, beschloss er, bei ihm wohnen zu bleiben, bis seine Dienstzeit beim Teufel abgelaufen sei. Er hielt sich eine prächtige Kutsche und die schönsten Pferde und wenn ein herrliches Gastmahl in dem Wirtshause ausgerichtet wurde, so hatte sicherlich der lederne Mann das Geld dazu hergegeben. Als nun die letzte Woche des siebenten Jahres herankam, saß der lederne Mann eines Abends mit dem Wirt bei einer Flasche Wein und sie unterhielten sich miteinander und sprachen von diesem und von jenem. Indem fuhr ein reicher Edelmann aus der Nachbarschaft vor dem Gasthofe vor, trat ein und forderte die beiden auf, ob sie nicht mit ihm ein Spielchen machen wollten. Die Karten wurden geholt und das Spiel begann; aber je mehr der Edelmann spielte, umso mehr verlor er auch und je mehr er verlor, umso hitziger ward er und umso höher setzte er ein und es dauerte gar nicht lange, so hatte er Land und Sand, Kutsche und Pferde, Haus und Hof, Rinder und Schafe und alles Übrige an den Wirt und den ledernen Mann verloren.

Wie er nun so traurig dasaß und darüber nachdachte, wohin ihn sein Leichtsinn und die Spielwut gebracht, klopfte ihm der lederne Mann auf die Schulter und sagte: »Was meint Ihr dazu? Ich werde Euch all Euer Hab und Gut wieder auslösen, wenn Ihr mir eine von Euren Töchtern zur Frau gebt.« Als der lederne Mann diese Worte gesprochen hatte, sprang der Edelmann vergnügt von seinem Stuhle auf und rief: »Darauf geh' ich ein, noch heute soll die Verlobung gefeiert werden!« Und nachdem sie, wie's sich gehört, Brüderschaft getrunken hatten, musste der Kutscher anspannen, und sie fuhren aufs Land hinaus zu des Edelmannes Schloss.

Als sie dort angelangt waren, hieß der Edelmann den ledernen Mann in der besten Stube Platz nehmen; er selbst ging zu seinen drei Töchtern und erzählte ihnen, wie es ihm im Wirtshause ergangen wäre, wie er Land und Sand, Kutsche und Pferde, Haus und Hof, Rinder und Schafe und alles Übrige im Spiele verloren habe und wie ihn ein reicher Herr wieder auslösen wolle, wenn er dafür eine von seinen drei Töchtern zur Frau bekäme. Sprach die Älteste: »Wart einmal, Vater, ich werde ihn mir ansehen!« Mit den Worten huschte sie zur Türe und schaute durch das Glasfenster in die Stube. »Pfui, Teufel!«, rief sie aber sogleich, »den Schmutzfink soll ich nehmen? Den heirate ich nicht und müsste ich mein Leben lang auf der Landstraße mein Brot betteln!«

Da wandte sich der Vater an die zweite Tochter. Als diese durch das Glasfenster den ledernen Mann erblickt hatte, wollte sie vor Schrecken fast in Ohnmacht fallen. »Nein, Vater«, schrie sie auf, »dem Teufel verheiratet man seine Tochter nicht; da wäre es besser gewesen, nicht zu spielen, so wären Land und Sand, Kutsche und Pferde, Haus und Hof, Rinder und Schafe und alles Übrige noch in Euren Händen. Und wenn wir in den Schuldturm geworfen werden, ich nehme den Teufelskerl nicht, und sollte ich niemals wieder das liebe Sonnenlicht sehen!«

Traurig sprach der Edelmann jetzt zu seiner dritten und jüngsten Tochter: »Liebes Kind, schlag deinem alten Vater die Bitte nicht ab! Deine Schwestern haben recht, ich bin leichtsinnig gewesen, da ich im Spiele verlor Land und Sand, Haus und Hof, Kutsche und Pferde, Rinder und Schafe und all mein anderes Hab und Gut. Aber, ach, erbarme dich deines alten Vaters, dass er nicht vor fremder Leute Türen sein Brot betteln gehen muss!« Sagte die jüngste Tochter: »Väterchen, wozu die vielen Reden, wenn meine Schwestern dich nicht retten wollen, so muss ich es tun. Führ' mich nur zu dem fremden Herren.« Und als sie in der Stube bei dem ledernen Mann war, sah sie nicht auf sein struppiges Haar und den wilden Bart und die schmutzige Haut, sondern reichte ihm freundlich die Hand und gab ihm einen herzhaften Kuss auf den Mund und ekelte sich nicht einmal. Da ward die Verlobung gefeiert, der lederne Mann bezahlte des Edelmanns Schulden und über acht Tage sollte die Hochzeit sein.

Ehe es aber zur Hochzeitsfeier kam, sagte der lederne Mann zu seinem Schwiegervater: »Die Zeit, dass ich wie ein Teufelsknecht herumlaufen muss, ist verstrichen; ich will jetzt zur Stadt und mich säubern lassen. Sag aber deinen beiden ältesten Töchtern und auch meiner Braut kein Sterbenswörtchen davon!« Als der Edelmann ihm die Hand darauf gegeben hatte, dass er seinen Mund halten werde, fuhr der lederne Mann in die Stadt und trat in die Stube eines armen Bartscherers und fragte ihn, ob er ihn säubern wolle. Der aber rief, von solch schmutzigem Teufelskerle wolle er kein Geld verdienen und jagte ihn mit Schimpf und Schande zum Hause hinaus. Da ging der lederne Mann zu dem reichen Bruder des Bartscherers, welcher dasselbe Handwerk betrieb und ein gar fleißiger Mann war, der alle Kunden ohne Unterschied des Standes ordentlich, wie es sich gehört, zu bedienen pflegte.

»Wollt Ihr mir Bart und Haupthaar scheren und mich säubern?«, fragte der lederne Mann den reichen Barbier. »Sehr gerne«, erwiderte derselbe. Da griff der lederne Mann in die Tasche und gab ihm wohl an hundert Goldstücke und der Bartscherer kaufte die besten Öle und Seifen und wartete seines Amtes so gut, dass der lederne Mann, als er fertig war, schön aussah, wie ein Königssohn. Mit den hundert Dukaten aber lief der Barbier in den Laden seines Bruders und rief: »Wahrlich, ich bin ein Glückskind! Der liebe Gott hat mir mein Handwerk schon so wie so reichlich gesegnet und heute sandte er mir einen Kunden, der hat mir so viel gegeben, dass ich jetzt doppelt so reich bin, denn zuvor.« Da schrie sein armer Bruder jäh auf: »Jahre lang hab' ich darauf gewartet, dass mir das Glück ins Haus käme; nun da es gekommen ist, hab' ich's mit Füssen getreten!«, ging hin und kaufte für einen Dreier einen neuen Strick, eilte damit in den Wald und hing sich an einen Eichbaum. – Das war die zweite Seele, die der Teufel durch seinen Soldaten errungen hatte.

Der lederne Mann war inzwischen in der Stadt herumgefahren, hatte beim Schneider die herrlichsten Kleider und beim Schuster die besten Stiefel gekauft, wie ein Graf sie nicht schöner tragen kann. Darauf zog er sein ledernes Gewand aus und gab es samt dem Beutel dem Bösen zurück, nachdem er sich zuvor zehn Tonnen Goldes herausgenommen hatte; dann tat er sich die schönen Kleider und Schuhe an, setzte sich in seinen Wagen und fuhr auf das Schloss. Als das Viergespann vorfuhr, traten der Gutsherr und seine drei Töchter zur Türe heraus und öffneten ihm ehrerbietig den Schlag, denn sie erkannten ihn nicht wieder und meinten, er wäre ein Fürst. Doch er nahm den Edelmann beiseite und offenbarte ihm, wer er sei. Da sagte dieser zu seinen Töchtern: »Kinder, der feine Herr will eine von euch freien.« Als die beiden ältesten das hörten, machten sie ein liebevolles, freundliches Gesicht; der schöne Herr aber schritt auf die jüngste Schwester zu und küsste sie und sagte ihr, dass er und der lederne Mann ein und derselbe seien. Bei diesen Worten wollten die beiden andern vor Schreck schier in die Erde sinken, die jüngste aber weinte vor Freuden und nahm ihren Bräutigam unter den Arm und ging mit ihm in das Schloss und drinnen wurde die prächtigste Hochzeit gefeiert. Ihre Schwestern standen währenddessen noch immer draußen und verfluchten ihren Hochmut; und als das lustige Singen und der Klang der Trompeten und Geigen in ihre Ohren drang, fassten sie einander bei der Hand und stürzten sich aus Verzweiflung in den Schlossteich und fanden darin einen kläglichen Tod. So hatte der lederne Mann dem Teufel im Ganzen vier Seelen zugeführt, die er in der Hölle nach Herzenslust brennen und braten konnte. Das junge Paar aber lebte mit dem alten Edelmann auf dem Schlosse in Glück und in Frieden, und wenn sie nicht gestorben sind, so leben sie heute noch.

Hexenversammlung verscheucht

Bernhard Baader

In der Scheuer[1] eines einsamen Schwarzwälderhofs, die entfernt vom Wohnhause stand, pflegten die Hexen ihre nächtlichen Zusammenkünfte zu halten. Den Hofbewohnern war dies so wenig bekannt, dass sie einen armen Mann, welcher sie einst um Nachtlager bat, in die Käfigkammer der Scheuer legten. Nach verrichtetem Gebet schlief er ein, wurde aber mitten in der Nacht durch wunderschönes Tonspiel und lustiges Gelärm aufgeweckt. Er sah die Scheuer hell erleuchtet und eine Menge Männer und Frauen darin versammelt. Teils saßen sie an einer langen, gedeckten Tafel und aßen und tranken aus kostbaren Geschirren; teils tanzten sie jubelnd umher, wozu mehrere Teufel aufspielten. Obgleich auf des Mannes Lager kein Licht fiel, fürchtete er doch, bemerkt zu werden, und betete inbrünstig um Gottes Schutz, besonders, als zwei Hexen gegen die Kammer kamen. Sie blieben jedoch an dem Eingang stehen und besprachen sich über die Freude, welche sie sich nach so vielem Vergnügen noch machen wollten. »Meine Nachbarin hat beim Schlafengehen ihr Kind nicht gesegnet; dasselbe wollen wir nun holen und umbringen«, sagte die eine. »Das ist ein guter Einfall!«, erwiderte die andere, worauf sie sich fort machten und nach wenigen Minuten mit einem vierteljährigen Kinde auf den Platz zurückkamen und beratschlagten, wie sie es töten sollten. Endlich wurden sie einig, es bei den Füßen zu fassen und auseinanderzureißen. Da sprang

[1] Scheune

der Mann heraus und schrie: »Behüt' es Gott, behüt' es Gott, behüt' es Gott, lasst das Kind gehen!« Im Nu ließen die Hexen das Kind fallen und fuhren mit ihrer ganzen Sippschaft wie der Wind zur Scheuer hinaus, worin alle Lichter erloschen. Der Mann hob das Kind auf und trug es zu dem Wohnhause, wo er klopfte und rief, dass man ihm aufmachen möge. Als er eingelassen war, erzählte er den Leuten das Geschehene, worauf sie mit brennenden Laternen sich in die Scheuer begaben. Darin stand noch die Tafel voll goldener und silberner Geschirre; aber alles, was Blendwerk gewesen, hatte seine wahre Gestalt angenommen. Manche Becher waren Pferdshufe, die Speisen Viehkot, die Getränke Jauche geworden. Die Geschirre, welche alle mit den Namen ihrer Herren bezeichnet waren, wurden von den Leuten der Obrigkeit übergeben, die darauf die Eigentümer so wie die Eltern des Kindes, zum Abholen des Ihrigen in den Zeitungen aufforderte. Die ausgeschriebenen Namen waren weit und breit nicht bekannt und da niemand sich zu den Geschirren meldete, verkaufte man sie und erbaute von dem Erlöse dem armen Mann ein Häuslein neben dem Hofe, von dessen Bewohnern er sein Leben lang verpflegt wurde. Erst im zweiten Jahre konnten die Eltern des Kindes dasselbe holen, so weit entfernt wohnten sie, in einem fremden Lande. Die Hexen haben seit jener Nacht niemals wieder in der Scheuer sich sehen lassen.

Die böse Stiefmutter

Wilhelm Busch

Meine Großmutter hat mir erzählt, es wäre mal eine kleine hübsche Dirne gewesen, die hat eine Stiefmutter und auch eine Stiefschwester gehabt. Die Stiefmutter ließ ihre rechte Tochter immer in schönen Kleidern gehen und tat ihr alles zu Willen; sie brauchte auch gar nicht zu arbeiten; aber die Stieftochter musste den ganzen lieben Tag draußen am Brunnen sitzen und Garn winden, dass ihr der Faden zuletzt die Finger ordentlich blutig schnitt. Davon hatte sie aber wenig Dank, musste immer in lumpigem Zeuge gehen und ihre Stiefmutter sagte ihr nichts als böse Worte. So saß sie auch mal wieder und wand und wand, und die Hände wurden ihr zuletzt so lahm von allem wickeln, dass ihr unversehens der dicke Knäuel in den Brunnen sprang. Da kriegte sie große Angst, denn die böse Stiefmutter hätte sie gewiss geschlagen, wenn sie den Knäuel nicht wiederbrachte. Darum stieg sie in den Brunnen hinab; der war wohl tief, aber ganz zerfallen und kein Wasser mehr drin.

Wie das Mädchen nun unten auf den Boden kam, so war da eine ordentlich kleine Tür, die machte sie auf und ging hindurch; da war alles frei und schön. Dicht neben der Pforte lag auf einem Blocke ein großes scharfes Beil und Holz dabei, das rief: »Hau mich entzwei, hau mich entzwei!« Da nahm das Kind das Beil und hackte das Holz. Als es das getan, ging es weiter und kam zu einem Backofen, drinnen rief das Brot: »Zieh mich raus, zieh mich raus.« Da zog das Kind das Brot aus dem Ofen, und als es nun weiter ging, begegnete ihm eine Kuh, die rief: »Melk mich, melk mich!« Das tat das Mädchen auch und ging weiter. Nicht lange, so begegnete ihm eine Ziege, die rief: »Melk mich, melk mich!« Als das Mädchen die auch gemelkt hatte, ging es weiter und kam zuletzt an ein Haus, davor saß eine alte Frau und spann und hatte einen Hund und zwei Katzen bei sich. »Du musst nun bei mir bleiben«, sprach die Alte zu dem Kinde, »und sollst es guthaben, wenn du alle Tage meinen Hund und meine beiden Katzen ordentlich flöhen willst; und dann habe ich da drei Stuben; zwei davon musst du jeden Morgen hübsch ausfegen, aber in die dritte darfst du bei Leibe nicht gehen, sonst geht's dir schlecht.«

Da ist denn das Mädchen bei der alten Frau geblieben, hat den Katzen und dem Hunde alle Tage ordentlich den Pelz besehen und auch die beiden Stuben gefegt; aber in die dritte Stube ist es nicht hineingegangen.

Als nun der Sonntag herankam, zog die alte Frau ihr Sonntagskleid an und sagte zu dem Kinde: »Ich will jetzt zur Kirche, darum geh mir derweilen nicht weg, sondern achte gehörig auf das Haus.« Damit ist sie fort in die Kirche gegangen. Das Mädchen aber, während es so ganz allein im Hause war, überkam eine große Neugierde zu wissen, was die alte Frau wohl in dem dritten Zimmer haben möchte; es ließ ihr auch nicht eher Ruhe, bis sie das Zimmer aufgeschlossen hatte. O Leute! Was war da für vieles Geld! Ein Sack stand neben dem andern; hier Kupfergeld, hier Silbergeld, da nichts als lauter Gold. Da raffte das Mädchen schnell einen kleinen Sack voll Gold in seine Schürze, sprang aus dem Hause und fort.

Zuerst begegnete ihm die Ziege, der rief es zu: »Verrat mich nicht!« – »Ich verrat dich nicht«, sagte die Ziege; »aber lauf was du kannst.« Da kam es zu der Kuh und rief wieder: »Verrat mich nicht!« – »Ich verrat dich nicht«, sagte die Kuh; »aber lauf was du kannst!« Da lief das Mädchen weiter, so schnell es nur konnte.

Mittlerweile war aber auch die alte Frau aus der Kirche wieder nach Hause gekommen; als sie sah, dass die dritte Stube offen und das Mädchen fort war, sprang sie schnell hinaus und hinterher. Zuerst kam sie zu der Ziege und fragte: »Ist hier nicht eben eine kleine Dirne vorbeigelaufen?« – »Ne!«, sagte die Ziege; »ich habe hier keine Dirne gesehen.« Da lief die Alte weiter zu der Kuh und fragte wieder: »Ist hier nicht eben eine kleine Dirne vorbeigelaufen?« – »Nein!«, sagte die Kuh; »ich habe keine Dirne laufen sehen.« Da ist die alte Frau wieder umgekehrt, denn sie hat gemeint, das Mädchen müsste wohl einen andern Weg gelaufen sein.

Das Mädchen ist aber glücklich durch den Brunnen wieder heraufgekommen, ist zu seiner Stiefmutter und seiner Stiefschwester gelaufen und hat ihnen das viele Gold gezeigt und gesagt: »Seht! Das habe ich alles von einer alten Frau gekriegt, die da unten im Brunnen wohnt.« Wie das die Stiefschwester hörte, trieb sie der Neid, dass sie auch alsbald in den Brunnen hinabstieg, die alte Frau zu suchen, von welcher ihre Schwester das Gold hatte. Sie fand unten auch die kleine Tür und als sie hindurchging, lag da der Klotz mit dem großen Beil und Holz daneben, das rief: »Hau mich entzwei, hau mich entzwei!« – »Ich will dir was flöten!«, sagte das Mädchen, denn es war ganz erschrecklich faul und mochte keine Arbeit tun. Als es eine Strecke weiter gegangen war, kam es zu einem Backofen, darinnen rief das Brot: »Zieh mich raus, zieh mich raus!« – »Ich will dir was flöten!«, sagte das Mädchen und ging weiter. Mit dem, so begegnete ihr eine Kuh, die rief: »Melk mich, melk mich!« – »Ich will dir was flöten!«, sagte das Mädchen und als es nun weiterging, kam es zu einer Ziege, die rief auch: »Melk mich, melk mich!« – »Ich will dir was flöten!«, sagte das Mädchen wieder und ging ihres Weges. Zuletzt kam sie auch an das Haus, wo die Alte saß und spann. »Du musst nun bei mir bleiben«, sprach die Alte, »und sollst es guthaben; aber jeden Tag musst du meinen Hund und meine beiden Katzen ordentlich flöhen; und dann habe ich drei Stuben, davon musst du zwei jeden Morgen hübsch ausfegen, aber die dritte darfst du ja nicht aufmachen, sonst geht es dir schlecht.« Da ist denn das Mädchen bei der alten Frau geblieben.

Den nächsten Sonntagmorgen, als es Zeit war in die Kirche zu gehen, zog sich die Frau hübsch an, nahm ihr Gesangbuch und sagte, als sie wegging: »Ich will jetzt mal in die Kirche; darum so achte mir ordentlich auf das Haus, bis ich wiederkomme.« Damit ist sie fortgegangen. »Jetzt ist's Zeit!«, dachte das Mädchen; »nun sollst du doch mal zusehen, was in der dritten Stube ist!« Und als es die aufmachte, stand da ein Goldsack neben dem andern. Schnell raffte es sich die Schürze voll Goldstücke und lief fort aus dem Hause.

Mittlerweile war aber auch die alte Frau aus der Kirche zurückgekommen. Als sie sah, dass die dritte Stube offen und das Mädchen fort war, sprang sie schnell hinaus und hinterher. Zuerst kam sie zu der Ziege und fragte: »Ist hier nicht eben eine kleine Dirne vorbeigelaufen?« – »Ja wohl!«, sagte die Ziege; »da ist sie hingelaufen.« Dann kam die Frau zu der Kuh und fragte wieder: »Ist hier nicht eben eine kleine Dirne vorbeigelaufen?« – »Ja wohl!«, sagte die Kuh; »dort hinten läuft sie noch.« Da hat sich die alte Frau getummelt, was sie nur konnte, und gerade, als das Mädchen durch die Brunnentüre entspringen wollte, fasste es die Alte bei den Haaren, nahm das große Beil, was da lag, und hackte ihm damit den Kopf ab.

Der durch einen Poltergeist getötete Knabe

Johann Gustav Büsching

Im Schlosse Loys war lange ein Poltergeist, der friedlich umherging und den man dadurch in gutem Mute zu erhalten suchte, dass man ihm einen Topf mit Milch des Abends hinsetzte, den er nächtlich verzehrte. Ein näschiger Küchenbube aber beneidete dem Geist diese angenehme Speise und trank sie eines Abends aus, das leere Gefäß dem Kobold lassend. Als dieser sein Milchnäpfchen leer fand, erzürnte er heftig, ergriff den frechen Täter, zerriss ihn, hackte ihn in kleine Stücke und steckte ihn in einen irdenen Topf. Lange Zeit ward noch der Topf gezeigt, in den der Kobold die Glieder des Ermordeten gesteckt hatte.

Zwei Augen zu viel

Carl und Theodor Colshorn

mündlich

In Hiddestorf war vor nicht langer Zeit eine Witwe, die konnte des Sonntags auf eine merkwürdige Weise das leckerste Essen kochen; denn wenn die Mägde des Morgens zur Kirche gingen, hatte sie noch kein Feuer angemacht, kein Gemüse gereinigt und noch nicht einmal Fleisch geholt; und wenn die Kirche aus war, stand jedes Mal die beste Mahlzeit auf dem Tische. Weil das aber unmöglich mit rechten Dingen zugehen konnte, versteckte sich eines Sonntags in der Frühe ein Knecht hinter dem großen Fasse in der Küche, um der Frau das Spiel abzulauern. Es mochte eben die Predigt angegangen sein, da rumorte es im Schornsteine, der Teufel kam herunter und liebkoste die Frau. Als er ihr darauf die Töpfe füllen wollte, hielt er plötzlich stille und sprach: »Frau, es sind hier zwei Augen zu viel!« Diese verneinte es. »Es sind hier zwei Augen zu viel!«, sagte er noch einmal; da aber die Frau ihn verspottete, füllte er die Töpfe und fuhr durch den Schornstein hinaus. Als des Mittags alle bei Tische saßen, sprach der Knecht: »Ich mag nicht essen; denn ich weiß, dass es vom Teufel kommt!« Kaum hatte er das Wort gesagt, da kam der Schwarze durchs Fenster, fasste die Frau beim Schopfe, drehte ihr den Hals um und flog mit ihr zum Fenster hinaus.

Die Hexe und die Königskinder

Ludwig Bechstein

nach mündlicher Überlieferung; erinnert mit einem Zug an das Märchen vom Hänsel und Gretel

In einem Walde stand ein kleines, einsames Häuschen, darinnen eine Mutter mit ihrer Tochter, welche letztere schon ziemlich erwachsen war, wohnte. Die Alte war ein sehr böses und listiges Weib, sie trieb allerlei geheimnisvolle Dinge. Ihr Ansehen erregte bei fremden Menschen, die sie sahen, Schauder und Furcht. Sie war von Gesicht über alle Maßen hässlich, ihre Augen waren rot wie Feuer und blitzten unstet und unheimlich, um den Kopf trug sie stets eine schwarzes Tuch, über welchem die starren grauen Haare niederhingen. Im Sommer waren ihr gebräunter Nacken, Brust und Arme unbedeckt, ein schwarzes Mieder mit großen Knöpfen umschloss den vorgebeugten Leib; ein roter Rock stach sehr grell ab von den nackten dunkelbraunen Beinen und dem schneeweißen Sack, den sie an der Achsel hängen hatte. Doch das unheimlichste war noch ein Ring, den sie am Zeigefinger der rechten Hand trug, der war von Gold und mit roten Flammensteinen besetzt; er glänzte, dass er die Augen verblendete. So schlich die böse Alte stets im Walde umher. Sah sie einen Wanderer, oder einen Reisewagen, so drang sie sich den Leuten auf, sagte ihnen wahr, gar wunderliche Dinge, und bettelte dabei. Und fand sie Kinder im Walde, so lockte sie diese in ihre Wohnung und schlachtete sie. Dagegen war ihre Tochter ein gar gutherziges Mädchen, das oft im Stillen über die bösen Taten der Mutter bitterlich weinte und den lieben Gott bat, ihr doch von der argen Mutter zu helfen. Doch diese hatte, so schien es, das ewige Leben, sie wurde nie krank und obgleich ihre Glieder alt und steif und ganz abgezehrt waren, so besaß sie doch eine Kraft wie der stärkste Mann. Dies alles hatte sie nur ihrem Zauberring zu danken; und noch viel mehr, denn die Hand, an welcher sie den Reif trug, war immer unsichtbar, daher sie, wo sie nur einen fremden Menschen draußen im Walde ansprach, allemal zugleich in dessen Tasche griff, die Börsen und was sie drinnen fand, herauszog, ohne dass es derselbige nur im Geringsten merkte. Auch machten die roten Flammenstrahlen der Ringsteine die Tiere stille stehend, wo sie denselben in die Augen blinkten, da mussten die Tiere starr in die Strahlen sehen, bis die Alte den Ring am Finger drehte. So schlich sie denn oft im Walde herum, trug einen großen Topf, ließ die Ringsteine in die Augen der Hirschkühe blinken, dass sie stillstehen mussten und molk sie dann.

Einmal des Abends saß sie daheim bei ihrer Tochter und trank auch solche Hirschkuh-Milch, als es an ihr Fensterlein klopfte; und als sie darauf hinaussah, standen zwei bildschöne und köstlich gekleidete Kinderchen draußen und weinten und das größte, ein Knäblein sprach: »Ach wir haben uns verirrt und nun wird es Nacht, alt' Mütterchen, sei so gut und lass uns diese Nacht in deinem Häuschen schlafen, morgen wollen wir suchen, unsere Heimat wieder zu finden.« Die Alte grinste vor teuflischer Freude, machte schnell die Haustüre auf und ließ die Kinderchen ein. Aber sie ging gleich sehr böse mit ihnen um, sie zog ihnen ihre schönen Kleider aus, sodass sie ganz nackend waren und steckte sie in einen finstern Stall. Dann nahm sie einen alten Tiegel, goss Milch darein, setzte ihn hin vor die Kinder und sprach: »Hier, esst die Milch, dass ihr bald fett werdet, dass ich euch schlachten kann, ihr seid doch nichts nütze auf der Welt, ihr Bälge.«

Ach, wie sehr weinten die armen Kinder! Sie konnten vor Kummer nichts essen; doch überfiel sie bald ein Schlaf, der sie ihrem Herzeleid entrückte. Sie träumten, dass sie daheim wären bei der lieben Mutter und dem Vater und dass sie gar schön spielten. Aber wie sie erwachten und ihrer traurigen Lage wieder gewahr wurden, fingen sie von Neuem an, zu weinen und zu klagen. Endlich hörten sie die Stalltüre aufgehen, es kam jemand, und sie fürchteten sich sehr und meinten, jede Minute geholt und geschlachtet zu werden. Diesmal kam aber die Tochter, denn die Alte war schon hinaus in den Wald. Dem guten Mädchen taten die lieben Kinder herzlich leid, sie wollten ihnen gerne helfen, allein sie selbst musste sich sehr vor der bösen Mutter fürchten. Sie fragte liebreich die Kinder: »Wie heißet ihr denn?« Da antwortete das Knäblein schluchzend: »Ich heiße Irmin, und mein Schwesterchen heißt Elmine, wie heißest Du denn?« Sie sagte: »Ich heiße Käthe. Aber wer ist denn euer Vater? Wo seid ihr denn her?« – Das Knäblein sprach: »Mein Vater trägt einen goldenen Mantel und eine Krone und unsre Heimat ist so schön, Du solltest nur einmal zu uns kommen.« Käthe sprach: »Ich will suchen, euch zu befreien, aber jetzt gleich kann es nicht geschehen; seid nur ruhig und geduldig, ich lasse euch nimmermehr schlachten. Esset eure Milch, ich will euch auch Erdbeeren und Brot bringen, seid nur ruhig, liebe Kinderchen. Und so lange ich noch keinen Plan zu eurer Rettung gefunden, so lange nehmt diese zwei Hölzchen, und wenn meine Mutter kommt und spricht: haltet einmal eure Finger heraus, ich will sehen ob ihr fett seid, so haltet diese Hölzchen hin, dass sie euch noch nicht für fett genug befindet, und nicht schlachtet.«

Die Kinderchen fühlten sich getröstet von Käthes Worten, sie hörten auf zu weinen, aßen und tranken und freuten sich schon herzlich, dass sie nach Hause kommen sollten. Des Abends, wenn die Alte heimkam, ging sie allemal zum Stall und rief den Kindern zu: »Steckt eure Finger heraus«, aber die Kinder hielten ihre Hölzchen hin, die Alte schnitt hinein mit einem scharfen Messer und sprach jedes Mal: »Ihr seid noch dürre!«, und ging wieder fort. Und am Morgen, wenn die Alte fort war, dann kam die gute Käthe zu den Kindern, brachte ihnen Speise und tröstete sie.

Aber einmal, als die Alte abends zu den Kindern kam, hatten diese ihre Hölzchen verloren und mussten ihre zarten Fingerchen hinausreichen, und die Alte schnitt hinein, und schrie voll Freude: »Nun seid ihr fett, morgen schlachte ich euch!« – O welches Herzeleid für die armen Kinder! Am Abend noch musste Käthe Wasser beitragen, dass die Kinder nach dem Schlachten damit gebrüht würden. Und die Käthe weinte heimlich und sann und sann, wie sie noch die armen Kinder befreien könnte. In der Nacht schlich sie ganz leise von ihrem Lager, spuckte darauf und sprach mit leiser Stimme:

Liebes, liebes Bette, sprich,
Wenn die Mutter ruft, für mich.

Dann spuckte sie auf ihre Lade, auf die Treppe und in die Küche und bat allemal so. Dann machte sie den Stall auf, ließ die Kinder heraus und entfloh mit ihnen.

Am Morgen rief die Alte: »Käthe, steh gleich auf und schüre Feuer an«, und es antwortete: »Ich bin schon auf!« Nach einer Weile, als Käthe nicht kam, rief die Alte wieder: »Käthe, kommst du noch nicht?« Da antwortete es: »Ich sitze schon auf meiner Lade und ziehe Strümpfe an!«

Aber es verging wieder eine Weile und Käthe kam nicht und die Alte rief: »Käthe, wo bleibst du denn?« Da tönte es: »Ich bin schon auf der Treppe!«

Die Alte schlief wieder ein und als sie endlich abermals erwachte, und draußen alles ganz ruhig war, schrie sie zornig: »Käthe, faule Strunze[1], wo bleibst Du denn?« Da sprach es: »Ich bin ja in der Küche.« Aber die Alte hörte nicht das geringste Geräusch, da fuhr sie endlich vom Lager auf und wollte Käthe tüchtig ausschelten und durchprügeln, aber siehe da, keine Käthe war zu finden und auch die Kinder waren fort. – Nun war die Alte außer sich vor Wut, und schritt flugs von dannen, um ihre Tochter und die Kinder zu suchen und fürchterliche Rache zu nehmen.

Vermöge ihres Zauberrings hatte sie sogleich die Spur der Flüchtlinge entdeckt und machte so hastige Schritte, dass sie gar bald die dreie in einiger Entfernung gewahrte. Auch die Kinder hatten sich umgesehen und das alte böse Weib mit Schrecken bemerkt und sie wussten nicht wo nur hinaus und hinan vor Angst, dass sie der Alten schnell genug entwichen, denn diese kam mit Riesenschritten herbei. Da saß ein gar großer schwarzer Adler am Weg, zu dem riefen die Kinder voller Angst:

»O lieber Adler, trag' uns geschwind
Hin wo unsre guten Eltern sind.«

Und der Vogel machte seine Flügel breit und trug pfeilschnell die kleinen Flüchtlinge samt Käthen durch die Lüfte, und setzte sie vor einem herrlichen Schloss nieder. Da kam ein Mann, angetan mit einem goldgestickten Mantel und auf dem Haupte trug er eine Krone, und

[1] ungepflegte, schlampige weibliche Person

mit ihm kam eine schöne Frau heraus, die begrüßten und empfingen in der größten Freude ihre lieben Kinder, welche vor einiger Zeit verloren worden waren. Und die gute Käthe musste immerdar bei den Kindern bleiben und wurde sehr gut gehalten. Aber der Adler war wieder hinweg geflogen und als er den Fingerreif mit den roten Flammensteinen am Finger der nacheilenden Alten erschaut hatte, war er gierig auf sie niedergestoßen, hatte sie mit seinen Krallen emporgerissen und dann so lange an ihren Finger gepickt, bis er den Ring in seinem Schnabel hatte, dann ließ er die Zeter schreiende Alte los. Diese stürzte vor dem schönen Schloss nieder – aber in einen Teich und in demselben Augenblick schnalzte ein mächtiger Fisch empor und verschlang sie.

Der Teufel und der Schulze zu Dannefeld

Adalbert Kuhn

mündlich

Die Bewohner des Drömling[1] sind bekannt als ein tüchtiger und kräftiger Schlag Menschen, bei denen noch die alte Treue und Biederkeit[2] etwas gilt, weshalb auch der Name Drömlinger zu einer allgemeinen Bezeichnung für einen derben, in feiner Sitte nicht eben gewandten Menschen geworden ist. In den mannigfachen Kriegen, welche die Altmark verwüstet, haben sie sich nun ganz besonders wacker gehalten und haben namentlich einmal die Bewohner von Dannefeld den Schweden, als sie im Jahre 1674 in die Mark gefallen, einen großen Schaden zugefügt, ihnen auch einige Fahnen abgenommen, welche noch daselbst in der Kirche hangen. Daher sind denn auch die Dannefelder als gar gewaltige Leute bekannt und fürchten den Teufel selber nicht.

Dieser kam nämlich einmal dem Schulzen[3] zu Dannefeld ins Haus, um dort sein Wesen zu treiben; der Schulze war aber nicht faul, prügelte ihn tüchtig durch und warf ihn zur Türe hinaus. Da hat der Teufel geflucht und einen argen Lärm erhoben, ihm auch gedroht, er

[1] Gebiet zwischen Niedersachsen und Sachsen-Anhalt

[2] in diesem Falle: treue, direkte, rechtschaffende Menschen

[3] Vorsteher des Dorfes

solle nur zur Stube herauskommen, da wolle er ihm schon etwas weisen, aber der Schulze hat seiner nicht weiter geachtet und da ist er denn wütend von dannen gegangen und wird sich wohl in Dannefeld nicht wieder haben sehen lassen.

Vom Räuber, der einen Hexenkopf hatte

Laura Gonzenbach

Es war einmal ein König, der hatte drei schöne Töchter, die jüngste aber war die Schönste und Klügste. Eines Tages rief er sie und sprach zu ihr: »Komm, mein Kind, und lause mich ein wenig.« Das tat die jüngste Tochter und fand eine Laus. Da setzte der König die Laus in einen großen Topf mit Fett und ließ sie viele Jahre darinnen. Als er aber eines Tages den Topf zerschlagen ließ, war die Laus zu einem solchen Ungetüm angewachsen, dass alle Leute davor erschraken, und der König sie umbringen ließ. Dann ließ er ihr die Haut abziehen, nagelte sie über die Tür fest und sprach: »Derjenige, der erraten kann, von welchem Tier dieses Fell ist, der soll meine älteste Tochter zur Frau bekommen. Wer es aber nicht errät, der muss seinen Kopf dabei verlieren.« Da kamen von nah und fern Prinzen und vornehme Herren und wollten die schöne Königstochter freien, aber keiner konnte das Rätsel erraten und so mussten sie jämmerlich sterben.

Nun war auch ein Räuber, der lebte in einer wilden Gegend ganz allein. Der hatte einen Hexenkopf in einem kleinen Körbchen, bei dem holte er sich immer guten Rat, wenn er irgendetwas unternehmen wollte. Dieser Räuber hörte nun davon, wie so viele Freier das Leben ließen und keiner das schwere Rätsel herausbringen konnte. Da trat er vor seinen Hexenkopf und frug: »Sage mir, Kopf, von welchem Tier ist das Fell, das der König über seiner Tür angenagelt hat?« – »Von einer Laus«, antwortete der Kopf.

Nun war der Räuber guter Dinge und machte sich auf den Weg nach der Stadt. Unterwegs frugen ihn die Leute, wo er hinginge. »Ich gehe nach der Stadt und will die älteste Königstochter freien«, antwortete er. »So geht ihr eurem gewissen Tode entgegen«, meinten die Leute. Als er nun in die Stadt kam, ließ er sich bei dem König melden, er hätte auch Lust, das Rätsel zu erraten. Da ließ ihn der König hereinkommen, zeigte ihm die Haut und frug: »Kannst du mir sagen, von welchem Tier dieses Fell ist?« – »Von einem Hasen?«, sagte der Räuber. – »Falsch!« – »Vielleicht von einem Hund?« – »Falsch!« – »Ist es vielleicht das Fell einer Laus?« Da hatte er es erraten und der König gab ihm seine älteste Tochter zur Frau. Als nun die Hochzeitsfeierlichkeiten vorbei waren, sprach er zum König: »Ich will nun mit meiner Frau nach Haus zurückkehren.« Da umarmte die Königstochter ihren Vater und ihre Schwestern und ging mit ihrem Manne fort.

Nachdem sie lange, lange Zeit gewandert waren, kamen sie in eine wilde, einsame Gegend. »Ach«, sprach die Königstochter, »wohin führest du mich denn? Wie hässlich es hier ist!« – »Komm du nur mit!«, antwortete der Räuber. Da kamen sie endlich an sein Haus, das war so finster und hässlich, dass die Königstochter wieder sagte: »Wohnst du denn hier? Ach, wie unfreundlich es hier ist!« – »Komm nur herein«, antwortete der Räuber. Nun musste die arme Königstochter in der Wildnis wohnen und hart arbeiten. Am zweiten Morgen sprach der Räuber: »Ich muss nun meinen Geschäften nachgehen, besorge unterdessen das Haus.« Zu seinem Hexenkopf aber sprach er ganz leise: »Gib acht, was sie über mich sagt.« Als nun der Räuber weg war, konnte es die Königstochter nicht mehr aushalten und fing an über ihren Mann zu schimpfen, denn sie hatte ihn nicht gern geheiratet und konnte ihn nun vollends nicht leiden. »Dieser Bösewicht!«, sagte sie, »ich wollte doch, er bräche sich den Hals! Möge das Unglück ihn verfolgen!«, und dergleichen mehr. Der Hexenkopf aber hörte alles mit an und erzählte es dem Räuber, als er nach Hause kam. Da ergriff der Räuber die Königstochter, schnitt ihr den Kopf ab und warf sie in ein Kämmerlein, darin waren noch viele andere Leichen von Mädchen, die er auf dieselbe Weise umgebracht hatte. Den nächsten Tag aber wanderte er wieder an den Hof des Königs. Als er nun zum König kam, frug ihn dieser: »Wie geht es meiner Tochter?« – »Meine Frau ist wohl und munter«, antwortete der Räuber, »sie langweilt sich aber und möchte ihre zweite Schwester zur Gesellschaft haben.« Da gab ihm der König die zweite Tochter mit und er führte sie in jene wilde Gegend. »Ach, Schwager«, sprach sie, »wie unheimlich ist diese Gegend! Wohin führet ihr mich denn?« – »Komm du nur mit«, antwortete der Räuber. Als sie nun an das Haus des Räubers kamen, frug die Königstochter wieder: »Ach, Schwager, ist das eure Wohnung? Dieses hässliche Haus?« – »Komm nur herein«, sprach der Räuber. »Wo ist denn meine Schwester?«, frug sie. »Um deine Schwester brauchst du dich nicht zu bekümmern, tu nur deine Arbeit.« Also musste die Königstochter harte Arbeit tun und ihr Herz ward immer mehr von Zorn und Hass gegen ihren Schwager erfüllt. Eines Tages nun sprach er zu ihr: »Ich muss meinen Geschäften nachgehen und komme erst heute Abend zurück.« Dann ging er auch zum Hexenkopf und sprach: »Gib acht, was sie über mich sagt.« Damit ging er. Die Königstochter aber machte ihrem Hasse Luft, schimpfte über ihn und nannte ihn einen Bösewicht und wünschte ihm alles Unglück. Als nun der Räuber nach Hause kam, sagte es ihm der Hexenkopf und der armen Königstochter erging es nicht besser als ihrer Schwester.

Nun wanderte der Räuber wieder zum König, der frug ihn, wie es seinen zwei Töchtern gehe. »O, sehr gut«, antwortete der Räuber, »sie hätten aber gern ihre jüngste Schwester, um beieinander zu sein.« Da gab ihm der König auch die Jüngste mit. Die war aber sehr klug, und als sie in die Wildnis kamen, sprach sie: »Nein, Schwager, wie schön ist diese Gegend! Wohnt ihr hier?« Und als sie an das Haus kamen, sprach sie wieder: »Ei, was ist das Haus so schön!« Als sie aber hineingingen, hütete sie sich wohl, nach ihren Schwestern zu fragen, sondern ging fröhlich an ihre Arbeit. Nun ging der Räuber wieder seinen Geschäften nach und der Hexenkopf musste auf alles achten, was die Königstochter sagen würde. Als sie nun ihre Arbeit fertig hatte, kniete sie nieder und betete laut für den Räuber, dem sie alles Gute wünschte, in ihrem Herzen aber wünschte sie, es möchte ihm ein Unglück begegnen. Am Abend kam der Räuber und frug gleich den Hexenkopf: »Nun, was hat sie von mir gesagt?« Da antwortete der Kopf: »Ach, so eine haben wir noch nicht hier gehabt! Sie hat den ganzen Tag gebetet und fromme Wünsche für dich getan!« Da war der Räuber sehr erfreut und sprach zur Königstochter: »Weil du vernünftiger gewesen bist als deine Schwestern, so sollst du es gut bei mir haben, und ich will dir auch zeigen, wo deine Schwestern sind.« Da führte er sie in das Kämmerlein und zeigte ihr die toten Schwestern. »Ihr habt wohl daran getan, sie zu töten, Schwager, wenn sie euch nicht geehrt haben«, sprach die kluge Königstochter. Nun hatte sie es gut bei dem Räuber und war Herrin im Haus.

Eines Tages aber, da der Räuber wieder einmal auf mehrere Tage fortgegangen war, kam sie von ungefähr in sein Zimmer, und als sie die Augen aufhob, erblickte sie den Hexenkopf. Der war in seinem Körbchen oberhalb des Fensters angenagelt. Weil sie aber so klug war, so rief sie dem Kopf zu: »Was machst du da oben? Komm doch herunter zu mir, hier kannst du es viel besser haben.« – »Nein«, antwortete der Kopf, »ich befinde mich hier oben ganz gut und habe keine Lust, hinunter zu gehen.« Die Königstochter aber schmeichelte dem Hexenkopf, also dass er sich betören ließ und endlich herunterstieg. »Was hast du für struppiges Haar«, sprach die Königstochter, »komm mit mir, ich will dich fein machen.« Da folgte ihr der Hexenkopf in die Küche, und die Königstochter nahm einen Kamm und begann den Kopf zu kämmen. Sie hatte aber gerade den Ofen geheizt, um das Brot zu backen. Während sie nun das Haar kämmte, wand sie sich leise den langen Zopf um den Arm und mit einem Male schleuderte sie den Kopf in den Ofen, machte die Ofentür zu und ließ ihn ruhig verbrennen.

An den Kopf aber knüpfte sich das Leben des Räubers, und während er nun verbrannte, fühlte der Räuber auch seine Gesundheit und sein Leben schwinden und starb. Die Königstochter aber war an dem Fenster hinaufgestiegen, wo noch das Körbchen hing, in welchem der Kopf gehaust hatte. Dort fand sie ein kleines Töpfchen mit Salbe, und als sie damit ihre Schwestern bestrich, wurden sie wieder lebendig. Da bestrich sie auch alle die anderen Mädchen, und jede nahm sich von den Schätzen des Räubers, so viel sie tragen konnte; dann kehrten sie alle zu ihren Eltern zurück. Die drei Schwestern aber kamen zu ihrem Vater und lebten mit ihm glücklich und zufrieden, bis sie drei schöne Prinzen heirateten.

Spukerei auf der Landstraße von Karlsruhe nach Durlach

Bernhard Baader

Auf dieser Straße, welche eine Stunde lang und schnurgerade ist, treibt nachts eine Menge Geister ihr Wesen.

Eine weiße Frau mit feurigen Augen geht da um, wie auch ein schwarzer Mann, der den Kopf unterm Arme trägt.

Ein anderes Gespenst leuchtet den Leuten mit einem Licht vor, führt sie aber dabei vom Weg ab in die benachbarten Sümpfe oder nach Rintheim, wo es, mit dem Licht verschwindend, sie im Dunkeln lässt.

An der ersten Brücke bei Durlach hat schon eine unsichtbare Last und bei dem roten Häuschen ein Männlein sich Vorübergehenden auf den Rücken gehängt und eine gute Strecke sich forttragen lassen.

Zwischen den zwei Brücken bei Gottesau wurde der vorige Schleifmüller von Durlach, der neben seinem Wagen herging, von unsichtbaren Händen gepackt, bis an die Knie in den Landgraben getaucht und dann wieder ans Ufer gesetzt. Seine Pferde waren gleich anfangs in solchem Schrecken davongerannt, dass sie den Wagen ganz in Stücke rissen.

Ein anderer Durlacher sah einen Baum quer über die ganze Straße liegen. Kaum war er darüber geschritten, so richtete derselbe, als himmellanger schwarzer Mann, sich in die Höhe.

Auf der Straße und den angrenzenden Feldern fährt der Teufel in Gestalt eines Postknechts und lädt die Leute zum Einsteigen ein. Als einst ein Mann sich eingesetzt hatte, erhob sich die Kutsche augenblicklich in die Lüfte, fuhr eine Strecke durch dieselben und war dann plötzlich weg, dass der Mann zwischen Rintheim und Hagsfelden herabfiel.

Gleicherweise ward ein anderer, welcher auch eingestiegen, hinter Speier und ein dritter gar zu Frankfurt am Main auf dem Markt abgesetzt.

Eine Kutsche mit Karlsruhern, die zwischen elf und zwölf Uhr auf dem Heimwege war, wurde bei Gottesau plötzlich von einem prasselnden Feuer umgeben und am Weiterfahren gehindert. Sobald aber der Kutscher nach Durlach umkehrte, verschwanden die Flammen.

In derselben Gegend sah ein erwachsenes Mädchen, das mit seinem Vater spät in einer Mondnacht heimging, einen langen Sack quer über die Straße liegen. Als sie an ihn kamen, sprang er als ein großer schwarzer Hund auf und verfolgte sie, immer zwischen oder an ihren Füßen umherlaufend, bis zur letzten Brücke bei Durlach. Beide fühlten ihn, wenn er sie berührte, aber nur das Mädchen, welches in der Christnacht geboren war, sah ihn, wie es zuvor auch allein den Sack wahrgenommen hatte.

Noch andere schwarze Hunde, worunter ein gewaltiger mit feurigen Augen, spuken umher und verschwinden oft im Angesicht der Leute.

Bei der Halbwegsbrücke bot sich einmal ein weißes Pferd, das auch auf der Straße umgeht, einem Vorübergehenden gesattelt zum Aufsitzen an; es jagte aber, als er es besteigen wollte, windschnell davon, dass er der Länge nach zu Boden fiel.

Gegen Mitternacht war ein Schreiber von Gottesau mit geladenem Gewehr und zwei Bekannten auf den Weg gegangen, um diese zu überzeugen, dass es da keine Geister gebe. Als er einen Hasen jenseits am Landgraben sitzen sah, schlug er auf ihn an; allein die Flinte ging nicht los, und der Hase sprang mit *einem* Satze herüber, ihm auf die rechte Schulter und über den Kopf und war dann wie weggeblasen. Mit anderer Meinung über das Dasein von Gespenstern, machte sich der Schreiber nun eilig nach Hause.

Auch in Gestalt von Kühen, Kälbern, Schafen, Schweinen und Ratten sind schon vielmals Geister wahrgenommen worden. Einem Mann, welcher nach einer solchen Ratte schlug, sprang der Stock, sobald er sie berührte, in Stücke.

Das spukende Kalb bei Quitzdorf

Karl Haupt

Im Schöpsflusse bei *Quitzdorf*, da wo das Raubhaus gestanden hat, spukt ein feuriges Kalb. Ein Fischer namens Uhse fischte einst mit seinen Leuten noch spät abends an der verrufensten Stelle an der alten Eiche, wo große Schätze versenkt sein sollen. Als die Leute das Netz herausziehen wollte, war es sehr schwer und sie freuten sich schon, des guten Fanges, den sie getan zu haben vermeinten. Aber das Netz ward immer schwerer und schwerer und als sie es endlich mit ungeheurer Kraftanstrengung aus dem Wasser bekamen, da glotzte ein großes schwarzes Kalb mit glühenden Augen die Fischer an und blökte so entsetzlich, dass die Leute laut schreiend davonliefen. Andern Tages fand man nur das zerrissene Netz mit vielem Schlamme.

Vom blutroten Messer und steinharten Brot

Carl und Theodor Colshorn

mündlich aus der List

Es war einmal eine arme Witwe, die hatte sechs unmündige Kinder und als einst im Frühling ein böses Fieber kam und erst die Kinder und danach auch die Mutter niederwarf, da war es, als sollten sie verhungern. In dieser schrecklichen Not raffte die Mutter sich auf, schleppte sich nach einer reichen Frau, die gerade gegenüber wohnte und bat um ein wenig Brot. Diese aber wies sie schnöde ab und entgegnete: »Ich gäbe dir wohl was; doch mein Messer ist so rot wie Blut und mein Brot so hart wie Stein.« Die unglückliche Mutter entsetzte sich, wankte traurig aus der Tür und fiel wie tot auf der Schwelle nieder. Bald aber erholte sie sich; denn ein altes Mütterchen kam an einer Krücke herbeigehinkt, flößte ihr einige Tropfen Wein ein, tunkte etwas Brot in Wein, reichte es der Witwe und brachte sie also ins Leben zurück. Hierauf fragte das alte Mütterchen: »Was fehlt dir? Was weinest du?« Jene erzählte ihr die Geschichte, und nun hob das Mütterchen den krummen Zeigefinger gegen die reiche Frau auf und murmelte: »Dein Messer so rot wie Blut! Dein Brot so hart wie Stein!« Als nun aber die Witwe ihrer armen Würmlein gedachte, da weinte sie von Neuem; das alte Mütterchen jedoch tröstete sie und sagte: »Was tot ist, das ist wohl versorgt; was noch lebt, das soll nicht sterben.« Und sie gingen zusammen in die Höhle des Jammers, und fünf Kinder wurden wieder lebendig, als das Mütterchen ihnen Wein einflößte, und das sechste lag da und lächelte, denn dies sechste – ja, das war beim lieben Gott. – Um die Frühstückszeit ging die reiche Frau in die Speisekammer, um sich Brot zu schneiden; aber das Messer war so rot wie Blut, und das Brot so hart wie Stein. Sie nahm ein anderes Messer und ein anderes Brot; aber das Messer war so rot wie Blut und das Brot so hart wie Stein. In höchster Angst rief sie einen Diener herbei, und in dessen Hand war das Messer so blank wie Eis und das Brot so weich wie Brot; doch als die Frau das Butterbrot essen wollte, da war es in ihrem Munde so hart wie Stein. Und alle Speise, die sie von der Zeit an über die Lippen brachte, es mochte Brot oder Fleisch oder Gemüse sein, war in ihrem Munde so hart wie Stein; und als sie elendiglich verhungert war, da lächelte sie nicht auf dem Totenbette, denn sie war nicht bei Gott, sondern musste alle Nacht umgehen; und sie hatte nicht eher Ruhe im Grabe, als bis der eine von ihren Erben der armen Witwe so viel von der Erbschaft gab, dass sie mit ihren Kindern zu leben hatte bis an ihren Tod.

Schatz und Spuk im Schlosse Homburg

Bernhard Baader

Nicht weit vom Zusammenfluss der Wutach und Schlücht stand vor Zeiten das *Schloss Homburg*, von dem jetzt nur noch wenig Gemäuer übrig ist. In dem Schlosse hauste ein Ritter, welcher aus Kirchen und Klöstern einen großen Schatz zusammenraubte und ihn in den unterirdischen Gang verbarg, der von der Burg auf das Schloss Küssaberg führte. Dort liegt derselbe noch heute in den Höhlen der *Teufelsküche* und alle hundert Jahre erscheint in der Fastenzeit die Tochter des Ritters, um jemand zu finden, der den Schatz hebe und dadurch sie und ihren Vater erlöse. Sie ist ein wunderschönes Seefräulein mit goldgelben Haaren, nach den einen ganz wie ein Mensch, nach den andern unten wie ein Fisch gestaltet. Häufig badet sie in der Wutach, oder sonnt, wäscht und kämmt sich an deren Ufer. Zu einem Fischer, welcher nachts in dem Flusse zu fischen pflegte, kam sie öfters und sprach zu ihm: »Gehe mit mir zu dem Schatze, berühre die Kiste, worin das Geld liegt, dann muss der Böse weichen, und du erhältst all den Reichtum und erlösest mich und meinen Vater miteinander.« Nach mehrmaligem Weigern folgte er ihr endlich; aber kaum war er unten, so trieb ihn die Angst wieder zurück. Mit Bewilligung des Fräuleins nahm er das nächste Mal einen Kapuziner von Waldshut[1] mit hinab. In der ersten Höhle, in die sie kamen, befand sich nichts von besonderem Werte, in der zweiten: kostbares Kirchengerät nebst einem goldenen Kegelspiel und in der dritten der Haupt-

[1] Baader bezieht sich auf das Kapuzinerkloster in Waldshut, 1654–1821.

schatz: eine große Eisenkiste voll Geld. Auf derselben lag aber ein schwarzer Pudel mit glühenden Augen und spie Feuer. Bei diesem Anblick fiel der Fischer in Ohnmacht, worauf der Kapuziner ihn hinaus ins Freie brachte und das Fräulein klagte, dass sie mit ihrem Vater nun wieder hundert Jahre lang unerlöst bleiben müsse.

In dem Schlossgemäuer sind schon nachts geharnischte Männer zu Pferd und schön gekleidete Ritterfrauen gesehen worden.

Gagliuso

Giambattista Basile

Es war einmal in meiner geliebten Vaterstadt Neapel ein gar sehr, sehr armer Mann, welcher so luftig, leer und leicht, so dürftig und bloß, und so ohne den geringsten Lappen und Lumpen auf dem Leibe war, dass er nackt ging wie eine Laus. Als er nun so weit war, dass er den Sack des Lebens ausschütteln sollte,[1] rief er Oratiello und Pippo, seine Söhne, herbei und sprach zu ihnen: »Bereits bin ich auf Grund der Schuldverschreibung, welche die Natur von mir in Händen hat, vorgefordert worden, und ihr könnt mir, so wahr wir Christen sind, glauben, dass ich diese Kummerhöhle, diesen Leidenskerker[2] mit vieler Freude verlassen würde, wenn ich euch nicht in gar so übler Lage, so von allem entblößt wie die Kartäuser, so arm wie die Kirchenmäuse und ohne den allergeringsten Pfennig, blank wie die Barbierbecken, leicht wie die Federn und trocken wie die Pflaumenkerne zurückließe, sodass ihr nicht so viel habet, als der Hund auf dem Schwanz forttragen kann, und wenn ihr hundert Meilen laufet, euch auch kein Heller aus der Tasche fällt; denn mein Schicksal hat mich dermaßen auf den Mist gebracht, dass es mir am nötigsten fehlt und ich nicht mehr besitze als zur Stunde, da ich aus dem Mutterleibe kam, dass ich, wie ihr wisset, immerfort vor Hunger gähne und stets ohne Licht schlafen gegangen bin.[3]

[1] Er wird sterben.

[2] irdischen Körper

[3] [Originalanmerkung] *Ohne Licht schlafen gegangen bin.* Diese Redensart wird von Basile oft zur Bezeichnung größter Armut und Unbehaglichkeit gebraucht.

Trotz alledem will ich euch bei meinem Tode ein Zeichen meiner Liebe zurücklassen, und daher nimm du dir, Oratiello, der du mein erstgeborener Sohn bist, das Sieb, das dort an der Mauer hängt, und du, der du das Nestvögelchen bist, nimm dir die Katze – und gedenket beide eures Vaters!« Indem er so sprach, fing er an zu weinen und sagte bald darauf: »Lebet wohl, ich gehe schlafen!«

Sobald nun Oratiello die Beerdigungskosten für den Vater zusammengebettelt und ihn hatte begraben lassen, nahm er das Sieb und suchte hier und da Arbeit, um sich seinen Unterhalt zu erwerben, sodass er desto mehr verdiente, je mehr er durchs Sieb durchbrachte; Pippo aber nahm die Katze und sprach: »Da sieh einer einmal, was für eine herrliche Erbschaft mein Vater mir hinterlassen hat; ich, der ich selbst nichts zu leben habe, muss nun gar für zwei sorgen! Hat man je ein so unseliges Vermächtnis gesehen? Wenn doch lieber die ganze Erbschaft beim Kuckuck geblieben wäre!« Als nun die Katze dieses Gejammer vernahm, sprach sie zu ihm: »Du beklagst dich über die erlittene Unbill und hast doch mehr Glück als Verstand; denn du weißt nicht, dass ich dich reich machen kann, wann ich nur immer will.«

Sobald Pippo diese Worte hörte, dankte er Seiner Katzlichkeit und empfahl sich ihrem Wohlwollen auf das Dringendste, wobei er ihr drei- oder viermal über den Rücken strich, sodass die Katze voll Mitleid über den armen Gagliuso alle Morgen um die Stunde, wann die Sonne mit dem Köder des Lichts an dem goldenen Angelhaken die Schatten der Nacht zu fischen pflegt, sich an das Ufer begab, und wenn sie eine große Muräne oder einen hübschen Goldfisch bemerkte, ihn fing und zu dem Könige brachte, indem sie zu ihm sagte: »Herr Gagliuso, Euer Majestät ganz untertänigster Diener, schickt euch diesen Fisch in aller Ehrfurcht, obwohl er meint, dass es für einen so großen Herrn nur ein kleines Geschenk ist!« Der König antwortete hierauf der Katze mit einem freundlichen Gesicht, wie man es dem zu machen pflegt, der etwas bringt: »Sage dem unbekannten Herrn, dass ich mich schönstens bedanke.«

Ein anderes Mal wieder lief die Katze nach den Mooren und Gebüschen, und wenn die Jäger einen Auerhahn, eine Schnepfe oder ein Rebhuhn niederschossen, husch, war sie damit fort und überbrachte sie dem König mit denselben Worten; kurz, sie setzte dies so lange fort, bis der König einmal zu ihr sagte: »Ich fühle mich dem Herrn Gagliuso so verpflichtet, dass ich ihn kennenzulernen und mich ihm für die mir erwiesene Zuvorkommenheit dankbar zu erweisen wünsche«, worauf die Katze erwiderte: »Der Wunsch des Herrn Gagliuso geht nur darauf, sein Gut und Blut für Euer Majestät daran zu setzen, und morgen früh, sobald die Sonne die Stoppelfelder des Himmels in Brand gesteckt hat, wird er herkommen, Euch seine Ehrfurcht zu bezeigen.« Als aber der Morgen erschienen war, begab sich die Katze zum König und sprach: »Herr Gagliuso lässt sich bei Euer Majestät entschuldigen, dass er nicht erscheinen kann; denn es sind ihm heute Nacht einige Kammerdiener davongelaufen, die ihm auch nicht ein einziges Hemde übrig gelassen haben.« Kaum hatte der König dies vernommen, so befahl er seinem Garderobenmeister, Herrn Gagliuso eine Anzahl Kleidungsstücke und Wäsche zu überbringen, sodass keine zwei Stunden vergangen waren, als dieser auch schon in Begleitung der Katze nach dem Palast kam und sich von dem König mit Höflichkeiten überhäuft sah, indem letzterer ihn sogar in seiner Gegenwart niedersitzen hieß und ein prächtiges Gastmahl veranstaltete.

Während nun Gagliuso hierbei tüchtig zugriff, wandte er sich einmal übers andere zu der Katze und sprach zu ihr: »Liebes Miezchen, sieh mir nur ja zu, dass die paar Lumpen mir nicht wieder aus den Händen schlüpfen!«, worauf die Katze versetzte: »Sei nur ruhig und stopfe dir den Mund und mache nicht so viel Gerede von dergleichen Bettel!«, und als der König wissen wollte, ob Gagliuso vielleicht etwas verlangte, antwortete die Katze, dass er eine kleine Limone wünsche, daher der König alsbald in dem Garten ein Körbchen voll abpflücken ließ. Gagliuso fing indes bald wieder das Lied von den alten Kleidern und Hemden an, die Katze sagte ihm von Neuem, er solle sich den Mund zuspunden[4], und auch der König fragte ebenso, ob er etwas wünsche, sodass die Katze wie vorher mit einem schnellen Vorwande dem niedrigen Sinn Gagliusos zu Hilfe kommen musste. Nachdem man endlich zu speisen aufgehört und eine Zeitlang von dem und jenem geplaudert hatte, beurlaubte sich Gagliuso, während jedoch die Katze noch bei dem König zurückblieb und ihm Tugend, Geist und Scharfsinn ihres Herrn, besonders aber seinen großen Reichtum und Grundbesitz pries, welcher sich, wie sie sagte, in der Umgegend von Rom und in der Lombardei weit und breit ausdehnte, sodass sie ihn wohl für würdig hielte, sich mit einem gekrönten Haupte zu verschwägern. Als nun hierauf der König fragte, wie reich er wohl sein könnte, erwiderte die Katze, dass man die beweglichen und unbeweglichen Güter und Geräte dieses Krösus[5], der selbst nicht wüsste, wie viel er habe, gar nicht zählen könnte; wenn aber der König sich von der Wahrheit dessen, was sie sagte, zu überzeugen wünsche, so möchte er Leute mit ihr über die Grenze schicken, welche sich durch den Augenschein überzeugen sollten, dass kein Reichtum auf der Welt dem seinen

[4] verschließen

[5] König von Lydien, für seine Freigiebigkeit bekannt

gleichkäme. Der König ließ daher einige seiner vertrautesten Diener kommen und befahl ihnen, sich auf das Sorgfältigste von der in Rede stehenden Sache zu unterrichten, worauf diese denn auch der Katze von Ort zu Ort nachfolgten, da sie nämlich unter dem Vorwand, die notwendigen Erfrischungen für sie an den jedesmaligen Ruheplätzen bereithalten zu lassen, immer voraneilte; so oft sie aber eine Herde Schafe, Kühe, Pferde oder Schweine unterwegs antraf, rief sie den Hütern und Hirten derselben zu: »Heda, aufgepasst, denn eine Räuberbande plündert alles, was sich auf diesen Feldern hier befindet; wenn ihr jedoch den Händen derselben entkommen und euer Eigentum unangetastet sehen wollet, so saget nur, dass es dem Herrn Gagliuso gehört, dann wird euch kein Haar gekrümmt werden.« Dasselbe sagte die Katze auch in den Gehöften, bei denen sie vorüberkam, sodass die Leute des Königs, wo sie auch immer anlangten, überall dieselbe Leier hörten, denn von allen Dingen, denen sie auf ihrem Wege begegneten, wurde ihnen gesagt, dass sie dem Herrn Gagliuso gehörten; daher sie endlich vom Fragen ermüdet zum König zurückkehrten und demselben Wunderdinge über den Reichtum des Herrn Gagliuso berichteten. Infolgedessen versprach der König der Katze einen hübschen Kuppelpelz[6], wenn sie eine Heirat zwischen seiner Tochter und Gagliuso zustande brächte; welchen Auftrag diese, wie ein Weberschiffchen hin- und herlaufend, denn auch wirklich ausführte, indem Gagliuso wieder erschien und hierauf sowohl die Tochter des Königs als auch eine sehr große Mitgift in Empfang nahm.

Nach einem mit zahlreichen Festen verbrachten Monate äußerte endlich Gagliuso, er wolle doch nun auch seine junge Frau nach ihrem neuen Wohnsitz bringen

[6] Pelz, den eine Person bekommt, die eine Ehe vermittelt

und begab sich demgemäß, vom Könige bis an die Grenze begleitet, nach der Lombardei, woselbst er auf den Rat der Katze eine Anzahl Güter und Ländereien ankaufte und sich zum Baron machen ließ. Da sich nun Gagliuso auf diese Weise steinreich und geehrt sah, dankte er der Katze auf das Allerherzlichste, indem er zu ihr sagte, er wisse wohl, dass er ihrer Liebe sein Leben und seinen Reichtum schulde und dass die Klugheit einer Katze ihm mehr Gutes erwiesen als der Verstand seines Vaters; sie könne daher ganz nach ihrem Wunsch und Belieben über seine Habe und sein Leben schalten und walten, und er verspräche ihr auf das Heiligste, dass, wenn sie einst nach langen Jahren sterben sollte, er ihren Körper einbalsamieren lassen und in einem goldenen Sarge in seinem eigenen Zimmer aufbewahren würde, um die Erinnerung an sie immer vor Augen zu haben. Die Katze hörte ruhig diese Großsprecherei mit an und ließ erst einige Zeit vorübergehen, dann aber streckte sie sich eines Tages der Länge nach in dem Garten auf die Erde und stellte sich tot, sodass die Frau Gagliusos, sobald sie dies bemerkte, ausrief: »Ach, liebster Mann, welch ein Unglück! Die Katze ist tot!« – »Wolle Gott, das wäre das größte Unglück, das uns je widerführe«, versetzte Gagliuso, »besser *sie* stirbt als wir!« – »Was fangen wir aber mit ihr an?«, fragte die Frau. – »Pack sie beim Beine und wirf sie zum Fenster hinaus«, erwiderte Gagliuso. Kaum hörte jedoch die Katze von dieser herrlichen Belohnung, die sie sich am allerwenigsten vorgestellt hätte, so sprang sie alsbald auf und rief aus: »Ist dies der Dank dafür, dass ich dich den Läusen entrissen habe? Ist dies die Vergeltung dafür, dass du durch meine Hülfe die Lumpen fortgeworfen hast und jetzt einen ganzen Rock trägst? Ist das der Lohn dafür, dass ich dich mit prächtigen Kleidern überhäuft und alle deine Wünsche befriedigt habe, der du vorher ein verhungerter Bettler, welchem das Hemde zu den Hosen heraushing, ja, ein zerrissener, zerlappter, zerlumpter, zerfetzter Haufen von Hadern warst? Aber so geht es gewöhnlich denen, die ihre Perlen den Säuen vorwerfen! Verwünscht sei alles, was ich an dir getan; denn du verdienst nicht einmal, dass man dir ins Gesicht spuckt! Ist das der goldene Sarg, in den du mich legen, dies das herrliche Begräbnis, das du mir veranstalten wolltest? Da diene, arbeite, mühe und schwitze sich einer immer ab, um zuletzt diesen schönen Lohn zu erhalten! Wie beklagenswert ist doch der, welcher seinen Topf an der Hoffnung, die er auf andere setzt, erwärmen will, und wie wahr hat doch der Philosoph gesprochen, welcher sagte, dass, wer wie ein Esel verfährt, auch wie ein solcher behandelt wird, und dass mit einem Wort, je mehr man tut, man desto weniger Lohn erwarten möge!«

Indem die Katze dies ausrief und dabei ein ganz trauriges Gesicht machte, eilte sie hinaus und so sehr auch Gagliuso sich bemühte, sie mit der Zunge der Demut zu lecken, gelang es ihm dennoch nicht, sie zur Rückkehr zu bewegen, vielmehr lief sie immer geradeaus, ohne auch nur einmal den Kopf umzudrehen, wobei sie zu wiederholten Malen ausrief:

»Gott hüt' uns vor den Hohen, die gefallen,
so wie vor den gestieg'nen Bettlern allen.«

DER. GESTIEFELTE. KATER
SCHWIND

Der wandelnde Geist zu Rauheneck

Johann Gustav Büsching

In der Nähe der österreichischen Stadt Baden liegen die Ruinen der Veste[1] Rauheneck. Ein Geist, dem das Schicksal herumzuwandeln gebot, warum meldet die Sage nicht, schleicht hier aus und ein und ächzt und klagt ob seiner Erlösung. Diese aber hängt von dem Bäumchen ab, das jetzt nur noch als Staude aus der Mauer des hohen Turmes emporwächst. Wenn dieses nämlich zu einem solchen Stamme gediehen ist, dass eine Wiege wird daraus gemacht werden können, so wird ein Kind darin geschaukelt werden, das, als Priester, den Geist erlösen kann.

Täglich schleicht nun der arme Geist um den Turm herum, schaut hinauf nach dem Bäumchen, ob es auch noch da sei und zittert, wenn ein Sturmwind saust, der es entwurzeln, oder wenn Blitze die Luft zerschneiden, die es zerschmettern könnten. Denn verdorrt das Bäumchen, so muss das geplagte Wesen warten, bis wieder ein Bäumchen dort oben aufsprießt und jene Stärke erreicht.

[1] Festung

Die zwölf ungerechten Richter

Carl und Theodor Colshorn

mündlich in Schliekum

Vor nicht gar langer Zeit ging einmal der Küster um Mitternacht bei Mondenschein über den Kirchhof und hörte in der Kirche einen Lärm, wie wenn gekegelt würde. Er lief zum Pastor und meldete es ihm; der aber lachte ihn aus und schickte ihn fort. In der folgenden Nacht ging der Küster wieder über den Kirchhof und hörte denselben Lärm; und diesmal lachte der Pastor nicht, sondern sagte: »Ich darf nicht aufstehen, denn ich bin noch heiser von gestern; hört aber morgen Nacht noch einmal zu, und wenn dann wieder im Gotteshause gekegelt wird, so wollen, wir nachsehen.« Am dritten Abend war es richtig gerade wie an den beiden vorhergehenden und als der Küster den Pastor geweckt hatte, ging dieser mit und fand alles so, wie es der Küster ihm beschrieben. Sie gingen jedoch nicht hinein, sondern verschoben es auf die folgende Nacht. Da aber war um zwölf Uhr der Mond noch nicht aufgegangen, und es blieb alles ruhig. Beim nächsten Mondenschein hörte der Küster denselben Lärm, und als er den Pastor gerufen hatte, sahen sie durch das Schlüsselloch und erblickten zwölf schwarz gekleidete Männer, von denen sechs mit Totenköpfen kegelten und die übrigen sechs sich bückten, als wenn sie Kegel aufrichteten; um eins aber war alles vorüber. Am folgenden Abend gingen der Küster und der Pastor früher hin und da sahen sie denn, wie die zwölf schwarzen Männer um zwölf einen Sarg hinter dem Altare hervorholten, die Beinknochen und zwei Köpfe herausnahmen und mit diesen nach jenen kegelten, was wieder bis ein Uhr dauerte. Da verordnete der Pastor, der Küster solle da, wo die Kegel gestanden, einen Kreis ziehen, in denselben einen Stuhl und einen Tisch bringen, auf den Tisch drei Lichter stellen und zwei Schwerter kreuzweise übereinanderlegen; dann solle er eine Bibel mitnehmen, sich während der Geisterstunde auf den Stuhl setzen und im Evangelium St. Johannis lesen. Das tat der Küster. Als es zwölf schlug, kamen die zwölf schwarzen Männer, holten die Beinknochen und die Totenköpfe und wollten ihr Spiel treiben; weil sie aber nicht über den Kreis konnten, stellten sie die Knochen vor demselben auf und kegelten. Da begab sich's, dass ein Totenkopf in den Kreis rollte; und die schwarzen Männer

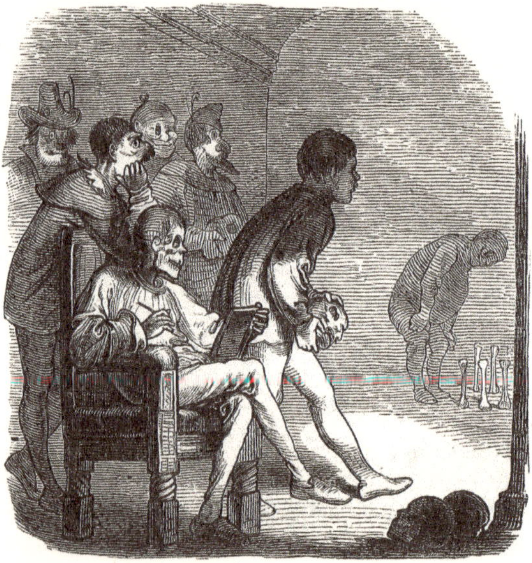

baten den Küster: »Gib uns den Kopf heraus!« Der Küster aber erwiderte: »Wollt ihr ihn, so holt ihn!«, und las in der Bibel. Die Männer baten dreimal dasselbige; der Küster jedoch antwortete nicht wieder. Als sie es aber zum dritten Mal gesagt hatten, schlug es eins, und alles war verschwunden. Am andern Tage ließ der Pastor den Sarg öffnen, und da fand sich eine Rolle, auf der stand geschrieben: »Hier ruhen zwei unschuldige Männer und diese sind bei Gott; die zwölf Richter jedoch, die sich haben bestechen lassen, sollen so lange bei Mondenschein mit den Knochen der beiden Männer kegeln, bis sie durch Gottes Wort verscheucht werden.« Und es geschah also. Wo aber die Seelen der zwölf ungerechten Richter geblieben sind, das weiß kein Mensch.

Vom Knaben, der das Hexen lernen wollte

Ludwig Bechstein

Es war einmal ein Knabe, der hatte vieles gehört von der Hexenkunst, wollte sie auch gern lernen. Wen er aber darum fragte, der sagte, dass er solche Kunst nicht kenne und nicht könne und auch nichts von ihr wissen wolle. Da ging der Knabe ganz allein in einen dunkeln Wald und rief mehr denn einmal recht laut: »Wer lehrt mich das Hexen?« – und da schallte es wie antwortend an mehreren Stellen des tiefen Waldes: »Hexen! Hexen!« –

Und nach einer Weile kam ein uraltes Weiblein durch das Gebüsche gekrochen, das keinen Zahn mehr im Munde und schrecklich rote Augen hatte. Ihr Rücken war gekrümmt, ihr Haar war weiß und hing ihr wild um den Kopf herum und wehte im Winde. Ihre Stimme klang wie die Stimme des Vogels Kreideweiß, wenn er ruft: »Komm mit!«, und geradeso rief auch das alte Weib dem Knaben zu, und winkte ihm zu folgen, sie wolle ihm das Hexen lehren. Der Knabe folgte ihr, und sie führte ihn immer tiefer in den Wald hinein und zuletzt auf ein sumpfiges Erlenmoor, darauf eine graue, unscheinbare, halbverfallene Waldhütte stand. Die Wände waren von Torfziegeln aufgeführt und mit Moos austapeziert; das Dach war mit Schilf gedeckt. In der Waldhütte war niemand als ein hübsches junges Mädchen, welche Lieschen hieß; die Alte sagte aber nicht, ob es ihre Tochter oder ihre Enkelin sei; außerdem waren nur noch drei große Kröten vorhanden und über dem nieder Herde hing ein Kessel, darinnen eine Brühe kochte, wie Gänseschwarz, Hasenpfeffer oder sonstiges

Schwarzsauer mit Fleischknöchlein darin. Die alte setzte eine Kröte vor die Türschwelle, dass sie Wache halte, die zweite Kröte schickte sie auf den Boden, dass sie dem Knaben eine Lagerstatt bereite und die dritte Kröte stellte sie auf den Tisch, dass sie leuchte. Diese Kröte tat ihr Bestes im Leuchten, doch wie auch ihre Äugelein im grünlichen Schimmer flammten, so brachte sie es kaum dahin, so hell zu leuchten, wie ein Glühwurm, daher auch der Hass kommt, den die Kröten gegen die Glühwürmer haben. Nun aßen die Alte und das Lieschen aus dem Kessel ihre Abendmahlzeit, und der Knabe sollte auch essen, aber er grauelte sich, denn es kam ihm vor, als ob die Knöchlein Finger und Zehen von Kindern wären. Er klagte, dass er sehr müde sei und wurde auf sein Strohlager gewiesen, wo er bald mit dem Gedanken einschlief, am andern Morgen werde nun seine Lehrzeit in der Hexenkunst angehen und dass es sehr hübsch sein werde, wenn das kleine Lieschen ihm darin Unterricht geben wolle. Die alte Hexe aber zischelte dem Mädchen zu: »Wieder einen gefangen! Ein hübscher Braten, morgen wecke mich recht früh, ehe die Sonne aufgeht, da wollen wir ihn schlachten und was wir nicht gleich braten, einpökeln.«

Jetzt gingen die beiden auch schlafen, aber Lieschen fand keinen Schlaf, der schöne Knabe dauerte[1] sie gar sehr, dass er auch sterben sollte, und sie stand von ihrem Lager auf und trat an das seine und sah, wie schön rot seine Wängelein waren und wie blond sein gelocktes Haar, und dass seine Augen blau waren, wie Vergissmeinnicht, das hatte Lieschen nicht vergessen. Und es graute ihr vor ihr selbst, dass sie gezwungen war, der alten bösen Hexe zu dienen, die sie schon lange, als sie noch ein ganz kleines Kind war, ihren Eltern geraubt und in den

[1] Er tat ihr leid.

tiefen Wald geschleppt hatte und hatte das Hexenwerk lernen müssen, wie man pfeilschnell durch die Luft eilt, wie man sich unsichtbar macht, wie man sich in andere Gestalten verwandelt und als sich nun Lieschens Herz in voller Zuneigung zu dem Knaben bewegte, so beschloss das Mädchen, ihn wo möglich zu erretten. Sie weckte ihn daher ganz leise und flüsterte ihm zu: »Lieber Knabe, erhebe dich und folge mir! Hier wartet deiner nur der Tod.«

»Soll ich denn hier nicht das Hexen lernen?«, fragte der Knabe, welcher Friedel hieß.

»Besser ist dir, wenn du es nimmermehr lernst; außerdem hast du noch Zeit genug dazu«, antwortete Lieschen, »jetzt säume nicht – fliehe, und ich will mit dir fliehen.«

»Mit dir gehe ich gerne, liebes Mädchen«, sprach der Knabe: »und bei der hässlichen Alten mit ihren garstigen Kröten möchte ich nicht bleiben.«

»So komm denn!«, sprach Lieschen und öffnete leise das Häuschen, und sah nach, ob die Alte schlief; die schlief noch, denn es war noch halb Nacht, und lange nicht Morgen.

Jetzt trat Lieschen mit Friedel aus dem Häuschen, und Lieschen spuckte auf die Schwelle, worauf sie beide rasch von dannen eilten. Durch das Öffnen und Wiederschließen der Türe war aber doch ein kleines Geräusch entstanden, und weil alte Leute sehr leise schlafen, so erwachte die Hexe, und rief: »Lieschen! Stehe auf! Ich glaube, es wird bald Tag.« Da rief der Speichel auf der Schwelle vermittelst eines Hexenzaubers, den Lieschen verübt: »Ich bin schon auf! Ruhe nur noch, bis ich das Hüttchen gekehrt, und Laub und Holz zum Feuer zusammengelesen habe.« – Nun blieb die Alte noch ein Weilchen liegen, während die Fliehenden unaufhaltsam von dannen eilten; jene konnte aber nicht wieder einschlafen und rief abermals: »Lieschen, brennt das Feuer?«

Da antwortete abermals der Speichel auf der Schwelle: »Es brennt noch nicht, das Laub ist feucht – das Holz raucht – ruhe noch ein Weilchen, bis ich das Feuer angeblasen habe.«

Die Alte ruhte noch eine kurze Zeit, während die Fliehenden immer mehr sich von ihrer Hütte entfernten. Unterdes ging die Sonne auf, da fuhr die Alte, die ein wenig eingenickt war, mit beiden Beinen zugleich aus dem Bette und schrie: »Satanskind! Die Sonne geht auf und du hast mich nicht geweckt. Wo steckst du?«

Auf diese Frage bekam die Alte keine Antwort, denn die Sonne hatte den Speichel auf der Schwelle vertrocknet – und nun fuhr die Hexe im Hause herum, wie ein Wirbelwind. Der Knabe war fort, und Lieschen war fort, und die Hütte war nicht gefegt, es lag nicht Laub, nicht Holz auf dem Herde. Die Alte war wütend. Sie ergriff einen Besenstiel und rannte aus dem Hause. Sie schlug mit dem Besen an die Türe, da ward das Häuschen unsichtbar; sie trat auf einen Bovist[2], da wallte eine Wolke empor; sie setzte sich auf ihren Besenstiel, und fuhr als Wolke in die Luft. Da sah sie, nach welcher Richtung die Flüchtlinge flohen und mit Windeseile flog die Wolke ihnen nach. Lieschen aber sah sich auf der Flucht beständig um, denn sie kannte die Künste der alten Hexe und sprach jetzt zu Friedel: »Siehst du dort am hohen Himmel die braune Wolke? Das ist die Hexe, die uns nachfährt; wir können nicht weiter fliehen, sie wird uns bald einholen. Jetzt lasse mich meine Kunst brauchen. Ich will ein Dornstrauch werden und dich als eine Schlehe tragen.«

Plötzlich war Lieschen ein Schlehendorn, der viele Früchte trug, und an einem Raine[3] stand, und die unterste Beere, das war Friedel.

[2] Pilzart

[3] waldfreier Streifen

Die Hexe bekam auf ihrer Luftfahrt großen Durst, und als sie den Schlehendornstrauch mit den vielen Früchten sah, sprach sie zu sich selbst: die Luft ist trocken und zehrt – ich muss mich herablassen und ein paar Schlehen essen. Dieses tat sie dann, und pflückte eine Beere nach der andern und sagte: »Sauer macht lustig.« Jetzt waren die Beeren alle verzehrt, bis auf die letzte, welches der Friedel war, und das wusste die schlimme Alte recht gut, sie krallte mehrmals danach, aber der Dornbusch stach sie tüchtig in ihre langen, dürren Finger – aber sie kehrte sich nicht daran, sie gab sich rechte Mühe, die in Dornen ganz versteckte letzte Schlehe zu erhaschen, da fiel die Schlehe ab und rollte den Rain hinab, und da wurde plötzlich der Dornbusch zu einem Wasser, und die Beere zu einem kleinen Enterich, alles durch Lieschens Zauberkunst, die sie von der Alten gelernt hatte. Da warf die Alte einen ihrer Pantoffel in die Luft, der wurde alsbald ein großer Raubvogel, und stieß auf den Enterich, dieser tauchte schnell unter, und sowie der Raubvogel mit seinem Schnabel das Wasser berührte, schlug dieses eine Welle, die ihn fasste und ersäufte, worauf der Enterich wieder auftauchte. Wütend schleuderte die Alte ihren zweiten Pantoffel in das Wasser, der wurde ein Krokodil und schoss nach dem Enterich hin, ihn zu erschnappen, da flog der Enterich in die Luft und ließ sich an einer andern Stelle wieder in das Wasser nieder; das Wasser aber, welches dem Krokodil in den Rachen drang, wurde zu Stein, da wurde das Krokodil so schwer, dass es untersank. Jetzt legte sich die alte Hexe platt an den Rand des Wassers, um dasselbe wegzutrinken, denn ohne das Wasser hatte der verzauberte Enterich keinen Boden mehr. So wie er das Land berührte, musste dieser Enterich die vorige Gestalt wieder annehmen. Nicht lange aber hatte die Alte getrunken, da verwandelte sich das Wasser in ihrem Leibe in Feuer, und da tat es einen Knall, als ob die Hölle platze. Die Hexe war zerplatzt, der Enterich war wieder der schöne Knabe, das Feuer wurde zum Lieschen und dann blieben beide miteinander treu verbunden. Wie der Knabe das Lieschen fragte, ob es ihm das Hexen lehren wollte – lachte Lieschen und sagte: »Du kannst es ja schon, du hast ja mich behext.«

Der Mühlknecht und die Hexen

Bernhard Baader

In einer Dorfmühle auf dem Schwarzwald waren, nachts beim Mahlen, viele Knechte nacheinander von Katzen arg verkratzt, ja, einige sogar um das Leben gebracht worden. Hierdurch kam die Mühle so sehr in Verruf, dass kein Mühlknecht mehr darin dienen wollte. Endlich fand der Müller, als er über eine Brücke fuhr, darunter einen Mühlbursch sitzen, der ihn fragte, ob er für ihn keine Arbeit wisse. Jener erwiderte, dass er selbst schon lange einen Knecht brauche, aber wegen der Katzen keinen mehr bekommen könne. Da trat der Bursch ohne Bedenken in des Müllers Dienste, und als er in der Nacht mahlen musste, nahm er ein scharfes Beil zu sich und legte um seinen Leib einen eisernen Reif. Gegen Mitternacht liefen zwölf Katzen herein und auf ihn los, blieben aber vor ihm stehen, und die hinteren riefen der vordersten zu, anzugreifen, worauf dieselbe erwiderte, sie könne nicht. Endlich sprang sie doch an dem Bursche hinauf und erfasste den Ring; er aber hieb ihr mit dem Beile die Pfote ab, dass sie mit den übrigen Katzen schreiend davonlief. Nach zwei Stunden kam der Müller und erzählte, dass seiner Frau die Hand abgehauen worden sei, ohne dass sie wisse, wie. Da floh der Bursch aus der Mühle und zeigte die Sache dem Gericht an. Durch scharfe Untersuchung brachte dasselbe heraus, dass die Müllerin und elf andere der angesehensten Dorffrauen die Katzen gewesen und ließ sie dann als Hexen auf dem Scheiterhaufen verbrennen.

Der schwarze Graf

Ludwig Bechstein

Einst zog ein Ritter durch den Wald, sein Knappe folgte ihm; es wurde Nacht, doch der Ritter kannte keine Furcht. Verrufen war die Gegend, gemieden der Weg durch den wilden Wald, den der Ritter mit seinem Knappen ritt. Der Weg führte beide vorüber am Schlosse eines befreundeten Ritters, dessen Tochter gerade Hochzeit hielt, und er sprach als Gast dort eine kurze Zeit zu. Die Freunde wollten ihn länger halten, er sollte mit seinem Knappen im Hochzeithause übernachten, aber den Ritter trieb Eile, er lehnte alle freundlichen Einladungen zum Bleiben ab. Man warnte ihn, man sagte ihm, im Walde, den er noch zu durchreisen habe hause der »schwarze Graf«, ein gespenstiger Ritter, der allen, auf welche er stieße, namenlose Schrecknisse bereite. Selbst die Braut verschwendete ihre Bitten an den Freund ihres Vaters; sie führte ihm das Sprichwort zu Gemüte: »Die Nacht ist keines Menschen Freund.« Unaufschiebbares Geschäft schützte der Gast vor und entritt. Weg und Wald waren sehr finster. Der Ritter und der Knappe ritten schon drei Stunden lang, noch war ihnen nichts begegnet, der Ritter ritt im Panzer seines Mutes und guten Gewissens gegen den Angriff feindlicher unterirdischer Mächte, gegen Feindesangriff irdischer Art schirmte ihn die eiserne Rüstung, die starke Faust, das blanke Schwert.

Jetzt drängte plötzlich der Knappe sein Ross vor, neben das seines Herrn und flüsterte ängstlich: »Herr! Es reitet einer hinter uns – hohl klingt der Hufschlag seines Rosses – und schaut Euch um, Herr – seht wie Feuerschaum dem Rosse vom Gebisse träuft, seht, wie seine Nüstern Funken sprühen.«

Schnell war der schwarze Reiter, der ihnen folgte, an den beiden. »Hollah! Gesellschaft! Wackere Kumpane!«, rief eine tiefe, hohle Stimme.

»Gott zum Gruß!«, antwortete der Ritter und der Rappe des Fremden stieg bäumend in die Höhe und schnaubte Ströme Feuers aus den Nüstern – von dessen Schein des schwarzen Ritters Eisenrüstung rot erglühte.

»Für solchen Gruß dank' Euch der Teufel, nicht ich!«, versetzte wild der riesige Nachtgesell und hieb wild auf den bäumenden Rappen. »Doch wisst, Ihr seid verirrt! Kommt mit mir auf mein Schloss, ganz nahe liegt's, dort seht Ihr schon die Fenster schimmern.«

»Ich danke, hab nicht Zeit zur Einkehr!«, antwortete der Ritter – doch jener rief gebietend: »Zeit wird sich finden!«, und lachte, dass es weit im Walde gellte. Eine lange schwarze Mauer zog quer über den Weg, in der Mauer war ein halbverfallenes Tor – der Weg führte gerade hinein und im Ring der Mauer lag das Schloss, ein gewaltiger vielgetürmter Bau. Droben im Gewirre der Türme und Türmchen kreischten Eulen. Am Tore des Hauses ringelten sich steinerne dickleibige Drachen mit weit vorgestreckten dünnen Hälsen um die Säulen. Nur wenige Fenster waren erhellt – schwarz ragte der ganze übrige Bau empor zum dunkeln Himmel.

Der schwarze Graf schwang sich vom Ross – und dieses Ross sank hinter ihm in die Erde.

»Folget mir hinein!«, rief der schwarze Graf seinen gezwungenen Gästen zu.

»Nicht hinein! Um des Himmels willen nicht hinein!«, flüsterte der treue Knappe seinem Herrn ins Ohr.

»Schweige, Knecht!«, schrie der schwarze Graf diesem gebieterisch zu. »Hier herrscht nicht des Himmels Wille, sondern *mein* Wille! Bleibe in Blendung!«

Da schwand vor des Knappen Augen das Schloss, er stand auf öder, einsamer Heide neben einem alten Gemäuer, drei Türme ragten daraus empor – das war nicht mehr des schwarzen Grafen Schloss, das war ein anderes Haus.

Der Ritter folgte seinem Führer voll Mut die Stufen einer Wendeltreppe hinan. Von Zeit zu Zeit streckte sich eine Greifenklaue aus der Wand, die hielt eine brennende Kerze, die Kerzen waren schwarz und weiß. Die Wände waren kohlschwarz. Des schwarzen Grafen Rüstung war auch ganz schwarz und ganz nach uralter Art, ein Kettenpanzer umkleidete ihn völlig, nur auf dem Haupte trug er einen Helm seltsamer Form; der Kamm dieses Helmes waren nicht gegossen oder geschmiedet, er war lebendig und war gebildet von einem kleinen salamandergleichen Drachen, der seine Klauen fest an den Helm geklemmt hielt, den Kopf bisweilen drehte und dessen schwarze Funkelaugen wie Demantspitzen[1] blitzten. Lang hing des Drachen Schwanz vom Helme abwärts bis in den Nacken und schlenkerte bald hinüber, bald herüber. Droben stand am Ende der Treppe der schwarze Graf und wandte sich seinem Gaste zu. Bleich war sein Antlitz, bleich und abgezehrt, seine Augen lagen tief in ihren Höhlen und blickten Mord, sie waren ohne Wimpern und über ihnen wölbten sich keine Brauen. Der schwarze Graf keuchte schwer und sein Atem glühte wie der Hauch der afrikanischen Wüste, feuerheiß.

»Nun folge mir! Und schaue, was ich tat und wie ich leide!«, sprach zu dem Ritter der schwarze Graf. »Einem jeden, der Mitternachts meinen Weg reitet, muss ich zeigen meine Missetat. Brauchst nicht für mich zu beten, Mann! Meine Tat sühnt nicht Reue, nicht Fürbitte, nicht Gebet.«

[1] Diamantspitzen

Die Türe eines Saales, mit fantastischem Bildwerke verziert, sprang donnernd auf – kalter Eishauch, wie von einem Gletscher, wehte aus dem Saale entgegen. Der große weite Saal war auch ganz schwarz und war ganz leer – nur in der Mitte – da stand etwas, beleuchtet von einer matten trüben Ampel, die darüber von der Decke niederhing. Und was dort stand, das war ein Sarg, und in dem Sarge lag eine Leiche, die Leiche einer alten kleinen Frau, ganz weiß gekleidet, die Hände aneinandergelegt, wie zum Gebete – über den Händen aber, aus der Brust, ragte der schwarze Griff eines Dolches.

»Hier, meine *Mutter!*«, rief der schwarze Graf. »Hier, ihr Mörder!«, rief er noch einmal, dass es schaurig im Saale hallte, und brach am Sarge in die Knie. Da hob sich plötzlich die Leiche im Sarge empor und wuchs und wuchs, so riesengroß – so ungeheuer, ein grauser Spuk, und deckte sich über den schwarzen Grafen und füllte mehr und mehr den Raum, und der Ritter wich zurück, bis die Wand ihn hemmte – immer grausiger wurde die entsetzliche Gestalt, immer höher – ihr weißes Antlitz war schon so groß wie der Vollmond im Aufgehen, und ihr Gewand wallte wie Nebel – ihre Hände aber gruben in der Brust des schwarzen Grafen und gruben ihm das Herz aus der Brust.

Dem Ritter flirrte es vor den Sinnen, wie Nachtflöre[2] einer Ohnmacht! Er zog sein Schwert und schrie: »Unholde! Weicht im Namen des Gekreuzigten!« Da gellte ein entsetzlicher Schrei, da krachte das Gebälk, wankte das Haus, sank Sarg und Wand, sank Graf und Gräfin, sank der Boden samt dem Ritter tief, tief hinab in undurchdringliche Nacht. Aus einer Betäubung erwachte der Ritter. Sein treues Schwert hielt er noch in der Hand.

[2] nächtliche Schleier

Schwarze Nacht war rings um ihn her, sein Fuß trat auf Moorgrund, seine Hand ertappte Mauerwerk und feuchtes Gras, Nachtluft umwehte ihn kühl und schauernd.

»Was war das? Und wo bin ich?«, fragte sich der Ritter und unruhevoll klopfte ihm sein sonst so mutiges Herz. Er rief laut den Namen seines Knappen. Horch! Ein Antwortruf, aber aus weiter Entfernung. Der Ritter rief wieder – der Knappe kam näher – er führte noch die beiden Rosse an den Zügeln.

»Herr, wo seid Ihr?«, rief von Weitem der sich nähernde Knappe.

»Hier! Hier im Moor und unter Trümmern!«, rief der Ritter.

Mit Mühe half durch Zusammenknüpfen von Riemen und Strängen der Knappe seinem Herrn aus dem Sumpfe, darüber begann der Morgen zu dämmern – und nun sahen Herr und Diener allmählich, wo sie waren. Auf sumpfiger Heide, neben einem ganz verfallenen Bau am Ende eines Waldes – und eine Strecke davon im Nebeldämmer jenes Gebäu, an dem der Knappe gerastet – ein Galgenrundbau; was drei Türme geschienen, waren drei hohe Steinpfeiler, die verbindenden Balken waren längst verfault und herabgefallen.

Kühl wehte es vom Osten her – feucht schlug der Nebel sich nieder. Still ritten der Ritter und sein Knappe ihres Weges weiter. Nie vergaß der Ritter sein gespenstiges Abenteuer und das Schloss des schwarzen Grafen.

Das Geld in der Mauer

Wilhelm Busch

In Lahde starb ein Mann, der konnte im Grabe keine Ruhe finden. Des Nachts kam er wieder und leuchtete mit dem Krüsel[1] in der Stube an der Brandmauer herum und ging dann still wieder weg. Weil nun die Leute im Hause gar nicht wussten, was ihm auf dem Herzen lag, sich auch fürchteten, ihn zur Rede zu stellen, so gingen sie zum Pastor und baten ihn, in der Stube eine Nacht zu wachen und den Geist anzusprechen. Spät am Abend kam der Pastor an, setzte sich dem Ofen gegenüber an einen Tisch, legte seine Bücher vor sich hin und zündete drei Lichter an. Die Leute gingen zu Bett. Da nun die Uhr an der Wand zwölfe schlug, trat der Geist herein, lautlos, mit dem Krüsel in der Hand. Der Pastor konnte vor Schrecken kein Wort herausbringen. Als der Geist nach seiner Gewohnheit mit trauriger Miene an der Brandmauer herumgeleuchtet hatte, trat er an den Tisch, löschte erst ein Licht, dann das andere; als er aber das dritte auch löschen wollte, fasste sich der Pastor und redete ihn an: »Alle guten Geister loben Gott den Herrn.« – »Ich auch«, sprach der Geist, »aber ich finde keine Ruhe, weil ich in die Mauer bei Lebzeiten mein Geld verborgen habe. Gebt drei Teile meinen Kindern und ein Teil den Armen, dann brauche ich nicht mehr an dieser Stelle zu wandeln.« Der Pastor versprach es. »So gib mir die Hand darauf!«, sagte der Geist. Der Pastor reichte ihm seinen Stock, der wurde ganz schwarz, wie

[1] Öllampe aus Blech

ihn der Tote berührte. Darauf ist der Geist lautlos wieder gegangen. Am andern Morgen erzählte der Pastor, was ihm begegnet war; man brach die Mauer auf, fand das Geld und erfüllte den Wunsch des Toten, der sich von der Zeit an nicht wieder sehen ließ. Der Pastor ist aber bald danach gestorben.

Der Teufel beim Grasmähen

Karl Müllenhoff

Einst vermietete sich der Teufel bei einem großen Bauern in Angeln als Knecht. Der Bauer sagte ihm eines Abends und dem Großknecht, sie sollten am andern Tage Gras mähen auf seiner großen Wiese. Da machten sie noch am Abend ihre Sensen scharf, aber der Teufel verstands nicht recht, dass der Großknecht lachen musste. Am andern Morgen aber standen sie vor Sonnenaufgang auf und gingen auf die Wiese. Da mähte der Großknecht erst nach Mäherart einen kleinen runden Platz in der Mitte leer, dann fragte er seinen Makker[1]: »Willst du vormähen, oder soll ich?« Der Teufel antwortete: »Ehre, dem Ehre gebührt; du bist ja der Großknecht, und darum musst du vormähen.« Der Knecht fing an und auch der Teufel mit seiner stumpfen Sense. Er verstand gar nichts davon und statt Gras zu mähen, hieb er oft große Stücke aus der Erde und machte seine Sense noch stumpfer. Dazu hatte er auch alle Zeit den größeren Kreis zu machen, denn der Knecht mähte ja zur linken Hand und hatte die kleinere Runde. Und der war stark und gewandt. Daher kam es, dass der Teufel schon bei der dritten Runde ganz zurück war. Da fing der Knecht an ihn zu foppen und zu necken, er sollte doch mitkommen und nicht immer zurückbleiben, er sagte auch: »Ehre, dem Ehre gebührt: Du bist ja der Teufel und musst nachmähen.« Das verdross diesen und er nahm alle seine Kräfte zusammen, um dem Knecht zur Rechten zu blei-

[1] Mitarbeiter

ben; und als der Knecht lachte und ihm sagte, dass er doch so viel Gras stehen ließe, da fing er an immer toller mit seiner Sense herumzusäbeln, rechts und links und hast du mich gesehen! holte er immer größere Klumpen aus dem Grund. Und der Knecht mähte immer flinker und flinker, und der Teufel konnte doch nicht mitkommen. Aber er hielt aus, solange der Morgen noch kühl war, als aber die Hitze mit dem Tage stieg und es gegen den Mittag kam und der Knecht immer los mähte, da stürzte der Teufel endlich heulend nieder, das Blut brach ihm aus Mund und Nase und in Kurzem hatte er da verreckt. Das kam also vom Grasmähen.

Der dreibeinige Hase zu Mückenhain

Karl Haupt

Zum Mückenhainer Dominialbesitz gehört auch ein Hügel, welcher mit Fichten bewachsen ist. Dort ist es nicht geheuer. Allerhand Spukerscheinungen erschrecken den vorübergehenden Wanderer; unter andern auch ein dreibeiniger Hase. Mit demselben hat es folgende Bewandtnis:

Hauptschloss Mückenhain residierte einst dann unbarmherziger Herr, dessen liebstes Vergnügen war es, die armen Tiere des Waldes grausam zu hetzen, und sie dann nicht etwa zu erlegen, sondern nur zu verwunden, dass sie lahm und verkrüppelt im Walde herum hinkten oder in der Wildnis aufs Kläglichste verendeten. Bei einer solchen Jagd schoss er einst einem Hasen absichtlich den rechten Hinterlauf ab. Aber der leibhaftige Böse war es gewesen, der sich in die Gestalt des Hasen geworfen, und von Stund an verfolgte ihn nun der dreibeinige Hase Tag und Nacht mit herzzerreißenden Geschrei, bis er nun in Wahnsinn und Verzweiflung sich selbst erhängte. Niemand wollte ihn abschneiden, bis der Henker kam, der schnitt ihn ab und steckte ihn in einen mitgebrachten Sack, um ihn zu bannen, denn es war ein Geisterbeschwörer. Unterwegs bäumte sich der Sack in die Höhe, und nur durch seine schwarze Kunst brachte der Henker die Last von der Stelle. An dem Fichtenhügel angekommen, stand er still. Da rufen die schon dahin verbannten Geister aus dem Hügel heraus: »Hier ist kein Platz mehr.« Aber der Geisterbanner ruft: »Rückt zu«, und schüttet den Sack aus. Da springt der dreibeinige Hase um den Hügel herum, und noch heutzutage wollen ihn die Leute dort gesehen haben.

Von dem Tod des Hühnchens

Brüder Grimm

Auf eine Zeit ging das Hühnchen mit dem Hähnchen in den Nußberg[1], waren da lustig und aßen Nüsse zusammen. Einmal aber fand das Hühnchen eine so große Nuss, dass es den Kern davon nicht verschlucken konnte, und blieb ihm im Hals stecken, so fest, dass ihm angst ward, es müsste ersticken und schrie: »Hähnchen, ich bitt dich, lauf, was du kannst, und hol mir Wasser, sonst ersticke ich.« Das Hähnchen lief, was es konnte, zum Brunnen und sprach: »Born, du sollst mir Wasser geben, das Hühnchen liegt auf dem Nußberg und will ersticken an einem großen Nusskern.« Der Brunnen antwortete: »Lauf erst hin zur Braut, und lass dir rote Seide geben.« Das Hähnchen lief zur Braut: »Braut, du sollst mir rote Seide geben, rote Seide will ich dem Brunnen geben, der Brunnen soll mir Wasser geben, das Wasser will ich dem Hühnchen bringen, das liegt auf dem Nußberg und will ersticken an einem großen Nusskern.« Die Braut antwortete: »Lauf erst und hol mir mein Kränzlein, das blieb an einer Weide hängen.« Da lief das Hähnchen zur Weide und zog das Kränzlein von dem Ast, und bracht es der Braut, und die Braut gab ihm rote Seide dafür, die bracht es dem Brunnen, der gab ihm Wasser dafür, da bracht das Hähnchen das Wasser zum Hühnchen, wie es aber hinkam, da war dieweil das Hühnchen erstickt und lag da tot und regte sich nicht. Da war das Hähnchen so traurig, dass es laut schrie, und kamen alle Tiere und

[1] Erhebung in Braunschweig

beklagten das Hühnchen, und sechs Mäuse bauten einen kleinen Wagen, das Hühnchen darin zum Grab zu fahren, und als der Wagen fertig war, spannten sie sich davor, das Hähnchen aber fuhr. Auf dem Weg aber kam der Fuchs:

»Wo willst du hin, Hähnchen?«

»Ich will mein Hühnchen begraben.«

»Darf ich mitfahren?«

»Ja aber setz dich hinten auf den Wagen, vorne können's meine Pferdchen nicht vertragen.«

Da setzte sich der Fuchs hinten auf, dann der Wolf, der Bär, der Hirsch, der Löwe und alle Tiere in dem Wald. So ging die Fahrt fort, da kamen sie an einen Bach. »Wie sollen wir nun hinüber?«, sagte das Hähnchen. Da war ein Strohhalm, der sagte: »Ich will mich quer drüberlegen, da könnt ihr über mich fahren«, wie aber die sechs Mäuse darauf waren, rutschte der Strohhalm und fiel ins Wasser, und die sechs Mäuse fielen alle hinein und ertranken. Die Not ging von Neuem an, da kam eine Kohle und sagte: »Ich bin groß genug, ich will mich darüberlegen, und Ihr sollt über mich fahren.« Die Kohle legte sich auch an das Wasser, aber sie berührte es unglücklicherweise ein wenig, da zischte sie, verlöschte und war tot. Wie das ein Stein sah, wollte er dem Hähnchen helfen, und legte sich über das Wasser, da zog nun das Hähnchen den Wagen selber, wie es ihn aber bald drüben hatte, und war mit dem toten Hühnchen auf dem Land und wollte die andern, die hinten aufsaßen, auch heraufziehen, da waren ihrer zu viel geworden, und der Wagen fiel zurück, und alles fiel miteinander in das Wasser und ertrank. Da war das Hähnchen noch allein mit dem toten Hühnchen und grub ihm da ein Grab und legte es hinein und machte einen Hügel darüber, auf den setzte es sich und grämte sich so lang, bis es auch starb; und da war alles tot.

Hexen, Teufel, böse Menschen

Ein Nachwort von Julian Auringer

»Knusper, knusper, kneischen,
wer knuspert an meinem Häuschen?«

Hexen, Teufel, böse Frauen, blutrünstige Männer – sie alle bevölkern die Märchen vergangener Zeiten und stellen für viele Menschen die erste verlockende Begegnung mit dem Bösen dar, umgibt sie doch neben all der Scheußlichkeit ihres Verhaltens oft auch eine gewisse Anziehungskraft. Immer mehr möchte man von ihnen hören, manch einer vermutet sogar eine tragische Vergangenheit, die sie zu dem machte, was sie heute sind. Parallel dazu werden ganze Figurentypen umgedeutet: Man denke etwa an Otfried Preußlers *Die kleine Hexe* (1957) oder *Kikis kleiner Lieferservice*, die mit dem historischen Hexenbild kaum Überschneidungen aufweisen.[1] Hier lohnt der genaue Blick: Wie wurden die Wesen, die in den hier versammelten Sagen und Märchen auftreten, ursprünglich definiert? Wie heute? Findet eine Vermischung mit anderen Figuren statt? Gibt es grundlegende Unterschiede in der Darstellung von bösen Frauen und Hexen, zwischen Teufeln und bösen Männern?

[1] Neben den hier besprochenen Figuren sind es z. B. auch Vampire, deren Wandel vor allem seit den 1960er-Jahren seltsame Früchte trägt, man denke etwa an *Der kleine Vampir* (1979–2015) von Angela Sommer-Bodenburg, Stephenie Meyers Glitzervampir oder, ganz allgemein, disneyfizierte Figuren wie den Flaschengeist (seinerseits eine Subkategorie des Teufels), der in *Aladdin* (1957) zu einem Schatten seiner mythologischen Selbst verkommt.

Beginnen wir also mit der Hexe. Der Begriff ›Hexe‹ lässt sich, laut Marco Frenschkowski, auf die westgermanischen Wurzeln des Wortes zurückführen: »althochdeutsch *hagzissa, hagazussa*, mittelhochdeutsch *hecse, hesse*, mittelniederländisch *haghetisse*, altenglisch *haegtesse* (im heutigen Englisch kürzer, hag).«[2] Ausdrücke mit vielfältiger Bedeutung: »Oft lässt sich nicht klar entscheiden, ob ein dämonisches, gespenstisches Wesen oder ein realer Mensch gemeint ist; öfter ist eindeutig das Erstere der Fall.«[3] Johannes Dillinger verweist auf Hagazussa, eine Begrifflichkeit des 10. Jahrhunderts, das einen nicht menschlichen, auf Zäunen und in Hecken hausenden Geist, der Grenzen hütet, beschreibt. Als traditionelles und grundlegendes Hexenmerkmal benennt er hingegen den Pakt mit dem Teufel. Die Hexe wird zum Menschen, der den sexuellen Kontakt zum Teufel pflegt, sich vom christlichen Glauben lossagt (Apostasie) und zur Ketzerin wird, sich in Gruppen mit anderen Hexen zusammenschließt und beim Hexensabbat auf Tieren reitet oder durch die Lüfte fliegt.[4]

Diese Definition verweist schon etwas genauer auf das Bild der mythologischen Hexe bzw. der Märchenhexe, das uns heute bekannt ist. Im 17. Jahrhundert entsteht dann das Bild der Blocksberghexe, popularisiert wird es in Deutschland u. a. durch Goethes *Faust*, bevor es sich im 20. Jahrhundert erneut deutlich wandelt, v. a. durch Wicca, aber auch Anton LaVey, dem Gründer der Kirche des Satans. Dieser definiert ›seine‹ Hexe in *The Satanic Witch* als, stark vereinfacht, befreite Frau, die Männer

[2] Frenchkowski, Marco: Die Hexen. Eine kulturgeschichtliche Analyse. Wiesbaden 2012. S. 63.

[3] Ebd.

[4] Vgl. Dillinger, Johannes: Hexen und Magie. 2., aktualisierte Auflage. Frankfurt u. New York. S. 19–21.

benutzt und ihre Weiblichkeit zu ihren eigenen Gunsten ausnutzt, um ihre Ziele zu erreichen.[5] Sie schließt, ganz traditionell, den Pakt mit dem Teufel, dem sie mit Ritualen huldigt (der hier allerdings explizit zum Budenzauber verkommt, um religiöse Bedürfnisse zu befriedigen – so zählt bei ihm Verführung auch als Magie).[6] LaVey hebt aber auch die ›Mode‹ hervor, eine Hexe zu sein, die erstmals in den esoterisch geprägten 1960er/1970er-Jahren aufkam.[7] Für ihn ist eine Hexe demnach eine Art *Femme Fatale*, die sich nur um sich selbst kümmert und zum Erreichen ihrer Ziele alles einsetzt, was in ihren Möglichkeiten steht.

Der Einfluss LaVeys, aber auch des explizit nicht-satanischen Wicca, darf nicht unterschätzt werden: Besonders in den letzten Jahrzehnten verdrängte dieses Hexenbild das traditionelle. Serien wie *Charmed* oder *Buffy* verstärkten diesen populären Wandel im ausgehenden 20. Jahrhundert enorm – gleichzeitig nimmt der Glaube an den Satanspakt/die Buhlschaft ab.

Immer wieder finden sich drei Motive in der Hexenrezeption wieder, die an dieser Stelle noch kurz erläutert werden sollen, da sie die Populärkultur beherrschen. Da wäre die Idee der guten, schönen Hexe. Mitnichten eine mittelalterliche Überlieferung und schon gar kein Motiv des Märchens, sondern eine in feministischen Kreisen entstandene Deutung, deren vermutlich erste literarische Ausprägung sich im Buch *The Wonderful Wizard Of Oz* (1900) von L. Frank Baum findet, dessen Schwiegermutter Matilda Gage, die u. a. diverse grundlegende feministische Texte verfasste und die *National Women's Suffrage*

[5] Vgl. LaVey: The Satanic Witch. Introduction by Peggy Nadramia. Afterword by Blanche Barton. Washington 2003. Prolog.

[6] Vgl. ebd.

[7] Vgl. ebd. S. 1–6.

Association gründete, direkten Einfluss auf seinen Roman nahm.[8] Neben der schönen Hexe dominieren die Populärkultur aber auch die Behauptungen, die Hexenverfolgung richte sich einerseits gegen eine Urreligion und andererseits vor allem gegen medizinisch versierte Frauen (vor allem aber Hebammen). Beide wurden bereits kurz nach Veröffentlichung widerlegt. Dennoch wandeln sie weiter durch die Populärkultur, man könnte von sogenannten Zombietheorien sprechen.

So geht die Idee der Hexenverfolgung als Auslöschung einer Urreligion auf Margaret Murray zurück, die zwar als Ägyptologin höchstes Ansehen genoss, sich im Falle der Hexen allerdings verrannte und deren Thesen in wissenschaftlichen Kreisen bald nicht mehr ernstgenommen wurden.[9] Ähnlich erging es Gunnar Heinsohn und Otto Steigers mit ihrem Buch *Die Vernichtung der weisen Frauen. Hexenverfolgung, Kinderwelten, Menschenkontrolle, Bevölkerungswissenschaft* (1985), die Hebammen und ›weise Frauen‹ als primäre Opfer definierten. Eine These, die bereits bei Veröffentlichung als unhaltbar galt.[10] Und zwar weil sie einerseits durch die Zahlen widerlegt wurde und andererseits auch dort massiv Hexenprozesse geführt wurden, wo die Kirche keinen oder nur wenig Einfluss genoss.[11] Beide Theorien zeichnen sich jedoch dadurch aus, dass sie scheinbar sehr rational sind und sich ob des klaren Täter/Opfer-Schemas in der Popu-

[8] Vgl. hierzu: Schwartz, Evan I: Matilda Joslyn Gage. The Unlikely Inspiration For The Wizard Of Oz. https://www.historynet.com/matilda-josyln-gage-the-unlikely-inspiration-for-the-wizard-of-oz/ [konsultiert am 06.05.2022].

[9] Vgl. Frenchkowski, Marco: S. 79–84.

[10] Und auch Erinnerungen an Matilda Gage wachrufen, die sehr ähnliche Ideen vertrat und L. Frank Baum zu seiner Hexendeutung inspirierte.

[11] Vgl. Frenchkowski, Marco: S. 137-138.

lärkultur großer Beliebtheit erfreut. Es zeigt sich folglich, dass die weitverbreitetsten Vorstellungen zur Hexenverfolgung Ideen unterworfen sind, die einem fiktionalisierten Bild, aber auch einer allzu einfachen Logik unterliegen, die uns erfolgreiche Serien, Filme, Bücher und Hörspiele eingeprägt haben.

Wie sieht es nun aber mit den Hexen in Märchen und Sagen aus? Eine eher traditionelle Sicht auf Hexen lässt sich bei Bernhard Baader beobachten. In *Hexenversammlung verscheucht* zeigt sich, dass alles, was der Teufel zu bieten hat, nur Schein ist. Seine Buhlschaft wird dazu angehalten, ein Kind zu opfern. Nachdem sich der Protagonist den Hexen entgegenstellt und sie verscheucht, wird der prunkvolle Überschwung ihrer Versammlung zu dem, was er wirklich ist: Viehkot, Tierhufe und Jauche. Ein ähnliches Bild zeichnet *Hexe entdeckt*: »Das Essen war Viehkot, der Wein Rosspisse, und das Pferd der Knecht geworden.«[12] Karl Bartsch erzählt indes von Schwarzsauer, einem Gericht aus Blut, das – anders als gemeinhin üblich – hier aus Menschenfleisch hergestellt wird.

Von einer besonders eindrucksvollen Hexenvariante berichtet Laura Gonzenbach: Hier handelt es sich um einen abgeschlagenen Kopf, der im Dienste eines Räubers steht, der deutlichen Parallelen zu *Blaubart* aufweist, denn der Räuber versucht mehrere Töchter eines Königs zu ehelichen und bringt jene um, die schlecht über ihn reden – ihm eingeflüstert vom abgeschlagenen Hexenkopf.

Lassen wir unseren Blick, bevor wir uns dem Herrn der Hexen, dem Teufel, widmen, auf ein modernes Märchen schweifen, um seine Einflüsse zu entschlüsseln, die sich in dieser Anthologie finden. Denn bei Märchenhexen handelt es sich nicht immer um klassische Hexen, sondern bisweilen um eine Vermischung diverser traditionsreicher weiblicher Dämonengestalten. *Bony-Legs* von Joanna Cole mit Illustrationen von Dirk Zimmer aus dem Jahre

[12] Vgl. Baader, Bernhard: Hexe entdeckt.

1983 dürfte besonders vielen US-Amerikanern in grausiger Erinnerung geblieben sein.[13]

Bony-Legs höchstselbst entspricht der Figur der russischen Hexe Baba Yaga:

> *Sie besitzt nur ein Auge, das andere ist eingesetzt. Sie hat ein Bein aus Knochen oder Eisen, daher auch ihre Beiname Beinernes Bein. In ihrem Zauberhäuschen mitten im Wald – es steht auf einem Hühnerbein, dreht sich immerzu im Kreis und ist eingezäunt von Totenköpfen – […] Im Freien bewegt sie sich in einem eisernen Mörser fort, den sie mit dem Stößel antreibt, und mit ihrem Ofenbesen verwischt sie die Spur.*[14]

Anders als das teuflische Weib im deutschen Märchen agiert Baba Yaga nicht immerzu böse, sondern hilft auch: In *Wassilissa die Wunderschöne* etwa, einer russischen Variante des Schneewittchenstoffs, überreicht sie Wassilissa einen Totenkopf, aus dessen Augen Feuer schießt und mit dessen Hilfe sie sich ihrer Peinigerinnen entledigt.[15]

[13] Die Geschichte kann man sich in englischer Sprache auf YouTube vorlesen lassen: Burlington County Library System: Bony Legs. https://www.youtube.com/watch?v=yjONBjRfArY [konsultiert am 06.05.2022].

[14] Diederichs, Ulf: Baba Jaga. In: ders. Who's Who im Märchen. Düsseldorf 2006 [München 1995]. S. 37.

[15] Vgl. Afanassjew, Alexander Nikolajewitsch: Wassilissa die Wunderschöne. In: Auringer, Julian: Schneewittchen. Varianten, Einflüsse & Märchenmotive. (märchenVarianten 1). Norderstedt 2021. S. 374–386.

Cole beschreibt ihre Bony-Legs wie folgt:

> *Knochen-Bein war eine schreckliche, böse Hexe. Sie konnte auf ihren knochigen, alten Beinen sehr schnell laufen. Ihre Zähne waren aus Eisen und sie aß gerne kleine Kinder. Sie lebte in einer Hütte, tief im Wald, die auf Hühnerfüßen stand. (Übersetzung: J. A.)*

Die Gemeinsamkeiten mit Baba Yaga sind nicht zu übersehen. Wie die europäischen Hexen stellt auch die russische Märchenhexe Kindern nach, um sie zu verspeisen. Im Laufe der Geschichte wird die Protagonistin Sasha nun Folgendes erleben: Von ihrer Mutter ausgesandt, um sich Nadel und Faden zu leihen, zieht sie in die Welt hinaus, nimmt zuvor aber noch etwas Brot und Butter sowie ein wenig Fleisch mit. Als sie zum Hexenhaus kommt, bemerkt sie das quietschende Tor und bestreicht es aus Mitleid mit Butter. Sie begegnet einem abgemagerten Hund, dem sie Brot, und einer Katze, der sie Fleisch zu essen gibt. Nachdem sie nun auf Bony-Legs trifft, versucht diese sie zu kochen. Doch als die Hexe nach draußen geht, um Holz zu sammeln, bekommt Sasha von der zuvor gefütterten Katze Hilfe, denn diese schenkt ihr einen silbernen Spiegel, den sie, so sie sich in Gefahr wähnt, wegwerfen soll. Das Mädchen läuft nun, wie von der Katze aufgetragen, davon. Der Hund hält sie an, um ihr einen Holzkamm zu geben, den sie, so sie Hilfe benötige, wegwerfen soll. Auch das Tor hilft ihr, denn es quietscht nun nicht mehr. Nachdem Bony-Legs die Flucht bemerkt, wird sie wütend, und fragt Katze, Hund und Tor, warum sie ihr nicht halfen: Weil Bony-Legs sie vernachlässigte, sich Sasha aber ihrer annahm. Als die Hexe nun hinter Sasha herläuft, wirft sie den Spiegel weg, der zu einem tiefen silbernen Fluss wird, den Bony-Legs erst nicht zu überqueren versteht. Als es ihr doch gelingt, wirft Sasha den Kamm weg, der zu einem Dorngestrüpp wird, das Bony-Legs nicht überwinden kann. Sasha läuft nach Hause zurück und muss ihre Peinigerin nie wiedersehen.[16]

Aufmerksamen Lesern werden einige Motive der Geschichte bekannt vorkommen: Zum einen wäre da Bechsteins *Vom Knaben, der das Hexen lernen wollte* sowie *Hexen lernen* von Karl Bartsch. Bei Bechstein erhält der Knabe, anders als Sasha, Hilfe von einem anderen Kind, Lieschen, das bei der Hexe lebt. Mittels verzauberter Spucke wird die Hexe getäuscht, auf der Flucht verwandelt man sich in einen Schwarzdornstrauch, der sich wiederum in einen See (und den Jungen in einen Erpel) verwandelt. Bartschens Protagonist zieht es zu einer alten Frau, die eine Kröte als Lampe verwendet und ihm Schwarzsauer aus Menschenfleisch – einem damals durchaus üblichen (allerdings nicht regulär aus Menschenfleisch hergestellten) Blutgericht – zu essen gibt.[17] Ein Mädchen, das bei der Hexe in Ausbildung ist, weckt ihn des Nachts, um ihn zur Flucht zu animieren. Auch hier täuscht verzauberte Spucke die Hexe, man verwandelt sich in einen Dor-

[16] Vgl. ebd.

[17] Schwarzsauer aus Menschenfleisch findet sich immer wieder im Märchen, etwa bei Ludwig Bechsteins *Der Wacholderbaum* und *Vom Knaben, der das Hexen lernen wollte*, *Hexen lernen* von Karl Bartsch und in Andeutungen z. B. auch in Schneewittchen, wenn die Stiefmutter dem Jäger befiehlt, ihr Lunge und Leber der Ziehtochter zu bringen. Lunge und Leber sind in einigen Rezeptvarianten Bestandteil von Schwarzsauer. Ein Rezept findet sich am Ende des Nachworts. Das regelmäßige Auftreten von Schwarzsauer darf als Indiz gewertet werden, das die Theorie Michael Maars stützt, bei Geschichten wie *Hänsel und Gretel* handele es sich um die Schilderung kannibalistischer Taten in Zeiten des Hungers (Vgl. hierzu: Gradwohl, Noëmi u. Michael Maar: Was Märchen wirklich erzählen. https://www.srf.ch/audio/reflexe/was-maerchen-wirklich-erzaehlen?id=10250802 [konsultiert am 22.02.2022]).

nenbusch, dann in einen See und eine Ente – hier stirbt das Teufelsweib allerdings beim Versuch, das Wasser aus dem See auszutrinken (die Überquerung eines Sees, das sich für Hexen und andere hexenähnliche Dämonen unmöglich gestaltet, wird später noch einmal thematisiert.)

Zum anderen erinnert Bony-Legs auch an Wilhelm Buschs *Die böse Stiefmutter*. Hier entflieht ein Mädchen ihrer bösen Stiefmutter und findet in einem Brunnen eine Tür, hinter der sich ihr ein freies und schönes Land offenbart. Wie auch Sasha wird das Mädchen nun vor einige Charakterprüfungen gestellt. Holz will gehackt, Brot aus dem Ofen geholt und eine Ziege gemolken werden. Aufgaben, die das Mädchen gerne übernimmt. Anders als Bony-Legs ist die Hausbesitzerin explizit keine Hexe, denn sie geht sogar am Sonntag in die Kirche. Es erhält einige Aufgaben, und das Verbot, einen Raum nicht zu betreten (auch hier: Motive aus *Blaubart*). Dieser Raum ist nun über und über mit Schätzen gefüllt, die am Sonntag vom Mädchen gestohlen werden können, da es von den Dingen und Tieren, denen es half, gedeckt wird. Anders ergeht es ihrer Stiefschwester, die, in alter Märchentradition faul und selbstsüchtig, letztendlich verraten und von der Frau enthauptet wird.

Bony-Legs steht demnach in der Tradition klassischer Märchen: Obwohl sich Sasha in Gefahr befindet, gelingt es ihr, durch ihr gutes Herz, der Gefahr zu entkommen. Wer anderen hilft, dem wird auch geholfen. Aber, mit Tilman Spreckelsen formuliert: Es gibt im Märchen nichts umsonst. »Wer gibt, dem wird überreich gegeben, wer aber seinen Besitz behalten will, der wird ihn verlieren und kann froh sein, wenn er sein Leben rettet.«[18]

[18] Vgl. Spreckelsen, Tilman: Der goldene Schlüssel. Zu Märchen. Zürich 2020. S. 74.

In *Bony-Legs* verdeutlicht sich: Die Hexe als Märchenfigur trägt auch Züge von anderen mythischen Kreaturen, auch Dämonen, was ein Blick auf *Hänsel und Gretel* der Brüder Grimm zeigt:

> *Sie war aber eine böse Hexe, die den Kindern auflauerte, und hatte das Brothäuslein bloß gebaut, um sie herbeizulocken. Wenn eins in ihre Gewalt kam, so machte sie es tot, kochte es und aß es, und das war ihr ein Festtag. Die Hexen haben rote Augen und können nicht weit sehen, aber sie haben eine feine Witterung wie die Tiere, und merken's, wenn Menschen herankommen.*[19]

Eine Beschreibung, die sich nicht mit dem historischen Hexenbild der mit dem Teufel im Bund stehenden Frau nicht vereinen lässt. Das Dämonisch-Tierische, Nicht-Menschliche ist überdeutlich. Oft vermischen sich die Motive der europäischen Hexe z. B. mit Baba Yaga, aber auch Frau Holle/Hulda oder Perchta/Berchta/Peratha, deren Strafen überaus grausam ausfallen können, stehen Pate. Holle und Perchta entspringen einem Dämonenstrang, unterscheiden sich dennoch bedeutend, denn während Frau Holle »im Teiche, im Kinderbrunnen, auch im Venusberge« vorkommt, »findet man Perchta in einsamen Gehölzen, schauerlichen Höhlen und gebrochenen Burgen […].«[20]

Jacob Grimm merkt an, dass die Strafe der Perchta für kleinere Vergehen unfassbar grausam ausfallen kann:

[19] Grimm, Jacob u. Wilhelm: Kinder- und Hausmärchen. Gesamtausgabe mit den Originalanmerkungen der Brüder Grimm. Band II. Stuttgart 2001. S. 105.

[20] Jecklin, Dietrich: Volkstümliches aus Graubünden. 1. Teil. Zürich 1874. S. 79.

»Sie schneidet […] den Leib auf, füllt ihn mit Heckerling[21], und näht mit einer Flugschar statt der Nadel, mit einer *Eisenkette* statt des Zwirn, den Schnitt am Bauch zu […].«[22] In jüngeren Darstellungen zieht sie während der Raunächte mit anderen Dämonen umher, ihre Begleiter, so Petzold, sind ungetaufte verstorbene Kinder.[23] Wo aber sind die Parallelen zur Märchenhexe? Johannes Bolte und Georg Prolíva verdeutlichen den Zusammenhang anhand einer Erzählung, die Formulierungen der Brüder Grimm verwendet:

> *Eine […] Erzählung aus der Schwalmgegend (vor 1822) verbindet dies Märchen mit dem von Hänsel und Gretel. […] Endlich kam es [das Mädchen, Anm. J. A.] an ein Häuschen von Pfannkuchen, und weil es Hunger hatte, so aß es davon. Und wie es ein Loch gegessen hatte, sah es hinein und erblickte ein rotes Mütterlein, das rief: ›Der Wind, das himmlische Kind! Komm herein und laus mich!‹*[24]

In dieser Variante werden Motive aus *Hänsel und Gretel*, *Frau Holle* und der Brunnenfrau – also jener Frau, die man trifft, wenn man am Grunde eines Brunnens durch eine Tür geht – vermischt. Es zeigt sich die nahe Verwandtschaft dieser Märchen. Ganz allgemein kann man sagen, dass diese Art der Märchen alle dem gleichen

[21] Zerhacktes Stroh.

[22] Grimm, Jacob: Deutsche Mythologie. Erster Band. Göttingen 1854. S. 251.

[23] Petzoldt, Leander S. 34.

[24] Bolte, Johannes u. Georg Polívka: Anmerkungen zu den Kinder- u. Hausmärchen der Brüder Grimm. Erster Band (Nr. 1–60). Leipzig 1913. S. 207–208.

Schema unterliegen: »junge Frauen [verlassen] das Elternhaus, [verdingen] sich in der Fremde (auch Jenseitswelt) einem dämonischen Wesen, [verrichten] uneigennützige Arbeit und [werden] für ihre Mühe belohnt.«[25]

Dennoch sind Frau Holle und Co keine traditionellen Hexen, sondern allgemein Dämonen, die neben ihren guten Eigenschaften auch durchaus negative Charakterzüge besitzen.[26]

Auch die Fenggi/Fanggen nehmen Einfluss auf das Bild der Hexe in Märchen und Sagen. Wieder einmal gibt es auch hier deutliche Übereinstimmungen mit *Hänsel und Gretel.* Franz Josef Vonbun berichtet in *Die Sagen Vorarlbergs* (1847) von den sogenannten *Fenggi*, auch als *Wilde Menschen* bekannt.[27] Besonders *Die Fenggi und die zwei Kinder* weist deutliche Parallelen zu Hänsel und Gretel auf und zeigt erneut, dass das Motiv der Hexe oft mit anderen ähnlich gelagerten Märchen-/Sagengestalten vermischt wurde: Hier verirren sich zwei Kinder in einem Wald und treffen auf die Fenggi. Eine lockt sie in ihr Haus, sperrt sie dann aber in ihren Schweinestall und will sie mästen, um sie später schlachten und braten zu können. Ähnlich Hänsel und Gretel reicht der Junge bald anstelle seines Zeigefingers einen Knochen durch ein Loch und es gelingt ihm und seiner Schwester, dank einer Unachtsamkeit der Fenggi, in den Wald zu fliehen. Dort kommen sie

[25] Vgl. Uther, Hans-Jörg: Handbuch zu den ›Kinder- und Hausmärchen‹. Entstehung – Wirkung – Interpretation. Berlin/Boston 2021. S. 59.

[26] Vgl. ebd. S. 102.

[27] Leander Petzoldt beschreibt die wilden Menschen als Naturdämonen der Berge und Wälder. Zu ihnen gehören auch die Orks. (Petzoldt, S 190) Die Fänggi oder auch Fänggen sind »Walddämonen von riesiger Gestalt, die mit Rinden und Bartflechten oder auch Fellen von wilden Tieren bekleidet sind.« (Petzoldt, S. 68) Im Wandel der Zeit verkommen diese Dämonen zum Kinderschreck (Vgl. Petzoldt, S. 69) Weiterhin kann man auch Parallelen zu Sasquatch und dem Yeti ziehen.

an einen Fluss (wir erinnern uns an das Motiv), den sie nur mit Hilfe ihres Schutzengels zu überqueren wissen. Die Fenggi ist ihnen jedoch bereits auf der Spur und fragt sie, wie sie denselben überqueren konnten. Der Bruder behauptet, sie müsse sich ein Brett ›unter den Hintern nageln‹ und könnte so sicher auf die andere Seite kommen. Die Fenggi folgt seinen Anweisungen, überschlägt sich in der Mitte des Flusses und ertrinkt.[28] Ähnliches wissen die Brüder Zingerle in weniger derbem Ton zu berichten. Bei ihnen handelt es sich jedoch nur um nur einen kleinen Jungen, der ebenfalls mit einer List zu entkommen vermag. Anders als bei Vonbun gelingt es dem Jungen sogar, sämtliche Fanggen zu ertränken.

Wie man also sieht, überschneiden sich Hexen und dämonische Gestalten in Märchen und Sagen immer wieder dergestalt, dass bestimmte Motive und Eigenschaften sowohl bei den einen, als auch bei den anderen zu finden sind. Nur weil ein Dämon also weiblich ist, kann man ihn nicht mit einer Hexe gleichsetzen. Und nur weil eine Hexe gewisse dämonische Eigenschaften trägt, darf sie dennoch nicht als Dämon bezeichnet werden. So zählt etwa die Langtüttin /das Tittenwief, trotz ihrer überdeutlichen Weiblichkeit, zu den Korndämonen, ein Begriff der von Wilhelm Mannhardt geprägt wurde und ganz allgemein Vegetationsdämonen bezeichnet.[29]

Man könnte nun annehmen, dass diese Unterscheidung rein akademischer Katalogisierungswut entspringt, jedoch zeigt etwa Johannes Christian Löhrs *Der König der schwarzen Inseln*, dass diese Unterscheidung bereits im Märchen selbst getroffen wird, denn hier handelt es

[28] Vgl. Vonbun, Franz Josef: Die Sagen Vorarlbergs. Nach schriftlichen und mündlichen Überlieferungen gesammelt und erläutert. Innsbruck 1858. S. 8–9.

[29] Vgl. Petzoldt, Leander: S. 112 (Korndämonen) u. S. 119 (Langtüttin).

sich bei der magisch handelnden Person um eine Zauberin, die von einem Mauren in die Zauberkünste eingeweiht wird, ihn bald übertrumpft und zum Gehilfen degradiert, sich in ihn verliebt und ihren Ehemann mit einem grausigen Fluch belegt. Ein Pakt mit dem Teufel, der hier als Flaschengeist in Erscheinung tritt und auf den Namen Iblis/Eblis hört, dem islamischen Namen für den Teufel, besteht nicht.

Es zeigt sich also Folgendes: Hexen im Märchen sind eigentlich immer Frauen, die mit dem Teufel im Bunde stehen, sich aber von Dämonen unterscheiden. Der Teufel verleiht ihnen Macht, verlangt im Gegenzug Opfergaben und Geschlechtsverkehr. Die Hexe selbst handelt immer niederträchtig, beeinflusst z. B. das Wetter und/oder spricht Schadenszauber aus; ihr Handel ist von Obszönitäten und Sakrilegien geprägt, während es beim Hexensabbat seltsame Speisen gab:

> *Die Mahlzeiten beim Hexensabbat galten als eigentümlich unbefriedigend, […] (ähnlich wie sich vom Teufel geschenktes Geld gerne in nichts, in Kot oder Stroh verwandelt). Hinter diesen Motiven steckt eine durchaus theologische Idee: der Teufel kann nichts ›Richtiges‹, nichts Substanzielles schaffen. Seine Produkte sind immer ›Imitate‹.*[30]

Dieser theologisch bedingte, grundsätzlich negative Haltung gegenüber den Hexen zeigt sich in zahlreichen Märchen. Weiblichen Dämonen begegnet das Volk dagegen mit einer gewissen Sympathie: So sind etwa Druden (Nachtmahre) manchmal weiblicher Gestalt, jedoch »hat

[30] Frenschkowski, Marco: S. 95–96.

das Volk Mitleid [mit der Frau] und sucht sie zu erlösen, da der Trieb nicht eigene Schuld ist, wie die der Hexe, die sich dem Teufel verschrieben hat«[31], wie etwa bei der Lektüre von *Die Nachtmähr* von Karl Müllenhoff deutlich wird. Die Kategorisierung der Grimm'schen Märchenhexe aus *Hänsel und Gretel* gerät mit diesem Hintergrundwissen ins Wanken. Sie gehört demnach eher zu den Dämonen als zu den Frauen, die sich dem Satan verschrieben haben. Und auch das darf nicht vergessen werden: Immer wieder standen auch Männer in Verdacht, einen Pakt mit dem Teufel geschlossen zu haben, was durchaus literarisch verarbeitet wurde, z. B. in Ludwig Bechsteins *Der Teufel ist los*. Wilhelm Busch etwa erzählt in *Hänsel und Gretel - eine Bilderposse* von einem Hexenehepaar. Die Protagonisten werden mit Hilfe einer Kinderfalle eingefangen und Busch dichtet:

> Die Hexe macht das Feuer an,
> Dass sie die Kinder kochen kann.

[31] Vgl. Petzoldt, Leander: S. 53.

Am Tisch der dicke Bösewicht
Der passt schon auf sein Leibgericht.[32]

Widmen wir uns im zweiten Teil des Nachworts nun dem Fürsten der Finsternis und den bösen Männern. Betrachtet man Märchen und Sagen, so wird schnell deutlich, wie unterschiedlich die Darstellung des Teufels ausfällt, obwohl der Unterschied zwischen den beiden Genres oft fließend ist, und es folglich immer wieder Beispiele geben wird, die der folgenden Aufteilung entgegenstehen. Ist der Teufel in Sagen meist verschlagen, trickreich und ein übler Zeitgenosse, dem der Leser sicherlich nicht gerne begegnen würde, so zeigt er sich im Märchen oft als vertrottelte Gestalt, ähnlich dem Teufel in der Zeichentrickserie *The Cuphead Show* (2022). Führt er in der Sage Kriege, verführt Menschen zu bösen Taten und dergleichen mehr, so ist sein Leben im Märchen geprägt von Demütigung: fast immer findet sich jemand, der listenreich den Teufel austrickst. Oder er muss miterleben, wie sich sein vermeintliches Opfer an ihm selbst vergeht, ihm Schmerzen zufügt

[32] Busch, Wilhelm: Bilderpossen.

und ihn von seinen Plänen abbringt. Gerne sind es auch Frauen, die den Teufel dergestalt malträtieren, dass ihnen der Zugang zur Hölle um jeden Preis verweigert wird *(Die drei dummen Teufel)*. Abseits des Märchens erzählen aber auch das Kasperltheater oder Volkslieder sehr ähnliche Geschichten, etwa *Schneiders Höllenfahrt.* Hier besucht ein Schneider die Hölle und bekommt letztendlich Hausverbot, denn er nutzt seine Arbeitsutensilien, um die Teufel zu quälen. Luzifer höchstselbst schreitet ein und verbannt den Schneider aus der Hölle. Das Lied endet mit folgenden Zeilen:

»Nachdem er nun hat ausgepackt,
Da war ihm erst recht wohl,
Er hüpft und springet unverzagt,
Lacht sich den Buckel voll;
Ging eilends aus der Häll'
Und blieb ein Schneiderg'sell.
Drum holt der Teufel kein' Schneider mehr,
Er stehl' so viel er wöll'.«[33]

[33] Vgl. Auringer, Julian: Der sequenzielle Bilderbogen des 19. Jahrhunderts. Hannover 2019. S. 270–277.

DEN Teufel hingegen gibt es nicht. Vielmehr subsumiert der Begriff verschiedene Dämonen, wie man bei Leander Petzold erfährt, der zwischen verschiedenen Formen des Dämonenfürsten unterscheidet: Luzifer (ein Name, der nicht immer mit dem Teufel in Verbindung stand)[34] bzw. Satan, der gefallene Engel aus der Bibel, der gegen Gott rebellierte und bis zum jüngsten Tag in der Hölle verweilt (wobei sich Satan in Menschen und Tiere verwandeln kann),[35] Mephistopheles, der die Fähigkeit zur Formwandlung besitzt und dem Menschen dient, aber dennoch versucht, sich seiner Seele zu bemächtigen[36] und nicht zuletzt der Teufel höchstselbst:

> *In den Anfängen der volkstümlichen Grafik wird der Teufel als vogelartiges Untier mit Krallen, Schnabel und großen Flügeln und später wahrscheinlich infolge antiker Einflüsse mit Hörnern und Bocksfüßen […] dargestellt. In der weiteren Entwicklung seines Erscheinungsbildes lässt sich eine zunehmende Vermenschlichung der Teufelsgestalt feststellen. […] jede menschliche Gestalt ist jedoch nur eine Larve, die die Teufelszeichen, Hörner, Schwanz, Bocks- oder Pferdefüße, nicht verdecken kann.*[37]

[34] Dieter Harmening verweist im *Wörterbuch des Aberglaubens* auf den Wandel des Namens: »Inspiriert vom 2. Korintherbrief ›Aus der Finsternis soll Licht aufleuchten‹ […] wird in früher Zeit Christus mit einem L. verglichen. Auch war L. christlicher Taufname. Mit Bezug auf Jesaja 14,12ff., einem Spottgedicht auf den König von Babel, u. Lukas 10,18, wird L- dann Name des Teufels […]. In den Hexenprozessakten […] sowie in der magiologischen Literatur begegnet L. als Gott der Hexen.« Harmening, Dieter: Wörterbuch des Aberglaubens. Stuttgart 2009. S. 284.

[35] Vgl. Petzoldt, Leander: S. 125–126. u. S. 152.

[36] Vgl. ebd. S. 131.

[37] Ebd. S. 158–159.

Die offenkundig von Pan oder Satyrn entlehnten Merkmale ebenso wie Darstellungen des Teufels mit deutlich sichtbaren Genitalien weisen darauf hin, wie sehr in den christlich geprägten Moralvorstellungen sexuelle Ausschweifungen mit dem Dämonischen in Verbindung gebracht wurden, was uns wieder zu den Hexen und ihren sexuellen Pakten führt. Die Wesensvielfalt des Teufels steht letztlich mit den Hexenverfolgungen und dem Volksglauben in Zusammenhang:

> *So wurden auf den Teufel zahlreiche Motive übertragen, die ursprünglich älteren Dämonengestalten angehörten. Der Teufel übernahm Wesenszüge des Riesen, des wilden Jägers, des Kobolds und anderer Dämonen des Volksglaubens und entwickelte sich zu einer schillernden Gestalt.*[38]

Es ist jener Zusammenzug verschiedener Motive, die es heute erschwert, ein einziges klares Bild des Teufels herauszuarbeiten. Ähnlich wie bei der Hexe im Märchen vermischen sich auch beim Teufel verschiedenste Mythenfiguren. So trägt er Züge des Pan, der Sukkubus oder auch von Eblis/Iblis, auf den wir in *Der Fischer, der Geist und der König der schwarzen Inseln / Der König der schwarzen Insel* treffen, und der nach Peter Stanford: »keine wirkliche Macht [besitzt] und für Allah und die Menschheit allenfalls ein lästiges Ärgernis [darstellt]. [...] Iblis ist ein gefallener Engel, dem sein Hochmut gegenüber Adam zum Verhängnis wurde.«[39]

[38] Petzoldt, Leander: S. 159.

[39] Stanford, Peter: Der Teufel. Eine Biographie. Aus dem Englischen von Peter Knecht. Frankfurt a. M. und Leipzig 2000. S. 146–149.

Eines der heute bekanntesten, in Sagen und Märchen verhafteten Bücher über den Teufel und den Bund mit demselben ist Ottfried Preußlers *Krabat* (Stuttgart 1981). Preußler erzählt die Geschichte des Jungen Krabat, der bei einem Müller in die Lehre tritt und im Laufe dreier Jahre immer tiefer in die Geheimnisse der Magie eingeweiht wird. Nach anfänglichem Interesse bemerkt er schnell, auf wen er sich da eingelassen hat und sucht nun nach einer Möglichkeit, seinem Bund zu entfliehen. An seiner Seite ist ein aus dem benachbarten Dorf stammendes Mädchen, das später um die Freiheit ihres Geliebten kämpfen muss.

Ähnliche Motive finden sich in *Die schwarze Schule* von Svend Grundtvig. Das Märchen handelt von zwei Söhnen eines reichen Mannes, die zusammen mit ihrem armen Freund darum bitten, eine Ausbildung in der schwarzen Schule zu erhalten. Im Laufe der Geschichte geraten die drei Freunde immer wieder in Situationen, aus denen sie nur der arme Freund befreien kann. Denn dieser beweist Geschick im Umgang mit dem Teufel, der sie letztendlich zu Reichtum und Ruhm führt.

Der letzte Teil der Geschichte findet sich ähnlich auch bei Ulrich Jahn, dessen »lederner Mann«, ein Soldat, eine ähnliche Aufgabe vom Teufel erhält: Wenn er der Knecht des Teufels wird, bekommt er einen unerschöpflichen Beutel mit Geld – ein Motiv, das ähnlich auch bei Chamissos *Peter Schlemihl* auftaucht.[40] Er soll so viel Geld ausgeben, wie er kann, darf sich sieben Jahre hindurch aber weder waschen, noch kämmen, noch den Bart oder die Haare schneiden und niemals saubere Wäsche tragen. Alles in allem gelingt es dem Teufel so, vier Seelen einzu-

[40] Seine Figur Peter Schlemihl verkauft seinen Schatten für einen unerschöpflichen Goldsack, wird durch den Handel allerdings gesellschaftlich ausgeschlossen, da ein Mann ohne Schatten Misstrauen erregt.

fangen, der Soldat indes wird reich und findet ebenfalls eine schöne Frau.

Den kriegerischen Teufel lernt der Leser bei Friedrich Gottschalck kennen: Hildesheim und Fulda führen hier einen Krieg, dessen Initiator niemand Geringerer als der Teufel ist. Personen, die vor dem Teufel flohen, versteckten sich in abgelegenen Winkeln der Kirche und verhungerten. Trotz dieser kleinen grausigen Exkursion sind die meisten Teufel in diesem Band leicht zu überlistende, vertrottelte, märchentypische Tölpel. Als Erfinder des Branntweins, Umgestalter eines ganzen Dorfes, Landarbeiter oder als Freier auf Brautschau: immer wieder wird er im Märchen der Lächerlichkeit preisgegeben.

Oft für einen Teufel gehalten wird indes Blaubart. Obwohl sich durchaus Parallelen zum *Alten Testament*, dem Baum der Erkenntnis und der Vertreibung aus dem Paradies ziehen lassen, handelt es sich bei ihm eindeutig um einen nicht-dämonischen, bösen Mann. Allen Blaubart-Märchen gemein ist die freiwillige Zuwendung zum späteren Peiniger, aber auch das Verbot ein bestimmtes Zimmer zu betreten. Ein Motiv, das sich aber auch in Märchen findet, die nicht mit Blaubart verwandt sind, etwa *Die böse Stiefmutter* von Wilhelm Busch oder *Aschenpöling* von Carl und Theodor Colshorn. Die Folgen des Verbotsübertritts sind unterschiedlich: Während sie bei Blaubart immer zu Bestrafung führt (aber nicht immer zum Tode der Protagonistin), wird Aschenpöling verstoßen, denn sie erhaschte einen Blick auf ihre Zukunft. Bei den Brüdern Colshorn indes wird das gute Mädchen belohnt und das böse Mädchen bestraft. Dennoch ist das Motiv untrennbar mit Blaubart verbunden, einer der bekanntesten Figuren des Märchens.

Das Blaubart-Märchen ist mit *Fitchers Vogel* verwandt, zu dessen Gunsten es in den Märchen der Brüder

Grimm fallengelassen wurde. *Fitchers Vogel* trägt ähnliche Züge, unterscheidet sich jedoch in einem wesentlichen Motiv, wie Hans-Jörg Uther beschreibt: Während die Frauen Blaubart freiwillig ehelichen, werden Frauen in Märchen wie *Fitchers Vogel* von einem dämonischen Wesen entführt.[41] Bei Alexander von Ungern-Sternberg entdeckt die Protagonistin im Gegensatz zu den Protagonistinnen anderer Varianten etwas ganz und gar Skandalöses: Blaubart, der zuvor als der perfekte Gentleman beschrieben wurde, ist in Wahrheit ein durch allerlei kosmetische Hilfsmittel verschönerter Schrat (im nicht-mythologischen Sinne), der seine Frauen zu blenden weiß. Sobald diese seine Blenderei entdecken, sperrt er sie ein und hängt sie an ihren Füßen auf.

Eine weitverbreitete Deutung des Blaubart-Stoffs stellt, wie bereits zuvor angedeutet, eine Verbindung zum *Alten Testament* und der Vertreibung aus dem Paradies her, denn die weibliche Neugier führt letztendlich zur Bestrafung (so auch in *Aschenpöling* von Carl und Theodor Colshorn).

Es zeigt sich: Hexen (böse Frauen) und Dämonen sowie Teufel und böse Männer werden im Märchen und der Populärkultur oft miteinander vermischt, historisch indes sind sie scharf voneinander getrennt. Neben den dämonischen Wesen, die im Nachwort betrachtet wurden, tauchen in diesem Buch aber auch zahlreiche Dämonen auf, die unter ihrem hier verwendeten Namen nur in bestimmten Regionen bekannt sind, unter anderer Bezeichnung jedoch Weltruhm genießen, wie etwa der Nachzehrer, der sich im hannoverschen Raum besonderer Bekanntheit erfreute, eine Art frühes Globalisierungsop-

[41] Vgl. Uther, Hans-Jörg: S. 108.

fer zugunsten des Vampirs. Sich ihnen allen zu widmen, ist leider hier nicht möglich.

Diese Fortsetzung von *Rot Wie Blut – Grausige Märchen und Sagen* (2020) legt den Fokus etwas stärker auf unbekanntere Märchen. Dennoch finden sich auch hier bekanntere Texte, wie etwa *Blaubart, Hänsel und Gretel, Aschenpöling* (Aschenputtel) oder *Gagliuso* (Der gestiefelte Kater) wieder, die jedoch etwas anders verlaufen als ihre berühmten Varianten. Einige der Autoren dieser Anthologie sind bereits aus dem Vorgänger bekannt, neu hinzu kommen etwa Sven Grundtvig, der ›russische Grimm‹ Alexander Nikolajewitsch Afanassjew, der sonst eher durch *Max und Moritz* bekannte Wilhelm Busch oder auch der Zeichner Ignaz Stölzle, von dem nicht einmal die genauen Lebensdaten bekannt sind, der aber der Welt einen eindrucksvollen *Hänsel und Gretel* Bilderbogen hinterließ.

Rezept für Schwarzsauer

4 Nelken
1 ½ Lorbeerblätter
1 ½ Zwiebeln
5 Wacholderbeeren
150 ml Essig
Niere, Herz und Lunge sowie 1 Liter frisches Blut[1]
Bei Bedarf mit Salz und Zucker nachwürzen.

Niere, Herz und Lunge sowie Nelken, Lorbeerblätter, Zwiebeln und Wacholderbeeren mit Wasser bedecken und garkochen. Nachdem der Sud durchgesiebt wurde wird das kleingeschnittene Fleisch beigegeben. Das Blut andicken. Bei Bedarf mit Essig, Zucker und Salz würzen.

Als Beilage eignen sich Kartoffeln.

[1] Der Autor empfiehlt Schweinefleisch und -blut zu verwenden und distanziert sich deutlich von der Zubereitung nach Hexenart.

Zu den Autoren

Johannes Andreas Christian Löhr, 1764–1823. Löhr war Theologe und Schriftsteller. Er arbeitete sich aus ärmsten Verhältnissen empor, studierte erst Medizin und dann, aus Geldmangel, Theologie. Er verdingte sich als Lehrer und Pfarrer. Nebenbei schrieb er diverse Bücher, die vor allem an Jugendliche gerichtet waren.

Friedrich Gottschalck, 1772–1854. Gottschalck studierte Rechtswissenschaft in Göttingen und war als Hofrat angestellt, gab aber auch Sagensammlungen sowie Reisebücher heraus. Sein *Almanach der Ritterorden* von 1817 wurde zum Standardwerk. Noch vor den Brüdern Grimm gab er eine Sagen- und Volksmärchensammlung heraus.

Johann Gustav Büsching, 1783–1829. Büsching war als Archäologe, Volkskundler und Germanist tätig. Er entdeckte diverse alte, sehr seltene Bücher und wollte eine Bibliothek in Schlesien gründen, um alle wichtigen Schriften zu sammeln. Ein Vorhaben, das letztendlich scheiterte. Zwischen 1812 und 1825 arbeitete er als Archivar, geriet dort aber ebenfalls, wie bereits in Schlesien, in Konflikt mit seinen Vorgesetzten. 1816 wurde er habilitiert und erhielt ein Jahr darauf eine Professur für Kunstgeschichte. Büsching veröffentlichte u. a. zu Gedichten des Mittelalters, Märchen, zur deutschen Altertumskunde u. v. m.

Brüder Grimm, Jacob (1785–1863) und Wilhelm Grimm (1786–1859) gelten als Begründer der Germanistik. Sie waren als Sprachwissenschaftler und Märchensammler aktiv, und prägten das Bild vom Märchen wie niemand sonst. Bis heute werden die Kinder- und Hausmärchen publiziert und in andere Medien übertragen, doch auch ihr *Deutsches Wörterbuch* wird stetig erweitert. Der Name Grimm steht heute stellvertretend für den Begriff *Märchen*.

Bernhard Baader, 1790–1859. Baader war als Beamter und Landrat im süddeutschen Raum tätig. Nebenbei sammelte er Sagen, die er erst in diversen Periodika und später als eigene Bücher veröffentlichte.

Ludwig Bechstein, 1801–1860. Bechstein war neben den Brüdern Grimm wohl der bekannteste Märchensammler Deutschlands. Zuerst im medizinischen Bereich tätig, studierte er später Philosophie und brachte es nach einer Zeit als Leiter einer Bibliothek zum Hofrat – eine Karriere, die für den unehelichen Sohn einer französischen Einwanderin bemerkenswert ist. Später war er Mitglied des Freimaurerordens. Er veröffentlichte u. a. diverse Romane, eine Biografie, Gedichte sowie die Märchen- und Sagensammlungen.

Adalbert Kuhn, 1812–1881. Begründer der linguistischen Paläontologie (Erforschung des Ursprungs der Sprache und ihrer Weiterentwicklung) und vergleichender Mythologie, sowie Indogermanist, Mythologie, Gymnasialdirektor und Mitglied der Akademie der Wissenschaften. Von Grimms Standardwerk zur Mythologie angeregt, sammelte er Sagen und Gebräuche, zu denen er mehrere Bände veröffentlichte. Kuhns Wirken darf für seine Forschungsstränge als grundlegend bezeichnet werden.

Johannes Wilhelm Wolf, 1817–1855. Wolf arbeitete in einem kaufmännischen Beruf, ging dann aber nach Belgien, um dort flämische Überlieferungen zu studieren. Zusammen mit seinem Schwager Wilhelm von Ploennies (Wolf war mit der Tochter der Poetin Luise von Ploennies verheiratet) befragte er Soldaten nach Märchen und Sagen.

Karl Müllenhoff, 1818–1884. Mediävist. Professor für Literatur und Altertumskunde und Deutsche Philologie. Neben Märchensammlungen publizierte Müllenhoff vor allem zu sprachwissenschaftlichen Themen sowie der Altertumskunde.

Carl und Theodor Colshorn, Ludolph Louis Theodor Colshorn (1821–1896) wirkte im Raum Hannover als Schriftsteller und Lehrer. Einen Ruf zum Professor lehnte er ab, um weiter unterrichten zu können. Sein Bruder Carl Colshorn (1812–1855) arbeitete als Kantor. Mit den Brüdern Grimm befreundet, veröffentlichte Theodor neben *Des deutschen Knaben Wunderhorn* auch, zusammen mit seinem Bruder Carl, *Märchen und Sagen aus Hannover*. Bei dem wohl bekannteste Märchen der Brüder Colshorn handelt es sich um *Vom dicken fetten Pfannkuchen*, das z. B. in *Die Sendung mit der Maus* adaptiert wurde.

Karl Lyncker, 1823–1855. Lyncker begann seine Karriere als Schreiber im Wolfhager Justizamt. Später arbeitete er als Sekretär und Rechnungsführer in Halberstadt. In seiner Freizeit widmete er sich der Forschung; seine Aufmerksamkeit galt der deutschen Geschichte, aber auch den Sagen und der Richtigstellung gängiger Volksetymologien.

Svend Grundtvig, 1824–1883. Grundtvig war der Begründer der dänischen Volkskunde. Aus gutem Hause stammend erhielt er alle damit einhergehenden Annehmlichkeiten. Seine volkskundlichen Vorhaben wurden vom Krieg unterbrochen, ehe er 1853 die Arbeit erneut aufnahm. Später wurde er zum Professor ernannt. Grundtvig hinterließ ein beeindruckendes Werk, das Volksweisen, Märchen, Balladen aber auch ein unveröffentlichtes Lexikon des Färöischen umfasst.

Ignaz Vincenz Zingerle, 1825–1892. Literaturwissenschaftler, Volkskundler und Schriftsteller. Zingerle war als Lehrer, Bibliotheksdirektor und Professor tätig. Unter Mitwirkung seines Bruders Josef entstanden die *Sagen, Märchen und Gebräuche aus Tirol*. Er gründete einen literarischen Ritterorden, Aurora genannt, sowie die Walther-Akademie, eine ebenfalls literarische Gesellschaft im Sinne der Tafelrunde des König Arthus.

Alexander Nikolajewitsch Afanassjew, 1826–1871. Afanassjew war als Archivar des Außenministeriums in Moskau tätig. Im Auftrag der Russischen Geografischen Gesellschaft veröffentlichte er ungefähr 600 Märchen, die Grundlage vieler Märchenfilme der Sowjetunion wurden. Sein Einfluss für Russland kann mit dem der Brüder Grimm in Deutschland verglichen werden. Besondere Bekanntheit erlangten auch die Illustrationen zu seinen Märchen, die Ivan Jakowlewitsch Bilibin (1876–1942) anfertigte.

Karl Haupt, 1829–1882. Karl Joachim Thomas Haupt studierte Theologie und arbeitete später als Lehrer und Pfarrer. Sein bekanntester Beitrag zur Volkskunde war das *Sagenbuch der Lausitz*, welches in zwei Teilen 1862 und

1863 erschien. Neben diesen Tätigkeiten widmete er sich auch anderen wissenschaftlichen Disziplinen, etwa der Altertumsforschung, der Geologie und der Archäologie. Zeitlebens verfasste er zudem Gedichte.

Karl Bartsch, 1832–1888. Bartsch war ein deutscher Mediävist sowie Altphilologe und begründete in Rostock das erste Germanistische Institut. Er studierte u. a. bei Wilhelm Grimm und promovierte 1853. Sein Wunsch, Schauspieler zu werden, scheiterte. Nach diversen Tätigkeiten, u. a. als Hauslehrer und Bibliotheksmitarbeiter, wurde er zum Professor berufen. Neben Märchen erforschte er auch deutsche Liederdichter des 12. bis 14. Jahrhunderts.

Wilhelm Busch, 1832–1908. Busch wird gemeinhin der Erfinder des Comics genannt, was allerdings hochumstritten ist. Obwohl er sich hauptsächlich als Maler verstand, besteht seine große Lebensleistung nicht in seinen Bildern, sondern in seinen einzigartigen Bildergeschichten. Als Bilderbogen, aber auch in den *Fliegenden Blättern* oder als (anfangs wenig erfolgreiche) Bücher veröffentlicht, verzeichneten diese erst Jahre später ihren immensen Erfolg. Busch, der sich selbst als Maler klassischer Kunst sah, schuf sein bedeutendstes Werk als Nebenprodukt. Neben einer Autobiografie entstanden überdies Gedichte, Libretti und eine Märchensammlungen.

Laura Gonzenbach, 1842–1878. Gonzenbach, eine gebürtige Schweizerin, sammelte Märchen ohne volkskundliche Ausbildung. Dennoch erinnert man sich ihrer noch heute, vor allem wegen der *Sizilianischen Märchen*. Ihre Quellen waren mündlich, zumeist Erzählungen von Bäuerinnen. Mäßige Bekanntheit erlangten ihre Bücher nur in

Deutschland, in Italien wurden sie erst ab 1964 auszugsweise bekannt, 1999 erfolgte eine komplette Rückübersetzung ins Italienische. Einem internationalen Publikum wurde sie erst 2006 bekannt.

Ulrich Jahn, 1861–1900. Volkskundler, Germanist und Erzählforscher. Jahn suchte in diakonischen Einrichtungen und auf Wanderungen nach Märchen; seine Textfassungen sind oft erstaunlich umfangreich. Jahn, selbst ausgiebig als Wissenschaftler in diversen Bereichen tätig, richtete sich meist an ein ebenfalls wissenschaftliches Publikum. Erfolgreich waren seine Sammlungen allerdings erst durch nicht-wissenschaftliche Nachdrucke, die ein breites Publikum ansprachen und deutlich gekürzt worden waren.

Ignaz Stölzle. Zu Ignaz Stölzle lassen sich keine weiteren Angaben finden. Er lebte im 19. Jahrhundert und zeichnete einige wenige Beiträge für die *Münchener Bilderbogen. Hansel und Gretel* überzeugt durch seine, für damalige Bilderbogenverhältnisse, rabiate Darstellungsweise des Märchens, die bisweilen an die bizarre Bilderwelt der Kinderbücher der 1970er- und 1980er-Jahre erinnert und zu den eher seltener reproduzierten Blättern der *Münchener Bilderbogen* zählt, was ob der Qualität des Bogens bedauerlich ist.

Quellen und Bildnachweis

Die Texte wurden an die neue Rechtschreibung angepasst und entstammen folgenden Sammlungen:

Baader, Bernhard: *Volkssagen aus dem Lande Baden und den angrenzenden Gegenden* (1851).

Bartsch, Karl: *Sagen, Märchen und Gebräuche aus Mecklenburg. Erster und Zweiter Band* (1879 u. 1880).

Basile, Giambattista: *Der Pentamerone oder: Das Märchen aller Märchen. Aus dem Neapolitanischen übertragen von Felix Liebrecht. Nebst einer Vorrede von Jacob Grimm. Erster Band* (1846).

Bechstein, Ludwig: *Der Sagenschatz und die Sagenkreise des Thüringerlandes. Dritter Teil* (1837).

Bechstein, Ludwig: *Die Volkssagen, Märchen und Legenden des Kaiserstaates Österreich* (1840).

Bechstein, Ludwig: *Deutsches Märchenbuch* (1847).

Bechstein, Ludwig: *Ludwig Bechstein's Märchenbuch. Mit 68 Holzschnitten nach Originalzeichnungen von Ludwig Richter* (1855).

Bechstein, Ludwig: *Neues Deutsches Märchenbuch* (1865).

Büsching, Johann Gustav: *Volks-Sagen, Märchen und Legenden* (1812).

Busch, Wilhelm: *Ut Ôler Welt. Volksmärchen, Sagen, Volkslieder und Reime* (1910).

Colshorn, Carl und Theodor: *Märchen und Sagen* (1854).

Gonzenbach, Laura: *Sizilianische Märchen. Aus dem Volksmund gesammelt. Erster und Zweiter Theil* (beide: 1870).

Grimm, Jacob u. Wilhelm: *Kinder- und Hausmärchen. Gesammelt durch die Brüder Grimm. Erster Band* (1812).

Grimm, Jacob u. Wilhelm: *Kinder- und Hausmärchen. Gesammelt durch die Brüder Grimm. Zweiter Band* (1815).
Grundtvig, Svend: *Dänische Volksmärchen. Nach bisher ungedruckten Quellen erzählt von Svend Grundtvig. Übersetzt von Willibald Leo. Erste und Zweite Sammlung* (1878 u. 1879).
Haupt, Karl: *Sagenbuch der Lausitz. Erster Theil: Das Geisterreich* (1862).
Jahn, Ulrich: *Volksmärchen aus Pommern und Rügen. Erster und Zweiter Teil* (beide: 1891).
Kuhn, Adalbert: *Märkische Sagen und Märchen nebst einem Anhange von Gebräuchen und Aberglauben* (1843).
Kuhn, Adalbert u. W. Schwartz: *Norddeutsche Sagen, Märchen und Gebräuche aus Mecklenburg, Pommern, der Mark, Sachsen, Thüringen, Braunschweig, Hannover, Oldenburg und Westfalen* (1848).
Löhr, Johannes Andreas Christian: *Das Buch der Märchen für Kindheit und Jugend nebst etlichen Schnaken und Schnurren; anmutig und lehrhaftig* (1819).
Lycker, Karl: *Deutsche Sagen und Sitten* (1854).
Müllenhoff, Karl: Sagen, *Märchen und Lieder der Herzogtümer Schleswig Holstein und Lauenburg* (1845).
Shedden-Ralston, William Ralston: *Russian Fairy Tales. A Choice Collection of Muscovite Folklore* (1872), übersetzt von Julian Auringer.
Wolf, Johann Wilhelm: *Deutsche Hausmärchen* (1851).
Zingerle, Ignaz Vincenz u. Joseph Zingerle: *Tirols Volksdichtungen und Volksbräuche. Gesammelt und herausgegeben durch die Brüder Zingerle.* (1854).
Zingerle, Ignaz Vincenz: *Sagen, Märchen und Gebräuche aus Tirol.* (1859).

Alle Bilder, wenn nicht anders angegeben, entstammen den Bilderbogen des 19. Jahrhunderts und sind Ausschnitte derselben. Die Quellen sind hier in der Reihenfolge des Abdrucks in diesem Buch genannt. Alle Bilderbogen stammen, wenn nicht anders angegeben, aus der digitalen Bibliothek der Universität Heidelberg.

Seite 2: Heute Roth, Morgen Tod. 1839. National Gallery of Art, Washington. Gestiftet von Ruth Cole Kainen.

Seite 12: Münchener Bilderbogen Nr. 142: Nachtbilder. Kaspar Braun, Wilhelm Lichtenheld, zw. 1852 u. 1856.

Seite 50: Münchener Bilderbogen Nr. 241: Märchen von Einem, der auszog das Gruseln zu lernen. Wilhelm von Diez, 1858/59.

Seite 83: Münchener Bilderbogen Nr. 51: Aus vergang'ner Zeit, was die Kinder freut. Eugen Hess, Anton Muttenthaler, Carl Hermann Schmolze, Karl Stauber, zw. 1848 u. 1852.

Seite 95–102: Münchener Bilderbogen Nr. 31: Hansel und Grethel. Ignaz Stölzle, 1849.

Seite 113–125: Münchener Bilderbogen Nr. 179: Das Märchen vom Machandelbaum. Moritz von Schwind, 1855.

Seite 139: Münchener Bilderbogen Nr. 51: Aus vergang'ner Zeit, was die Kinder freut. Eugen Hess, Anton Muttenthaler, Carl Hermann Schmolze, Karl Stauber, zw. 1848 u. 1852.

Seite 156: Gibet de Montfaucon. Notre-Dame de Paris, Livre XI, chapiter IV. Adèle Laisné und Charles François Daubigny, 1844. Maison de Victor Hugo – Hauteville House, Les Musées De La Ville De Paris.

Seite 210: Münchener Bilderbogen Nr. 715: Das Gespenst. Ernst Fröhlich, 1880 (2. Auflage).

Seite 215: Münchener Bilderbogen Nr. 419: Zur Geschichte der Costüme. Elfter Bogen. Erstes Drittel des sechzehnten Jahrhunderts. Ernst Fröhlich, um 1866.

Seite 223: Münchener Bilderbogen Nr. 48: Der gestiefelte Kater. Moritz von Schwind, 1850/52, Privatsammlung Julian Auringer.

Seite 226: Münchener Bilderbogen Nr. 241: Märchen von Einem, der auszog das Gruseln zu lernen. Wilhelm von Diez, 1858/59.

Seite 253: Heksen toveren tijdens heksensabbat. Hans Baldung Grien, 1510. Objekt Nummer RP-P-OB-4121, Rijksmuseum Niederlande.

Seite 262–263: Heksensabbat. Jacob de Gheyn II, 1608 bis 1612. Objekt Nummer RP-P-1882-A-6180, Rijksmuseum Niederlande.

Seite 266 und 267: Hänsel und Gretel. Wilhelm Busch, 1864.

Seite 268: Münchener Bilderbogen Nr. 455. Schmied und Teufel. Wilhelm Busch, nach 1871.

Initiale: Münchener Bilderbogen Nr. 171: Bilderbogen-Alphabet. Erster u. zweiter Bogen. Franz von Pocci, zweite Hälfte des 19. Jahrhunderts. Privatsammlung Julian Auringer.

Bibliografie

Afanassjew, Alexander Nikolajewitsch: *Wassilissa die Wunderschöne.* In: Auringer, Julian: *Schneewittchen. Varianten, Einflüsse & Märchenmotive. (märchenVarianten 1).* Norderstedt 2021.

Auringer, Julian: *Der sequenzielle Bilderbogen des 19. Jahrhunderts.* Hannover 2019.

Bernd, Theodor: *Die deutsche Sprache in dem Großherzogtum Posen und einem Teile des angrenzenden Königreiches Polen, mit Vergleichungen sowohl der Mundarten, als auch anderer Sprachen, und mit eigenen Forschungen.* Bonn 1820.

Bettelheim, Bruno: *Kinder brauchen Märchen.* München 1980.

Bolte, Johannes u. Georg Polívka: *Anmerkungen zu den Kinder- u. Hausmärchen der Brüder Grimm.* Erster Band (Nr. 1–60). Leipzig 1913.

Burlington County Library System: Bony Legs. https://www.youtube.com/watch?v=yjONBjRfArY [konsultiert am 06.05.2022].

Coleman, Joanna: *Bony-Legs.* New Jersey 1983.

Diederichs, Ulf: Baba Jaga. In: ders. *Who's Who im Märchen.* Düsseldorf 2006.

Dillinger, Johannes: *Hexen und Magie.* 2., aktualisierte Auflage. Frankfurt u. New York.

Fink, Gerthard: *Who's Who in der antiken Mythologie.* München 2013.

Frenschkowski, Marco: *Die Hexen. Eine kulturgeschichtliche Analyse.* Wiesbaden 2012.

Gradwohl, Noëmi u. Michael Maar: *Was Märchen wirklich erzählen.* https://www.srf.ch/audio/reflexe/was-maerchen-wirklich-erzaehlen?id=10250802 [konsultiert am 22.02.2022].

Grimm, Jacob: *Deutsche Mythologie. Erster Band.* Göttingen 1854.

Grimm, Jacob u. Wilhelm: *Kinder- und Hausmärchen. Gesamtausgabe mit den Originalanmerkungen der Brüder Grimm. Band I.* Stuttgart 2001.

Grimm, Jacob u. Wilhelm: *Kinder- und Hausmärchen. Gesamtausgabe mit den Originalanmerkungen der Brüder Grimm. Band II.* Stuttgart 2001.

Harmening, Dieter: *Wörterbuch des Aberglaubens.* Stuttgart 2009.

Jecklin, Dietrich: *Volkstümliches aus Graubünden. 1. Teil.* Zürich 1874.

LaVey: *The Satanic Witch. Introduction by Peggy Nadramia. Afterword by Blanche Barton.* Washington 2003.

Petzoldt, Leander: *Kleines Lexikon der Dämonen und Elementargeister.* München 2014.

Preußler, Ottfried: *Krabat.* Stuttgart 1981.

Schwartz, Evan I: *Matilda Joslyn Gage. The Unlikely Inspiration For The Wizard Of Oz.* https://www.historynet.com/matilda-josyln-gage-the-unlikely-inspiration-for-the-wizard-of-oz/ [konsultiert am 06.05.2022].

Spreckelsen, Tilman: *Der goldene Schlüssel. Zu Märchen.* Zürich 2020.

Stanford, Peter: *Der Teufel. Eine Biographie. Aus dem Englischen von Peter Knecht.* Frankfurt a. M. und Leipzig 2000.

Uther, Hans-Jörg: *Handbuch zu den ›Kinder- und Hausmärchen‹. Entstehung – Wirkung – Interpretation.* Berlin/Boston 2021.

Vonbun, Franz Josef: *Die Sagen Vorarlbergs. Nach schriftlichen und mündlichen Überlieferungen gesammelt und erläutert.* Innsbruck 1858.